TWYLL DIDERFYN

Argraffiad cyntaf: Tachwedd 1998

Cyhoeddwyd dan gynllun comisiynu Cyngor Llyfrau Cymru.
Dymuna'r cyhoeddwyr gydnabod cymorth adrannau Cyngor Llyfrau Cymru

Llun clawr: Keith Morris

Rhif Llyfr Rhyngwladol: 0 86243 487 4

Cyhoeddwyd yng Nghymru
ac argraffwyd ar bapur di-asid a rhannol eilgylch
gan Y Lolfa Cyf., Talybont, Ceredigion SY24 5AP
e-bost ylolfa@ylolfa.com
y we http://www.ylolfa.com/
ffôn (01970) 832 304
ffacs 832 782
isdn 832 813

TWYLL DIDERFYN

URIEN WILIAM

y Lolfa

Ydych chi wedi sylwi fel mae rhai pobl fel petaen nhw wedi'u tynghedu i fod yn gollwyr neu'n enillwyr mewn bywyd? Dyna i chi Peter Vaughan, er enghraifft, a'i gyfaill mynwesol, Harry Ross ...

PENNOD 1

GLAW TRWM YN TASGU dros ffenest flaen y Volvo gwyn, y sychwyr yn sgubo'n orffwyll 'nôl a 'mlaen a'r peiriant yn chwythu awyr gynnes i lanhau ochr fewnol y ffenest oedd yn niwlo oherwydd anadl y gyrrwr – a golwg benderfynol yn llygaid y ferch wrth iddi afael yn dynn yn yr olwyn lywio a phwyso ar y sbardun â'i throed dde.

Roedd wyneb yr heol drwy'r dociau'n arw – heol oedd yn arwain o'r marina heibio i'r hen ddoc mawr agored a throi naw deg gradd i'r dde i gyfeiriad y bont o dan y rheilffordd ac yna i'r stryd fawr. Ar adeg fwy hamddenol fe fyddai hi wedi ystyried efallai fod y creithiau a'r rhigolau ar draws wyneb yr heol wedi'u hanwybyddu'n fwriadol gan yr awdurdodau er mwyn peri i geir arafu, gan fod y llain ar hyd y doc yn llydan a syth, ac yn demtasiwn i rasio. Y prynhawn hwn o Fai, 1985, fodd bynnag, a'r car yn sboncian yn anghysurus ar draws y tyllau a'r wyneb garw, roedd pethau pwysicach na'r tywydd a chyflwr y ffordd ar feddwl y ferch ddeniadol bump ar hugain oed oedd y tu ôl i'r llyw. Esyllt Vaughan oedd ei henw, gyda'i llygaid brown, nwydus a'i gwallt tonnog, hir, tywyll, ei hwyneb crwn a'i thrwyn pwt rhwng dwyfoch uchel; Esyllt Vaughan, oedd yn ymwybodol o'i harddwch yng ngolwg dynion, yn gyrru adref at ei gŵr fel cath i gythraul, yn dyheu am ddweud wrtho beth oedd wedi digwydd.

* * *

Roedd Peter Vaughan wedi bod yn llenwi ffurflenni trwy'r prynhawn – rhan o'r baich gweinyddol a bwysai ar ysgwyddau pennaeth Ysgol Ganol yr Ysgol Gyfun leol. Dyna pam roedd ef wedi aros gartre'r Sadwrn hwnnw tra oedd Esyllt yn hwylio gyda Pritch. Roedd hi wedi bod yn brynhawn hir a diflas. Anodd oedd gorfod rhoi'i sylw i'r papurau gan wybod fod ei wraig a'i gyfaill pennaf yn teimlo ymchwydd y tonnau o dan eu traed ac yn clywed arogl dŵr heli yn eu ffroenau wrth syllu i ddannedd y gwynt. Ond roedd y gwaith wedi dod i ben, diolch byth, a bellach roedd gwaith amgenach yn mynd â'i sylw. Ffroenodd arogl y cig oedd yn digoni yn y ffwrn a gwenodd yn foddhaus. A dweud y gwir roedd tipyn o wylder arno erbyn hyn; fe wnâi e'r tro â phryd blasus – a haeddiannol.

* * *

Arafodd y Volvo gwyn wrth agosáu at yr heol fawr a stopio am eiliad cyn bwrw i'r chwith ar hyd Stryd Lydan a'i hamryfal siopau bach hyd at orsaf y dref. Adeilad unllawr isel, hirsgwar, oedd hwnnw gyda lle bwyta ar y naill ochr a swyddfa docynnau ar ochr arall y fynedfa. O flaen yr orsaf roedd dau botyn enfawr crwn tua dwy fetr ar draws a dwy fetr o uchder, yr addurn hyllaf a mwyaf disynnwyr a welodd neb erioed o ystyried y byddai angen i rywun docio'r planhigion a chwynnu'r ddau botyn yn gyson, haf a gaeaf. Dri mis ar ôl eu codi roedd y ddau bot yn dal dwsinau o ganiau cwrw a bagiau sglodion seimllyd wedi'u gwasgu'n beli salw. Wrth i Esyllt yrru heibio gwelodd ddau lanc yn damsang ac yn sbrwylian ar ben un o'r ddau bot, a'u chwerthin ffalseto, hyll, yn gwireddu'r ddihareb am drwst llestri gwag. Taflodd un o'r ddau gan cwrw i'r awyr a'i weld yn glanio ar yr heol o flaen y Volvo, a'i unig ymateb i'r caniad sydyn ar gorn y car oedd codi'i fys canol mewn arwydd cwrs a diamwys a rhoi rheg yr un mor gwrs yr un pryd.

Llamodd y car ymlaen a throi i'r dde a dringo ar hyd heol o dai trillawr a godwyd tua dechrau'r ganrif. Roedd hynny cyn bod neb wedi ystyried y byddai'u perchenogion un dydd yn cadw ceir ac yn awyddus i gael lle i'w parcio. Dyna pam yr oedd yr heol wedi'i chulhau gan res ddi-dor o geir oedd wedi'u parcio o'r naill ben i'r llall.

Prin yr arafodd y Volvo wrth y gylchfan ar ben y stryd, ond rhuthro ymlaen mewn llinell syth gan basio capel Bedyddwyr ar y naill gornel ac eglwys Anglicanaidd ar yr un nesaf a'u lleoliad ben-ben â'i gilydd yn atgof o'r hen elyniaeth a fu ers llawer dydd. Roedd y tai'n fwy urddasol ac yn ddrutach y pen hwn i'r dref, fel petai'r gylchfan a'r heol oedd yn rhedeg rhwng y ddau addoldy yn rhannu'r dref rhwng yr ardal orau i fyw ynddi a'r ardal salaf.

Wrth i'r Volvo droi eto i'r chwith ac yna i'r dde roedd modd i'r gyrrwr gael cipolwg o'r môr llwyd islaw'r graig o'i flaen, ond roedd sylw Esyllt yn llwyr ar yr hyn oedd ganddi i'w ddweud wrth Peter.

Sgrechiodd y teiars wrth i'r car neidio ar draws yr heol ac i mewn i'r dreif a brecio'n sydyn. Ymhen eiliad arall roedd yr injan wedi diffodd ac Esyllt yn rhedeg trwy'r glaw a'i llaw'n crynu wrth iddi geisio gwthio'r allwedd Yale i'r clo yn nrws y tŷ. Tŷ un talcen oedd hwnnw gyda muriau wedi'u gorchuddio â graean mân a ffenestri gwydr dwbl ag ymylon plastig ffasiynol. Roedd yn rhoi argraff o fwthyn gan fod llechi'r to'n disgyn yn is na'r ffenestri llofft gyda'r canlyniad fod y dowlod yn gul ac yn isel heb le i neb sefyll ynddo petai'n mentro iddo.

Cododd Peter ei ben a gwenu wrth glywed y drws yn clepian ond difrifolodd ei wyneb wrth glywed llais Esyllt yn sgrechian.

"Peter! Peter!"

Yr eiliad nesaf roedd hi'n beichio crio yn ei freichiau heb sylwi dim ar y gwlybaniaeth ar ei chot a'i gwallt.

"Esyllt! 'Nghariad i! Beth sy'n bod?"

"Ma' rhywbeth ofnadw wedi digw'dd!" ebychodd Esyllt.

"Rwyt ti'n crynu drosot ti! Ac yn wlyb diferu! Beth sy

'di digw'dd?"

"Ma' Pritch wedi boddi – ac arna i mae'r bai ...!"

Rhythodd Peter yn syn ac anghrediniol ar wyneb ei wraig a'r dagrau'n gymysg â dafnau o law drosto. Doedd e erioed wedi gweld golwg mor anhapus arni. Cyffyrddodd â'i gwallt llaith a'i symud i ochr ei thalcen mewn ystum o anwes; yna arweiniodd hi at y soffa.

"Dere – i eistedd – fe nola i frandi iti ac fe gei di weud y cyfan wrtho' i wedyn."

Brysiodd i arllwys diod o frandi a'i hestyn iddi.

"Yf hwn! Fe wnaiff les iti."

Gafaelodd Esyllt yn y gwydr a sipian ychydig o'r ddiod.

"Rhagor!"

Ufuddhaodd hithau ac yna pwyso'n ôl yn erbyn cefn y soffa'n fwy hunanfeddiannol a sipian eto wrth i Peter ruthro i'r llofft i nôl gŵn gwisgo a thywel. Erbyn iddo ddod yn ôl llwyddodd ei wraig i wenu'n wannaidd arno a chafodd yr argraff fod ychydig o liw wedi dod yn ôl i'w bochau gwelw. Estynnodd y tywel a dechrau sychu'i hwyneb a'i breichiau; yna, fe gydiodd hithau yn y tywel.

"Gad i fi wneud e ... Diolch."

Un cegaid eto o ddiod yna rhoddodd y gwydr yn ôl iddo a dechrau sychu'i gwallt. Yna edrychodd i lygaid Peter.

"Damwen oedd hi, ti'n gwbod – damwen."

Oedodd, yna aeth ymlaen wrth weld yr edrychiad o annealltwriaeth.

"Wnes i ddim trio'i ladd e – ond fe faglodd e dros rywbeth a chwympo dros yr ochor a doedd dim byd allwn i wneud a'r môr mor arw. A beth os meddylian nhw taw lladd Pritch wnes i ..."

"Ara deg! Dwy i ddim yn deall. Dechre o'r dechre ..."

Tynnodd ei wraig anadl ddofn.

"Taset ti 'di dod gyda ni fydde dim o hyn wedi digw'dd. Dyw hi ddim fel 'sen i ddim wedi bod mas ar gwch Pritch ar

’y mhen ’yn hunan o’r bla’n, nag yw e? Wy ’di bod gydag e ddwsine o weithie pan oet ti’n rhy fishi fel oet ti’r prynhawn ’ma a wna’th e ddim byd o’i le erio’d, fel wyt ti’n gwbod ... O’dd e’n ffrind i ni’n dou ...”

Oedodd wrth weld yr edrychiad o syndod yn llygaid Peter.

“Beth yn hollol ddigwyddodd?”

“Ro’dd e wedi bod yn yfed – o’dd potel whisgi ’dag e – ac yn sydyn fe gydiodd ynddo’ i a thrio ’nghusanu i!... O’dd e’n ofnadw – ’sdat ti ddim syniad – o’dd e fel bwystfil ...! Mi dries i weud ‘na’ ore gallwn i ac mi wylltiodd a dechre ’mela ... rywsut fe ges i afel yn y botel whisgi a’i fwrw fe ar ’i ben – a’r eiliad nesa o’dd e wedi mynd dros yr ochor ...! O’dd e’n erchyll!”

Gorffennodd ei geiriau mewn dagrau a’i phen ar ei ysgwydd a’i fraich yntau amdani. Cusanodd Peter hi’n ysgafn ar ei thalcen.

“Well inni ffono’r polîs.”

Teimlodd hi’n cyffroi yn ei freichiau.

“Y polîs?”

“Wrth gwrs.”

“Ond fe wedan nhw taw fi laddodd e.”

“Ddim o gwbwl. Amddiffyn dy hunan oet ti. Merch ar ’i phen ’i hun gyda dyn hanner-meddw! Fe fyddan nhw’n siŵr o ddeall.”

“Na!”

Ffrwydrodd yr ebychiad o’i genau.

“Ond ma’ rhaid inni ...”

“Na! Maen nhw’n siŵr o ’nghyhuddo i o ladd Pritch.”

“Na wnân ...”

“Shwd galli di fod yn siŵr? Meddyla amdana i yn y doc, yn gorfod ateb yr holl gwestiyne! A’r cameras teledu a’r dynon papure ar ’yn ôl i’n tynnu llunie ac yn gweud pethe amdana i! Allwn i byth!”

“Ddaw hi ddim i hynny.”

"Dwyt ti ddim yn gwbod 'ny! Siwrne mae'r polîs yn dechre ame rhywun, chaiff e ddim llonydd nes bydd e 'di cyffesu! Peter – allwn i ddim diodde ca'l 'y nghroesholi! Allwn i byth! Well 'da fi ladd 'yn hunan!"

"Paid â siarad dwli!"

"Nid dwli yw e! Fe fydde'n well 'da fi farw na cha'l 'y nghloi mewn cell!"

Roedd ei llais wedi codi i nodyn uchel a'r hysteria'n amlwg ar ei hwyneb ac roedd y siarad hurt am farw'n fwy nag y gallai ef ei oddef. Gafaelodd Peter yn ei hysgwyddau a'i hysgwyd.

" 'Na ddigon, fenyw! Caea dy ben a gwranda arna i am funed!"

Gollyngodd hi wrth iddi ymlonyddu, ond roedd yn amlwg ei bod wedi cyffroi drwyddi a bod y dagrau'n beryglus o agos o hyd. Roedd hi wedi cael ysgytwad dirfawr a llond bola o ofn ar ôl i Pritch ymosod arni. Roedd y peth mor annisgwyl, mor anghredadwy – ei hen gyfaill mynwesol yn trio mela'i wraig. Teimlodd deimlad o gasineb yn corddi y tu mewn iddo yn gymysg â diflastod a syndod – fod Pritch o bawb wedi gallu gwneud hyn!

Doedd dim amheuaeth na fyddai rhaid rhoi gwybod i'r heddlu, petai ond yn fater o esbonio fod Pritch wedi boddi'n ddamweiniol. Ond roedd hi yn llygad ei lle – fe fyddai'r profiad o gael ei holi a'i chroesholi a sylw'r cyfryngau'n ddirdynnol o boenus i rywun teimladwy fel Esyllt. Fe fyddai gweisg y gwter wrth eu bodd yn taflu llysnafedd ar ei chymeriad gan awgrymu pob math o ensyniadau am eu perthynas nhw ill dau â'i gilydd, hi a Pritch, a hyd yn oed Pritch ac yntau. Beth oedd yn plesio'n fwy na'r triongl tragwyddol? Gallai ddychmygu Esyllt yn teimlo fod pob llygad yn syllu arni, pob bys yn pwyntio ati, a'r tafodau maleisus yn rhwygo'i chymeriad yn yfflon rhacs – does dim mwg heb dân, ac yn y blaen. Fyddai bywyd byth yr un peth wedyn – ac fe allai eu priodas ddioddef o dan y straen. Beth bynnag arall a ddigwyddai, rhaid ei chadw rhag gorfod mynd trwy'r fath drawma.

Y cwestiwn oedd sut i wneud hynny? Sut i gadw'r ddamwain o sylw'r chwilotwyr sgandal? Edrychodd ar wyneb Esyllt, a'i llygaid yn goch gan ddagrau, yn ddarlun o ofn a thristwch. Daeth i benderfyniad sydyn.

"Mae 'na ffordd mas ohoni."

"Beth?"

"Welodd rhywun chi'n mynd i'r cwch?"

Oedodd Esyllt, fel petai'n ceisio galw i gof ddigwyddiadau'r prynhawn.

"Neb own i'n nabod."

"A phan ddest ti'n ôl?"

"Neb. O'dd hi 'di dechre bwrw glaw."

Nodiodd Peter yn foddhaus; roedd cynllun yn dechrau ffurfio yn ei feddwl. Os nad oedd neb wedi gweld Esyllt yn mynd i'r cwch nac yn dod ohono ...

"Gwed wrtho' i – beth wnest ti â'r botel whisgi?"

Y tro hwn culhaodd llygaid ei wraig mewn braw.

"Dwy i ddim yn siŵr – gadel iddi gwmpo i'r llawr, sbo. Pam?"

Trodd Peter at y drws.

"Gad bopeth i fi."

"I ble wyt ti'n mynd?"

Parodd ei ateb syndod iddi.

"I'r cwch."

"I beth?"

Roedd Peter bellach yn gwisgo'i got law amdano.

"Ma'n siŵr bod ôl dy fysedd ar y botel."

Y tro hwn roedd adwaith Esyllt yn hollol eglur. Trawodd ei llaw ar ei cheg mewn ystum ddiamheuol.

"O!"

"Ond os galla i gael gwared ohoni fydd neb yn gwbod iti

fod yno o gwbl. A wedyn mi ffona i'r polîs."

"Ond fydd dim rhaid iti wedyn!"

Saethodd y geiriau o'i cheg.

"Beth?"

Cododd Esyllt ar ei thraed a gollwng y tywel ar y soffa. Roedd ei llygaid yn ddisglair fel petai'n gweld ateb i'r dryswch.

"Wyt ti ddim yn gweld? Unwaith cei di wared o'r botel fydd dim eisie inni weud dim byd! Fydd dim byd i 'nghysylltu i ag e."

Safodd Peter yn llonydd ac edrych ar y wên obeithiol ar wyneb ei wraig a llanwyd ei feddwl yntau â gobaith. Am ennyd gallai weld cyfle i ddianc o'r drafferth yn hawdd. Os nad oedd neb wedi sylwi ar y ddau'n mynd i'r cwch ni fyddai tystiolaeth ar gael i ddweud iddi fod arno – nac unrhyw reidrwydd i hysbysu'r awdurdodau am ddiflaniad Pritch. Dim ond cadw'n dawel fyddai angen. Yna pylodd ei wyneb wrth weld na fyddai hynny'n tycio; petai'r heddlu'n dod i wybod fod Pritch wedi mynd allan ar y cwch gydag Esyllt fe fyddai ganddi hi broblem i'w hegluro. Doedd hi ddim yn amhosibl y byddai Pritch wedi dweud wrth rywun am ei fwriad i fynd ar y cwch gydag Esyllt ac yntau'r prynhawn hwnnw – ei howscipar, er enghraifft. Roedd yn demtasiwn i gadw'n dawel, yn ormod o demtasiwn.

Synhwyrodd hithau'r newid yn ei agwedd a llanwyd ei llygaid ag anesmwythyd.

"Beth sy'n bod?"

"Allwn ni ddim â bod yn siŵr nad oedd neb yn gwybod. Heblaw 'ny, cwch Pritch yw e, a alle hwnnw ddim hwylio'n ôl i'r porthladd ar 'i ben 'i hunan. Tase rhywun yn cofio gweld Pritch yn cychwyn mas a rhywun gydag e, fe fydde rhaid i'r rhywun hwnnw weud pam na ffonodd e'r polîs. Ond y peth pwysig nawr yw cael gwared o'r botel 'na – ac os bydd angen mi weda i taw fi o'dd ar y cwch 'da Pritch, nid ti."

Lledodd llygaid Esyllt mewn syndod wrth sylweddoli ystyr

ei eiriau.

"Na! Beth 'sen nhw'n gweud dy fod ti wedi lladd Pritch?"

"Fe fydd popeth yn iawn, gei di weld. Fe weda i taw damwen o'dd hi – 'mod i 'di ffaelu'i achub e o'r dŵr."

"Ond beth os na chredan nhw di? Alla i ddim gadel iti gymryd y bai yn 'yn lle i ..."

"Esyllt! Gwranda arna i! Fe fydd popeth yn iawn! Trysta fi!"

* * *

Roedd hi'n dal i rythu'n syn ar ei ôl wrth iddo gau'r drws yn glep, gadael y tŷ a brysio at y car. Adweithiodd Esyllt wrth glywed y car yn cychwyn; cododd ei gwydr ac arllwys rhagor o frandi iddo, yna eisteddodd ar y soffa a golwg fyfyriol ar ei hwyneb gwelw. Anadlodd yn ddwfn; roedd fel petai Peter wedi bwrw baich oddi ar ei gwar.

PENNOD 2

SGRIALODD TEIARS Y VOLVO gwyn wrth iddo droi'r gongl yn wyllt cyn saethu i gyfeiriad y dociau. Roedd y glaw wedi peidio eto erbyn hyn a'r haul wedi agor bwlch yn y cymylau a'i belydrau hwyr yn gloywi dyfroedd y dociau, gan ddwysáu gwyrddlesni'r meysydd a'r coedydd a llwydni'r môr. Roedd dyrnaid o bobl allan yn cerdded, cariadon yn chwerthin a dal dwylo wrth rodio'r promenâd, dyrnaid o lanciau'n cicio pêl a'u bloeddiadau am y bêl yn atsain ar draws yr heol. Fe drodd eu bloeddiadau'n chwibanu edmygus, gwatwarus wrth i ferch ifanc wallt-melyn seiclo heibio a'i hwyneb yn goch gan embaras. Cerddodd dyn canol oed heibio'n wfftiog ar ei ffordd adref o'i waith. Yn ei farn ef fe wnâi les i'r cryts wneud diwrnod iawn o waith fel yntau, yn lle poeni pobl â'u sŵn aflafar.

Yna roedd y car wedi troi'r gongl o dan bont y rheilffordd i gyfeiriad y dociau a'r cychod pleser niferus yn y pen draw, yn yr 'hen' ddociau ym Mae Jackson. Arafodd wrth iddo gyrraedd y maes parcio gan lywio'r cerbyd yn ddeheuig rhwng hen Ffordyn glas rhydlyd a BMW go newydd, drudfawr. Ar adeg hapusach, pan fyddai'n fwy ysgafnfryd, fe fyddai wedi synhwyro y byddai'n well gan y Volvo gwmni'r BMW na'r Ffordyn gwerinol, ail – neu drydedd – llaw. Nawr doedd ganddo ddim amser i'r fath ystyriaethau ffansïol; roedd ganddo waith pwysig i'w wneud.

Brysiodd heibio i'r clwb hwylio ac i lawr i'r cei. Roedd *Yr Wylan* yn sefyll yn ei lle arferol yng nghanol y cychod eraill, yn ysblennydd o wyn gyda thamaid o gaban agored a ffenest gysgodol isel o'i flaen ac ochrau isel agored ar y naill law a'r llall. Camodd i lawr i'r cwch gan deimlo'r diferion glaw ar ymyl yr ochr isel ac edrych o'i gwmpas. Os oedd Esyllt wedi dweud yn gywir fe ddylai'r botel whisgi fod ar y llawr – o dan y sedd gefn o bosibl. Plygodd yn ei gwrcwd a gwyro'i ben i edrych o dan y sedd gan afael ynddi ag un llaw i'w sadio'i hunan. Teimlodd gyffyrddiad wrth iddo weld potel a gafaelodd ynddi â'i law arall wrth ei gwddw a'i chodi'n ofalus.

Potelaid wag o whisgi Bell's oedd hi a thynnodd anadl sydyn drwy'i ddannedd wrth weld olion tywyll ar waelod y botel; gallai fod yn ôl gwaed, gyda rhywbeth tebyg i wallt yn glynu wrthi. Roedd y peth yn wir, felly; roedd Esyllt wedi taro Pritch wrth ei hamddiffyn ei hunan. Yr eiliad honno roedd yn teimlo cas perffaith at ei hen gyfaill.

Trodd at ochr y cwch gan feddwl taflu'r botel i'r dŵr a'i gweld yn diflannu am byth, ond oedodd yn sydyn wrth synhwyro na wnâi hynny mo'r tro. Safodd yn llonydd gan ystyried pethau. Petai'n honni fod Pritch wedi baglu dros ochr isel y cwch wrth iddyn nhw ymladd, anodd gweld sut y gallai fod wedi taro'i ben wrth wneud hynny. Anodd hefyd fyddai esbonio sut na lwyddodd Pritch, oedd yn nofiwr cadarn, i nofio'n ôl at y cwch oni bai ei fod yn anymwybodol pan aeth i mewn i'r dŵr. A'r unig reswm am hynny fyddai ei fod wedi'i daro'n anymwybodol gan ei wrthwynebwr – Peter – na wnaeth ddim i achub ei fywyd. Mewn unrhyw ymchwiliad i ddiflaniad Pritch fe fyddai absenoldeb y botel yn anodd i'w esbonio. Byddai'n well petai'n dod i'r golwg – yn brawf ei fod wedi'i amddiffyn ei hunan rhag ymosodiad mileinig gan ei gyfaill – ond nid gydag olion bysedd Esyllt arni. Tynnodd neisied o'i boced a sychu gwddw'r botel yn lân ac yn ofalus. Gwasgodd ei wefusau at ei gilydd; yna gafaelodd yng ngwddw'r botel â'i law dde a'i dal am eiliad neu ddwy cyn ei dodi'n ôl o dan y sedd. Ymsythodd ac edrych o gwmpas, gan wthio'r neisied yn ôl i'w boced – roedd tri o ddynion yn cerdded oddi wrtho i gyfeiriad pen draw'r cei a dwy ferch yn dod tuag ato o'r cyfeiriad arall, merched ag wynebau cyfarwydd, aelodau o'r clwb iotio. Cododd un o'r ddwy – merch wallt-olau mewn ffrog haf liwgar – ei llaw a'i chwifio ato a gwenodd yntau arni hi a'i ffrind. Petai wedi bod ag unrhyw syniad ynghylch cilio heb ddweud gair wrth neb roedd hi'n rhy hwyr bellach; fe fyddai'r merched yn siŵr o gofio'i weld petaen nhw'n cael eu holi. Rhaid iddo alw'r heddlu – a gorau po gyntaf.

Syllodd i lawr at y botel eto – roedd yn y golwg ond eto'n ddigon yn y cysgodion fel y gallai rhywun fethu'i gweld oni bai ei fod yn edrych yn ddyfal amdani. Ymysgydwodd a dringo lan o'r cwch cyn brysio'n ôl tuag at y car.

* * *

Yn y tŷ roedd Esyllt yn dal i sipian ei brandi – ei hail wydraid. Roedd hi'n fwy hunanfeddiannol erbyn hyn er fod ei chalon yn dal i guro'n gyflym wrth iddi ddelweddu holl symudiadau Peter ar y cwch a'r hyn oedd ganddo i'w wneud. Cymerodd gipolwg ar ei watsh; fe fyddai Peter yn ôl cyn bo hir a'r perygl wedi mynd heibio – iddi hi o leiaf.

* * *

Roedd amryw lenni les yn crynu yn Heol Dyfrig wrth i gar yr heddlu arafu a sefyll o flaen tŷ Peter ac Esyllt Vaughan ychydig yn hwyrach y noson honno. Roedd hi'n nosi'n braf erbyn hyn a'r haul yn machlud yn felyngoch dros faes awyr Rhws. Camodd Sarjant Evans – dyn canol oed, â gwallt brith uwch wyneb tenau, gwelw – o'r car a chau'r drws ar ei ôl gan anelu am ddrws y tŷ heb aros i'r Cwnstabl Helen Rogers ddisgyn o ochr y gyrrwr a chloi'r drws ar ei hôl. Roedd hi o gwmpas y deg ar hugain oed, yn dal ac yn fain o gorffolaeth a chanddi wallt brown tywyll wedi'i dorri'n fachgennaidd, llygaid gwyrdd ac wyneb caredig yr olwg. Brysiodd ar ôl y sarjant gan deimlo elfen o anfodlonrwydd tuag ato. Ond un fel'na oedd Sarjant Evans, yn disgwyl i bob cwnstabl redeg wrth ei sodlau, fel yr arferai yntau wneud wrth sodlau swyddog uwch nag ef.

Cerddodd Evans at y drws a chanu'r gloch. Roedd y drws wedi'i wneud yn bennaf o gwareli dwbl gyda gwydr trwchus a phatrymog na ellid gweld trwyddo.

Cyffrôdd ei lygaid wrth i'r drws agor; craffodd ar y dyn gofidus yr olwg o'i flaen. Roedd hwnnw tua'r deg ar hugain oed ac o daldra canolig gyda chorff cyhyrog, gwallt du trwchus, wyneb crwn a llygaid glas. Roedd trowsus llwyd a chrys gwyn â llewys byr a choler agored amdano, ac esgidiau ymarfer ar ei draed. Pan fyddai'n symud fe roddai'r argraff o fod yn ddyn cydnerth a allai'n hawdd fod â diddordeb mewn ymarfer corff a chwaraeon. Ategwyd yr argraff gan set o ffyn golff yn pwyso yn erbyn wal y cyntedd.

"Mr Peter Vaughan?"

"Ie – diolch i chi am ddod. Dewch miwn, wnewch chi? Cerwch drwodd i fan'na."

Wrth iddo fynd i mewn i'r stafell eistedd sylwodd Sarjant Evans ar foethusrwydd y stafell, y carped brown golau drud, piano *baby grand* yn ymyl un wal a phentwr o lyfrau cerddorol ar ei dalcen, goleuadau costus yr olwg o wydr crisial a gwifrau euraid yn eu dal ynghyd fel coron yn crogi o'r nenfwd, soffa a chadeiriau o liw aur coeth, lle-tân o bren mahogani a theils hufennaidd uwchben grat agored, a hwnnw'n dal nifer o ffigurau Doulton, cwpwrdd diodydd tal a'r rhan uchaf yn gyforiog o wydrau, a llenni o'r un lliw â'r celfi gyda bwa bach yn eu dal ar agor yn ystod y dydd.

"Dyma 'ngwraig i, Sarjant."

Gwyrodd y sarjant ei ben.

"Mrs Vaughan."

Rhoes Esyllt wên gwrtais, nerfus gan droi'i gwydryn gwag

rhwng ei bysedd.

Edrychodd Evans arni a hithau'n dal i eistedd ar y soffa; sylwodd fod blwch llwch a nifer o fonion sigaréts ynddo ar fwrdd coffi isel wrth ei hymyl. Os sylwodd ar ei dillad hafaidd a harddwch ei phryd a'i gwedd, doedd hynny ddim yn amlwg yn ei wyneb difynegiant.

"Eisteddwch, wnewch chi?"

"Diolch."

Wrth i'r ddau swyddog eistedd ar gadeiriau cefnsyth aeth Peter at Esyllt ac eistedd wrth ei hochr.

"Fe wnaiff Constable Rogers gymryd nodiade, os yw hynny'n iawn 'da chi."

"Popeth yn iawn, Sarjant."

Digon digyffro oedd yr heddlu ar y cyntaf gan nad oedd awgrym o ddrwgweithredu. Cafodd Peter ei holi'n ddigon cwrtais a hamddenol gan Sarjant Evans a nododd Cwnstabl Rogers yr holl fanylion yn ei llyfryn bach du'n gwbl ddidaro; ymholiad rwtîn oedd hwn ynglŷn â damwain, er bod honno'n un angheuol.

Newidiodd yr awyrgylch, fodd bynnag, pan ganodd ffôn symudol y sarjant. Gwrandawodd yn astud, yna rhoddodd y ffôn i gadw ac roedd golwg galed yn ei lygaid pan edrychodd ar y ddau o'i flaen a'i lygaid yn gwibio o'r naill wyneb i'r llall.

"Fe fydd yr Arolygydd Arnold yma cyn bo hir; fe lice fe gael gair â chi, syr."

Cyffrôdd Peter a rhoi edrychiad sydyn ar Esyllt – edrychiad a welwyd yn eglur gan y ddau heddwas.

"Sdim byd yn bod, gobitho?"

"Fe gaiff yr arolygydd esbonio, syr."

Tawodd; nid ei orchwyl ef oedd egluro fod plismon wedi dod o hyd i botel whisgi ac ôl gwaed a gwallt dynol arni yn y cwch. Roedd hwn bellach yn ymholiad ynglŷn â digwyddiad amheus, ac yn haeddu sylw arolygydd.

Teimlodd Peter ei wddw'n sychu a'i galon yn curo'n drwm.

Beth oedd y neges dros y ffôn? Doedd dim angen dyfalu'n galed; rhaid eu bod wedi dod o hyd i'r botel. Gallai synhwyro'r tyndra yn Esyllt hefyd. Er mwyn rhoi argraff o ddihidans fe gliriodd ei wddw.

"Ym – wel, tra bo' ni'n aros – mae'n siŵr y licech chi'ch dou ga'l paned o de neu goffi?"

"Wel – diolch yn fowr – hynny yw, os nad yw'n ormod o drafferth, syr."

Ymatebodd Esyllt.

"Fydda i ddim wincad."

Cododd a mynd i'r gegin, yn falch o gael mynd.

Roedd y distawrwydd yn llethol wedi i Esyllt fynd o'r stafell. Edrychodd Peter ar y ddau anghyfarwydd o'i flaen. Fe allai fod wedi ymdopi'n ddidrafferth â llond dosbarth o ddisgyblion, hyd yn oed y rhai mwyaf rhwyfus. Un o fanteision bod yn athro ymarfer corff oedd fod bechgyn yn anfoddog i'w groesi gan edmygu'i ddeheurwydd corfforol fel petai'n arwr pêl-droed neu rygbi, ond doedd ganddo fawr o syniad sut i drafod heddweision. Achubodd y sarjant ragor o boen meddwl iddo.

"Tra bo' ni'n aros, Mr Vaughan, falle gallen ni ga'l un neu ddou o ffeithie."

"Hm? O, wrth gwrs." Cafodd ei demtio i gywiro gramadeg y llall ond barnodd mai doethach fyddai ymatal. "Beth licech chi wbod? Peter Vaughan yw'n enw llawn i ac Esyllt yw enw 'ngwraig. Wy'n athro ymarfer corff a phennaeth yr ysgol ganol yn yr Ysgol Gyfun. 'Sdim plant 'da ni a mae Mrs Vaughan a fi'n dwlu ar whare golff a hwylio cychod. Shwd ma' 'na i ddechre?"

* * *

Roedd y paneidiau wedi'u hyfed a'r llestri wedi'u clirio pan glywyd sŵn rhagor o geir yn cyrraedd a phobl yn cerdded at y tŷ. Ar awgrym Sarjant Evans aeth y blismones i agor y drws a hebrwng yr arolygydd a phlismon arall oedd yn cario ces bach du i'r stafell eistedd. Cododd Peter i'w cyfarch.

Roedd yr Arolygydd John Arnold yn ddyn tal a boliog gydag wyneb cochlyd a roddai'r argraff ei fod ar fin cael trawiad ar ei galon. Roedd ei wraig, Jill, wedi bod yn pryderu amdano ers blynyddoedd, a'i ferch, Sylvia, a hithau'n ddietegydd yn Ysbyty Llandochau,wedi blino pregethu wrtho am golli pwysau. Ar waetha'i olwg roedd yn ddyn amyneddgar ac yn credu fod gwaith ditectif yn ddibynnol ar ddilyn y manion, ar drylwyredd ac amynedd ac ar groesgyfeirio'n hytrach na fflach o weledigaeth. Ar ôl pum mlynedd ar hugain o blismona doedd dim yn ei synnu; roedd wedi gweld erchyllterau na fyddai wedi meddwl sôn amdanyn nhw wrth ei wraig a'i ferch. Dyn yn credu mewn cyfraith a threfn oedd John Arnold – a chosb ddidostur ar bob troseddwr. Roedd yn gas ganddo farnwr calon-feddal a roddai ychydig fisoedd yn unig o gosb i yrrwr meddw ar waetha'r ffaith y gallai hwnnw fod wedi lladd – 'llofruddio' oedd ei air ef – teulu cyfan.

Roedd hwn yn achos gwahanol i'r cyffredin – dyn wedi ffonio i sôn am ddamwain ar fwrdd cwch pleser, ond roedd y sawl yr honnid ei fod wedi marw wedi diflannu – ac roedd arf a gwaed a gwallt ac ôl bysedd arni yn y cwch. Felly roedd yn ymholiad ynglŷn â diflaniad dyn o dan amgylchiadau amheus.

Dyn di-wastraff-geiriau oedd yr arolygydd. Suddodd i un o'r ddwy sedd gysurus yn y stafell, a chraffu'n ddifynegiant ar Peter ac Esyllt.

"Wel, Mr Vaughan, wy'n deall taw chi ffonodd i weud fod rhywun wedi boddi."

"Ie, ond wy i wedi gweud y cyfan sy 'da fi i weud wrth y sarjant ac mae'r blismones fan hyn wedi cymryd nodiade."

"Wrth gwrs, wrth gwrs – ond fe liciwn i glywed yr hanes

drosto' i'n hunan os nad oes gwa'niaeth 'da chi."

"Ddim o gwbwl; ble licech chi i fi ddechre?"

"O'r dechre, Mr Vaughan – o'r dechre."

Cochodd Peter, gan deimlo fod agwedd y plismon yn feirniadol, fel petai o dan amheuaeth.

"Wel, yn y lle cynta, mae cwch hwylio bach 'da 'nghyfaill ..."

"Mr Pritchard ..."

"Ie. Wel, fe drefnodd e a fi i fynd mas 'da'n gilydd prynhawn heddi yn 'i gwch hwylio gan 'i bod hi mor braf a mynd rownd Ronech ac Echni – Flat Holm a Steep Holm, chi'n gwbod."

"O, ie."

"A – wel – beth o'wn i ddim wedi sylweddoli o'dd 'i fod e wedi bod yn yfed yn drwm ..."

"Oedd hynny'n eich synnu chi?"

"Wel, o'dd. Fydde fe byth yn twtsiad diferyn mas ar y môr. Ond am ryw reswm o'dd e wedi dod â photeled o whisgi 'dag e ac o'wn i'n gallu gweld 'i fod e wedi yfed tipyn go lew ohoni pan dda'th e mas at 'y nghar i."

"Ond wnethoch chi ddim ffindo esgus i dynnu'n ôl?"

"Naddo – fe fydde'n dda 'da fi 'sen i wedi. Fydde dim byd wedi digw'dd wedyn."

"Pam na nethoch chi?"

Roedd llygaid yr arolygydd yn treiddio i'w lygaid yntau, fel petaen nhw'n chwilio am y gwirionedd.

"Wel – ym – down i ddim yn meddwl 'i fod e'n feddw, a falle 'mod i'n gobitho yr anghofie fe am y whisgi mas ar y môr gan 'i fod e mor hoff o hwylio."

"Wna'th e anghofio?"

"Naddo – o'dd 'dag e un llaw ar y llyw a'r nall ar y botel whisgi. Ac erbyn chwech o'r gloch o'wn i'n eitha gofidus."

"Pam hynny?"

"Achos o'dd 'i hwyl e wedi newid."

"Wedi newid – shwt?"

"Erbyn 'ny oe'n ni'r ochor bella i Echni a fe ofynnes o'dd hi'n bryd inni droi'n ôl achos fod y llanw'n dechre troi."

"Wel?"

"Ych chi'n gyfarw'dd â'r hen ddywediad obeutu dysgu pader i berson, sbo?"

"Wrth gwrs."

"Wel, rhaid taw'r whisgi o'dd yn siarad ond do'dd e ddim yn folon i fi weud wrtho fe beth i wneud ar fwrdd cwch. A gweud y gwir, fe drows e'n itha cas ar unwaith. O'dd y gwynt wedi gostegu a o'dd hi'n dawel iawn. O'en ni wedi tynnu'r hwyl lawr a braidd o'dd y cwch yn symud. Pan awgrymes i y dyle fe roi stop ar yr yfed fe wylltodd yn lân a gweiddi arna i i nofio tua thre os nad o'wn i'n hapus â'r ffordd o'dd e'n hwylio'r cwch!"

"Beth ddigwyddodd wedyn?"

Oedodd Peter, fel petai'n ceisio rhoi trefn ar ei atgofion o'r digwyddiadau.

"Fe ddigwyddodd popeth mor glou – o'dd e wedi dodi'r botel whisgi lawr a'r eiliad nesa fe weles i pam achos fe dynnodd gyllell mas o'i boced a 'mygwth i â hi. O'dd e fel 'se'r diafol ynddo fe, yn trio gwneud i fi wylltu ..."

"Shwt gwna'th e 'ny?"

Edrychodd Peter ar Esyllt cyn ateb.

"Gweud 'i fod e ac Esyllt yn caru'i gilydd ac fe allen nhw briodi ar ôl ca'l gwared ohono' i!"

"Wna'th hynny'ch gwylltio chi?"

"Naddo – o'wn i'n rhy syn i hynny a ta p'un do'dd da fi ddim amser i feddwl achos o'dd e'n ymosod arna i. Dyna pryd digwyddodd y ddamwen ..."

"Y ddamwen."

"Ie. Fe 'nelodd e ergyd ata i â'r gyllell a mi lwyddes i gydio yn y botel whisgi i drio amddiffyn 'yn hunan a'i fwrw e ar 'i ben, a'r eiliad nesa fe a'th e dros yr ymyl i'r môr! Damwen o'dd hi, Inspector – amddiffyn 'yn hunan own i! Ond pan redes draw ar 'i ôl e i drio'i helpu'n ôl i'r cwch o'dd e wedi diflannu!"

"Er fod y môr yn llonydd ..."

"Ie – ar yr wyneb o leia – ond ma 'na gerrynt cryf o dan yr wyneb ac os o'dd Pritch yn anymwybodol fydde fe ddim wedi gallu nofio'n ôl!"

"Anymwybodol – wedi i chi'i daro ar 'i ben."

"Ie, ond damwen o'dd hi – amddiffyn 'yn hunan o'wn i!"

"Ife wir?"

Roedd nodyn o amheuaeth yn llais yr arolygydd. Cododd ar ei draed yn sydyn ac roedd golwg ddifrifol ar ei wyneb. Edrychodd ar ei watsh.

"Falle lice Mrs Vaughan a chi nôl pob o got."

"Dwy i ddim yn deall."

Roedd caledwch yn llygaid yr arolygydd.

"Nag ych chi? Wel fe ddeallwch chi hyn, mae'n siŵr. Wy i'n eich gwahodd chi'ch dou i ddod gyda fi i'r orsaf er mwyn inni ga'l mynd 'mla'n â'n hymholiade ynglŷn ag achos o farwolaeth o dan amgylchiade amheus!"

PENNOD 3

"EICH COT, MRS VAUGHAN – mae'n oeri gyda'r nos ..."

Roedd amynedd yr Arolygydd yn dechrau pallu. Doedd Peter ddim wedi rhag-weld y byddai Esyllt yn gorfod mynd gydag ef i orsaf yr heddlu.

"Inspector – o's angen i Esyllt ddod hefyd? Fi o'dd ar y cwch."

"Fe arbediff amser, syr."

"Popeth yn iawn, Peter – mi nola i 'nghot nawr."

Roedd cil-edrychiad awgrymog gan yr arolygydd yn ddigon i beri i'r blismones hebrwng Esyllt i'r cyntedd, fel petai'n ofni iddi redeg i ffwrdd. Roedd Esyllt wedi ei gwisgo mewn trowsus a siwmper gwyrdd golau a sgarff liwgar am ei gwddw. Cydiodd mewn siaced ysgafn a'i tharo dros ei braich.

"Rwy i'n barod."

Car yr heddlu'n prysuro drwy'r dref am ddeg o'r gloch y nos, ei oleuadau'n fflachio a deuddyn syfrdan yn eistedd yn fud yn y cefn ac yn dal dwylo – Esyllt yn syllu'n ofidus a Peter yn wyn gan ofn. Nid fel hyn yr oedd e wedi rhag-weld pethau. Yn lle derbyn ei air am yr hyn oedd wedi digwydd, roedd yr Arolygydd Arnold yn ei ddrwgdybio o gyflawni trosedd dipyn yn fwy difrifol na dweud anwiredd yn unig. Ei 'wahodd' i helpu'r Heddlu a gafodd, ond roedd grym gorfodaeth yn y gwahodd ac awgrym na fyddai'n dda arno petai'n gwrthod. Gallai unrhyw arwydd o gyndynrwydd gael ei ystyried yn arwydd o euogrwydd. Y peth gwaethaf oedd yr olwg o ofn yn llygaid Esyllt a'r ebychiad o fraw a roes gan glapian ei llaw dros ei cheg wrth i Arnold sôn am 'amgylchiade amheus'.

Roedd Peter yn teimlo braidd yn ddryslyd wrth gael ei hebrwng gydag Esyllt i orsaf yr heddlu ym mhen arall y dref, yn rhy ddryslyd i sylwi fawr ddim ar yr adeilad sgwâr o sment gyda ffenestri hirsgwar ag ymylon alwminiwm. Roedd y sment eisoes wedi dechrau breuo o dan ymosodiad gwynt a glaw er nad oedd yn fwy na deng mlwydd oed ac roedd angen cot o baent ar y muriau plastr brown a gwyrdd.

Roedd pethau wedi digwydd mor gyflym, ac nid yn y modd yr oedd wedi'i ddymuno. Wrth gerdded i mewn i gyntedd yr adeilad roedd yn ymwybodol fod llygaid chwilfrydig, cyhuddgar yn craffu arno o bob tu, yn dadansoddi'i olwg a'i ymarweddiad, fel petai golwg ofnus, anniben neu nerfusrwydd yn arwydd o euogrwydd.

"Mewn fan hyn, Mr Vaughan."

Agorodd yr arolygydd ddrws i stafell wag ac arwyddo iddo fynd i mewn. Camodd Peter i'r naill ochr gan feddwl i Esyllt fynd yn gyntaf, ond gafaelodd yr arolygydd yn ei braich.

"Nid chi, Mrs Vaughan."

"Ond ..."

"Dim 'ond', Mr Vaughan! Fe fydd Mrs Vaughan yn fwy cysurus yng nghwmni Cwnstabl Rogers tra byddwn ni'n dau'n cael sgwrs fach."

"Os dewch chi gyda fi, Mrs Vaughan ..." Roedd llais y blismones yn ei chlust a gwên gysurlon ar ei hwyneb.

"Wela i di wedyn, cariad."

"Iawn."

Rhoddodd Esyllt wasgad sydyn i'w law a dilyn y blismones ar hyd y coridor. Syllodd Peter arni'n mynd; fe fydden nhw am eu holi ill dau a hynny ar wahân a chymharu nodiadau wedyn, digon tebyg, gan chwilio am anghysonderau.

"Mr Vaughan!"

Nodiodd ar yr arolygydd a mynd i mewn i'r stafell, stafell ddigon tebyg i filoedd o stafelloedd eraill mewn gorsafoedd heddlu, gyda moelni'n nodwedd amlwg, llawr pren, muriau llwyd, bord a dwy neu dair o gadeiriau cefnsyth.

"Eisteddwch!"

Gafaelodd mewn cadair ac eistedd arni wrth i'r arolygydd eistedd ar gadair arall am y ford ag ef. Edrychodd yr Arolygydd Arnold arno am eiliad neu ddwy fel petai'n ystyried beth i'w ddweud ac yna, gwnaeth beth annisgwyl – gwenodd.

"Wel'te, Mr Vaughan, wy i'n ddiolchgar iawn i chi am ddod yma i'n helpu gyda'n ymholiade i farwolaeth Mr Pritchard."

"Popeth yn iawn, Inspector, rwy i'n falch o allu helpu."

Roedd ei lais yn floesg oherwydd nerfusrwydd.

"Da iawn, da iawn – mae'n gwaith ni lawer yn haws pan ma' pobol yn barod i witho gyda ni ac nid yn ein herbyn, chi'n dyall ... Wrth gwrs, dim ond sgwrs anffurfiol yw hi ar hyn o bryd – cliro'r awyr, chi'n dyall."

"Ydi hynny'n golygu y bydd 'na sgwrs fwy ffurfiol yn nes 'mla'n?"

Roedd golwg ddiniwed ar wyneb yr arolygydd fel petai'r syniad heb ei daro erioed.

"Wel – mae'n dibynnu shwd down ni 'mla'n, on'd yw hi? I gael interfiw ffurfiol fe fydd rhaid recordo popeth a falle licech chi gal eich cyfrithwr yma i weld bod pob whare teg yn ca'l 'i wneud."

"Os ych chi'n meddwl fod angen cyfrithwr arna i, yntefe, Inspector?"

Diflannodd y wên oddi ar wyneb Arnold. Craffodd ei lygaid llwyd ar wyneb Peter.

"Ma' hynny'n dibynnu arnoch chi, Mr Vaughan. Ond, a gweud y gwir, ma'n 'yn siwto ni'n well fod cyfrithwr yn cadw llygad ar bethe – yn lle bod pobol yn dwyn cyhuddiade yn erbyn y polîs wedyn. Wrth gwrs, ma' 'da chi hawl i ga'l eich cyfrithwr eich hunan, os o's 'da chi un, neu fe allwn ni drefnu i ga'l un ar eich cyfer chi. O's 'da chi gyfrithwr, Mr Vaughan?"

"Wel ... ym, o's ... Harry Ross ... o gwmni Brown, Jenkins and Jenkins."

"O."

Nodiodd Arnold fel petai'r enw'n gyfarwydd iddo.

"Reit – wel, fel y gwedes i, fe gawn ni'n dou sgwrs fach anffurfiol nawr, ac fe gawn ni afael ar Mr Ross yn y bore – os bydd angen."

"Iawn."

"Wel'te, Mr Vaughan," medde'r Arolygydd Arnold, "mae 'na un ne' ddou o bethe ar 'y meddwl i ..."

"Fel beth, Inspector?"

"Wel, yn y lle cynta, eich olion bysedd chi sy ar wddw'r botel."

"Fel wy i wedi gweud wrthoch chi – fe iwses i'r botel i amddiffyn 'yn hunan."

"I daro Mr Pritchard, chi'n meddwl."

Roedd ei ffordd o ddweud hynny'n swnio'n fwy fel cywiriad nag fel ymgais i geisio eglurhad.

"Ie – wedi iddo fe ymosod arna i."

"Ie, wel, ŷn ni'n cytuno ar hynny – y drafferth yw ..."

"Ie?"

"Do's 'da ni ddim prawf pam nethoch chi'i daro fe."

"Wy i wedi gweud wrthoch chi – amddiffyn 'yn hunan."

"Ife? Neu i ymosod arno fe, falle?"

"Nage!"

"Nage, Mr Vaughan? Ydych chi'n siŵr nad gweud celw'dd ych chi – i gyfiawnhau ymosod ar eich hen ffrind a'i ladd?"

* * *

Ychydig iawn o gwsg a gafodd Peter mewn cell oer ar ôl cael ei gadw i ateb cwestiynau tan dri o'r gloch yn y bore. Roedd Esyllt wedi cael ei hebrwng adref tua hanner nos ond roedd yn ddealledig y byddai hi'n ôl yn yr orsaf erbyn deg o'r gloch fore trannoeth.

'Sgwrs anffurfiol' meddai'r plismon – ond gan ei bod yn anffurfiol roedd wedi'i holi'n galed gydag agwedd fygythiol a honiadau ymosodol, heb neb i'w rwystro. Roedd gan Arnold y ddawn i roi'r wedd waethaf ar bob brawddeg, pob gair, a ddywedai. Erbyn iddo gael ei hebrwng gan blismon diddweud i'w gell roedd yr ofn na allai brofi nad oedd yn gyfrifol am farwolaeth Pritch – heb sôn am ei lofruddio – wedi tyfu'n faich llethol ar ei feddwl.

Yn y clwb hwylio y daeth Peter ac Esyllt i nabod Alun Pritchard a hynny yn y digwyddiadau cymdeithasol ar nosweithiau Sadwrn pan fyddai hwnnw, yn ei siaced las tywyll a'i drowsus llwyd a'i grafat lliwgar a'i gap pig, â merch ddeniadol ar ei fraich bron yn ddieithriad. Roedd tua phum mlynedd yn hŷn na Peter, ond heb ddangos unrhyw awydd priodi erioed. Gydag amser, fe roes Esyllt y gorau i'w boeni pa liw ffrog briodasol fyddai'n gweddu i wallt brith pan lwyddai un o'r hudolesau i'w rwydo yn y pen draw. Ond chwerthin a wnâi Pritch a thaeru na phriodai fyth nawr wedi i Peter briodi'r unig ferch yr oedd yn ei chwennych. Heblaw hynny, meddai un tro, ar ôl i wydraid neu ddau o wisgi ryddhau'i dafod, pa werth priodi jyst i gael tipyn o serch? Wedi'r cyfan os oedd eisiau diod o laeth ar ddyn doedd dim angen iddo brynu buwch.

Gorweddodd Peter ar y matras caled o dan garthen arw o frethyn llwyd oedd yn teimlo'n debycach i rawn ceffyl na gwlân, gan droi a throsi a syllu i'r cysgodion a gweld wyneb gofidus Esyllt a threm gyhuddgar yr Arolygydd. Bellach roedd yn argyhoeddedig y câi'i restio drannoeth a gorfod wynebu lluoedd o helgwn y wasg – ac Esyllt, druan, yn gorfod cilio a chwato rhag bod yn destun eu sylw a'u chwilota didostur. Yn sicr, fe fyddai angen cyfreithiwr arno, a gorau po gyntaf. Gobeithio y byddai Harry Ross wrth law fore trannoeth cyn i'r broses o erlyn ailgychwyn.

* * *

Hyrddiwyd drws ei gell ar agor yn sŵn allweddi'n clindarddach a llais garw'n arthio arno.

"Mr Vaughan! Paned!"

Edrychodd yn gysglyd ar y mẁg a wthiwyd o dan ei drwyn a'i gymryd â'i law rydd gan bwyso ar ei benelin ar ymyl y gwely.

"Hm? O – diolch."

Dylyfodd ên am rai eiliadau ac yna dechreuodd sipian y te melys – rhy felys wrth ei fodd. Roedd y plismon wedi'i alw'n 'Mr Vaughan'. Tybed a gâi'i alw'n 'fistar' ar ôl heddiw? Gobeithio y llwyddai Harry Ross i wneud rhywbeth i'w helpu a'i gadw rhag cael cyhuddiad yn ei erbyn – neu ei gael yn rhydd ar fechnïaeth petai'n dod i'r gwaetha.

Roedd Harry ac yntau'n nabod ei gilydd ers dyddiau ysgol, er bod y cyswllt rhyngddyn nhw wedi gwanhau dros y blynyddoedd. Roedd y ddau tua'r un oed ac roedd rhyw debygrwydd pryd a gwedd rhyngddyn nhw ond bod golwg hyderus yn llygaid Harry ac edrychiad mwy swil yn llygaid Peter. Gyda'i ddawn siarad roedd golwg hawddgar Harry'n denu pobl i ymddiried ynddo a chyfaddef pethau iddo, gan deimlo'n ffyddiog y câi eu cyfrinachau eu cadw'n ddiogel ganddo. Fe roddai'r syniad y byddai wedi bod yn ddyn busnes arbennig o lwyddiannus petai wedi mentro i'r cyfeiriad hwnnw.

Roedd Peter ar y llaw arall yn fwy swil a thawel a'i gymeriad yn llai arwynebol, er mai llithro i fod yn athro a wnaeth yn hytrach na dewis yr yrfa honno, gan nad oedd llawer o agoriadau eraill yn bod i ddyn â chymwysterau mewn ymarfer corff a chwaraeon. Gellid dweud ei fod yn ddidwyll a braidd yn ddiniwed ar brydiau. Roedd yn beth ffodus mai pwnc poblogaidd ac ymarferol oedd ei faes ac nid pwnc academaidd oedd yn dipyn o dalcen caled y dyddiau hyn ac yn galw am ddawn dweud – a disgyblaeth gadarn.

Hawdd meddwl eu bod yn frodyr neu'n gefndryd gyda'u

llygaid glas a'u gwallt du a'u cyrff athletaidd. Serch hynny, ychydig oedd yn gyffredin rhwng y ddau o ran diddordebau, ac wedi i Peter briodi merch oedd hefyd â diddordeb mewn cychod a hwylio roedd y cyswllt rhwng y ddeuddyn wedi mynd yn denau ac achlysurol. Ac, wrth gwrs, roedd Harry wedi aros yn ddibriod er nad yn ddigariad.

Roedd e wedi gorffen y te erbyn i'r plismon ddod 'nôl.

"Chi'n moyn siafo, sbo."

Gosodiad, nid ymholiad – a'r plismon yn estyn eilliwr oedd yn hwylus at dorri tyfiant nos ond yn anobeithiol ar gyfer tyfiant pedair awr ar hugain – rhag ofn iddo ymdrechu i'w ladd ei hunan, meddyliodd.

Roedd y plismon wedi diflannu cyn iddo feddwl am holi ynghylch dŵr twym at y gwaith, ond yna ystyriodd na fyddai'n debyg o gael y fath foethusrwydd mewn cell yng ngorsaf yr heddlu. Yr un modd, rhyw damaid bach o ddrych oedd yn y gell a hwnnw wedi'i selio i'r wal mewn sment. Ond roedd yr heddwas wedi gadael tiwbyn sebon meddal a brwsh woblo. Un peth oedd yn glir – heb ddŵr twym fe fyddai'n rhaid iddo woblo'n go galed i gael digon o ewyn i siafo ag ef.

Roedd wrthi'n sychu'i wyneb â lliain cotwm tenau pan glywodd y drws yn agor eto.

"Brecwast."

Fe fwytaodd yn syndod o dda o ystyried na fyddai fel arfer yn cael mwy na grawnfwyd a thost a marmalêd i frecwast, gyda choffi du; roedd eisiau bwyd arno ar ôl noson mor ddigysur ac roedd y cig moch, ffa pob a bara saim yn flasus er bod y saim yn diferu o'r bara. Roedd yn teimlo'n llawn ac yn barod i wynebu unrhyw her ar ei ôl.

Daeth yr her honno'n fuan iawn pan ddywedwyd wrtho am frysio gan fod yr Arolygydd yn aros amdano. Teimlodd gnoad chwyrn yn ei berfedd – pa ddirdyniad oedd gan hwnnw mewn golwg ar ei gyfer y tro hwn?

Ond roedd cysur yn y ffaith fod Harry Ross yno'n ei

ddisgwyl gyda'r arolygydd, yn edrych yn gyfreithiol dros ben yn ei siwt lwyd streipiog a'i dei lwydlas a neisied wen ym mhoced ucha'i got. Gwenodd a chodi ar ei draed gan estyn ei law'n galonnog wrth i Peter gael ei hebrwng i'r stafell.

"Peter, 'rhen gyfaill!"

"Harry – diolch i chi am ddod."

Daeth ffug gerydd dros ei wefus.

"Beth yw'r 'chi' 'ma, 'te, Peter? 'Ti' a 'tithe' o'dd hi'n arfer bod ... Chi'n gweld, Inspector ..." trodd ei olygon at Arnold wrth y ddesg, "... ŷn ni'n hen ffrindie."

"O," oedd ymateb swrth yr arolygydd. "Sdim angen i fi'ch cyflwyno chi i'ch gilydd 'te."

"Nac o's."

Eisteddodd Harry ac agor ei ges a thynnu llyfryn, yn barod ar gyfer gwneud nodiadau, allan ohono. Rhoes winc ar Peter, yn gymaint ag i ddweud wrtho am beidio â bod ag ofn, yna edrychodd yn ddisgwylgar ar yr arolygydd.

Pesychodd yr Arolygydd Arnold gan godi'i ddwrn at ei geg. Edrychodd ar y ddau o'i flaen, gan weld y cwnstabl oedd wedi hebrwng Peter i mewn yn sefyll wrth y drws. Estynnodd ei law at beiriant recordio a gwasgu botwm.

"Cyfweliad yn cychwyn am ddeng munud wedi naw, Mai'r degfed. Yn bresennol, Arolygydd Arnold, Mr Peter Vaughan, Mr Harry Ross a cwnstabl ... ym ... Evans."

Oedodd ac yna dechreuodd eto.

"Mae hwn yn ymholiad ffurfiol ynglŷn â diflaniad Mr Alun Pritchard o fwrdd ei gwch *Yr Wylan* tua chwech o'r gloch yn y prynhawn ar y nawfed o Fai – mater a riportwyd i'r Heddlu gan Mr Peter Vaughan am bum munud wedi wyth yr un noson ... Mr Vaughan – roech chi a Mr Pritchard wedi bod yn hwylio drwy'r prynhawn ar y môr rhwng y Barri a Weston?"

"O'en – obeutu dou o'r gloch 'mla'n."

"Dim ond chi'ch dou?"

"Ie."

"A shwd dywydd o'dd hi?"

"Diwrnod bach ffein at hwylio – digon o awel ond heb fod yn gryf iawn. Yna fe newidiodd yn hwyrach a dechre bwrw glaw mân."

"O'dd y môr yn ddigon tawel i chi allu symud obeutu'r cwch yn ddidrafferth?"

"O'dd, ar y cyfan. Nid bod dyn yn symud llawer mewn cwch hanner agored fel *Yr Wylan*."

"Ond o'dd lle i sefyll a symud o gwmpas?"

"O'dd ..."

Aeth yr holi ymlaen, gan ddilyn y pethau oedd wedi'u dweud y noson flaenorol, am Pritchard yn yfed a meddwi ac yn ymosod ar Peter ac yna'r ergyd â'r botel whisgi.

"... a dyna'r pwynt, Mr Vaughan – dim ond eich gair chi sy gyda ni mai damwen o'dd hi ac nid ymosodiad ..."

"Esgusodwch fi, Mr Arnold ..."

Torrodd Harry Ross ar ei draws.

"Rhaid i fi ofyn pwy reswm sy 'da chi dros awgrymu nad damwen o'dd hi?"

Roedd yn amlwg wrth y ddau smotyn pinc ar fochau'r arolygydd nad oedd yn hoffi cael neb yn anghytuno ag ef.

"Weda i wrthych chi, Mr Ross, mae dou beth yn 'y mhoeni i – yn y lle cynta mae Mr Vaughan yn honni fod Mr Pritchard wedi ymosod arno fe â chyllell yn 'i law."

"Wel?"

"Sdim golwg o'r gyllell yn unman."

"Nac o's wrth gwrs – o'dd Mr Pritchard yn dala'r gyllell yn 'i law pan gwmpodd e i'r môr!" atebodd Peter yn chwyrn, yn anfodlon fod y dyn yn methu gweld peth mor amlwg.

"Falle 'ny, Mr Vaughan – ond mae'n beth od na fydde fe wedi gollwng 'i afel arni er mwyn trio gafael yn rhywbeth – canllaw falle – i gadw'i hunan rhag cwmpo, ydych chi ddim yn meddwl?"

"Chafodd e ddim amser – o'dd e wedi mynd mewn wincad!"

"Heblaw 'ny – tase fe wedi gollwng y gyllell fe alle hi fod wedi cwympo i'r *dŵr*, nid i'r cwch, Inspector."

"O'r gore – ond mae cwestiwn y botel yn aros, Mr Ross."

"Beth amdani?"

"O'dd olion eich bysedd ar y botel – a gwa'd a gwallt Mr Pritchard arni. Ffaelu deall ydw i pam na fyddech chi 'di towlu'r botel i'r môr a cha'l gwared o'r dystiolaeth?"

Tro Harry oedd hi i gyffroi.

"Inspector –" meddai'n anghrediniol, "– dych chi 'rioed yn awgrymu y byddai'n well i Mr Vaughan petai wedi cael gwared o'r dystiolaeth yn lle gadael y botel yno i brofi fod yr ymladd wedi digw'dd? Ydi hynny'r math o beth y bydde dyn euog yn 'i wneud, gwedwch?"

"Mae e'r math o beth y bydde dyn euog *yn* 'i wneud i roi'r argraff 'i fod e'n ddieuog, Mr Ross."

"Felly, ma' 'nghleient i ar fai y ddwy ffordd – yn euog petai e 'di towlu'r botel i'r dŵr, ac yn euog am 'i fod e 'di gadael y botel yn y cwch i chi ga'l 'i gweld hi! Dewch mla'n, wir Inspector!"

"Inspector! Fe adawes y botel lle'r o'dd hi i chi ga'l gweld 'mod i'n gweud y gwir! Credwch 'ny neu bido!"

"Nid beth ydw i'n gredu sy'n bwysig, Mr Vaughan – beth fydd y jiwri'n gredu fydd yn bwysig – os daw hi i hynny!"

PENNOD 4

DRWY DRUGAREDD doedd hwn ddim yn fore i Esyllt fynd i'r ysgol feithrin ac roedd yn falch o'r llonydd ar ôl noson ddiflas, yn troi a throsi a hepian, yn ymwybodol o'r lle gwag wrth ei hochr yn y gwely – yn mynd dros ddigwyddiadau'r diwrnod blaenorol. Cododd yn gynnar a thaclu amdani'n weddus, mewn siwt ddwyran ddu a diaddurn. Cerddodd yn brydlon i mewn drwy gyntedd gorsaf yr heddlu a chyhoeddi pam yr oedd wedi galw yno. Cafodd ddeall fod yr Arolygydd Arnold yn brysur ar y pryd a byddai'n rhaid iddi ddisgwyl am ychydig.

Doedd gan yr heddwas wrth y cownter fawr o ddiddordeb yn ei hymholiadau am gyflwr Peter ond fe ymdrafferthodd i fynd i stafell gefn i holi. Roedd Vaughan wedi bwyta brecwast iawn ac wedi cysgu'n dda ond – mewn ymateb i'w chais pellach – ni allai hi gael ei weld eto, gan ei fod yn cael ei holi ar y pryd. Bu'n rhaid iddi eistedd yn y cyntedd drafftiog heb ddim i'w wneud ond syllu ar y cloc yn cerdded y munudau a'r oriau ar y wal o'i blaen a cheisio rhoi ei meddwl ar waith.

Fe fwynhaodd yr Arolygydd holi Esyllt yn nes ymlaen yn ystod y bore. Hebryngodd hi i mewn i'r stafell gyf-weld arall yn llawn ymddiheuriadau am ei chadw i ddisgwyl mor hir – gobeithio eu bod wedi rhoi cwpaneidiau o goffi a sigaréts iddi ac yn y blaen. Oedd, roedd Mr Vaughan yn iawn, ac wedi bod yn help mawr ynglŷn â mater diflaniad Mr Pritchard, chwarae teg iddo – ac ar y pryd roedd yn cael paned a mygyn yn y cantîn; fe fyddai hi'n cael ymuno ag ef mewn munud. Ond roedd 'na fater neu ddau yr hoffai'u trafod gyda hi cyn hynny – jyst mater o lenwi manylion a chael darlun hollol glir. Iawn?

Roedd Esyllt yn barod iawn i helpu.

"Wel 'te, Mrs Vaughan – mae hyn i gyd wedi bod yn dipyn o sioc i chi, mae'n siŵr."

"Ydi, Inspector – yn sioc fawr."

"Ac mae'n siŵr eich bod chi heb gysgu llawer neithiwr."

"Nid hynny sy'n 'y mlino i, Inspector, ond yr holl fusnes 'ma obeutu 'ngŵr a Mr Pritchard."

"Wrth gwrs, Mrs Vaughan – a gore po gynta gallwn ni setlo popeth i bawb ga'l mynd tua thre."

Oedodd a gwenu arni a'i wên yn awgrymu nad oedd dim yn ei boeni ond bod angen tacluso dipyn ar y dystiolaeth cyn rhoi pen ar y mwdwl, gyda'i help hi.

"Shwd galla i'ch helpu chi, Inspector?"

"Wel – mae 'na un neu ddou o bethe ..."

"Fel beth?"

"Ym ... wel, gwedwch wrtho' i, fydd eich gŵr yn yfed dipyn?"

Roedd yn gwestiwn annisgwyl ac ni allai Esyllt beidio â chuddio tinc o syndod yn ei llais.

"Na fydd – mae'n dibynnu be chi'n feddwl wrth 'dipyn' wrth gwrs, ond fe fyddwn ni'n ca'l poteled o win gyda chinio ambell noson a diod ne' ddwy yn y clwb nos Sadwrn ..."

"Yr *yacht club* ..."

" 'Na chi – ond fydd e byth yn mynd dros ben llestri."

"Yfed yn gymedrol ..."

"Ie."

"Ac felly fyddech chi ddim yn meddwl y bydde fe wedi yfed ar y cwch pan a'th e mas gyda Mr Pritchard?"

Ysgydwodd Esyllt ei phen.

"Na – 'na un peth galla i weud i sicrwydd – na fydd e byth yn yfed pan fydd e'n mynd mas ar y môr – nac wrth ddrifo car, wrth gwrs."

"Wrth gwrs. Felly dyw hi ddim yn debyg taw'ch gŵr dda'th

â'r botel whisgi i gwch Mr Pritchard chwaith."

"Yn bendant, nage."

"Ac eto dim ond ôl 'i fysedd e o'dd ar y botel. Ydych chi ddim yn gweld hynny'n beth od?"

Teimlodd Esyllt ei chalon yn curo a chafodd y teimlad fod yr Arolygydd yn chwarae â hi.

"Dwy i ddim yn deall."

"Wel, os taw Mr Pritchard dda'th â'r botel ar y cwch fe fyddech chi'n disghw'l gweld olion 'i fysedd e arni hefyd yn rhywle – am y canol falle wrth iddo ddadsgriwo'r clawr."

Daliodd Esyllt ei hanadl.

"Beth ych chi'n trio gweud?"

"Jyst meddwl o'wn i shwd nad o'dd olion bysedd Mr Pritchard ar y botel os taw fe dda'th â hi i'r cwch, 'na gyd."

Oedodd gan syllu arni i weld yr effaith roedd ei eiriau wedi'i chael arni ac yna fe aeth ymlaen fel petai syniad newydd ei daro.

"Wrth gwrs, petai'ch gŵr wedi dod â'r botel i'r cwch – fel anrheg i'w gyfaill, er enghraifft, fe eglure hynny dipyn."

"Pam yn y byd wnele fe 'ny? O'dd Peter yn gwbod nad o'dd Alun byth yn yfed ar fwrdd llong – fe fydde'n rhy beryglus o lawer."

"Wrth gwrs, ond alle fe ddim fod wedi dod â'r botel gydag e fel anrheg – anrheg ben-blwydd er enghraifft?"

"Ond dyw pen-blwydd Alun ddim tan fis Tachwedd ..."

"Rwy i'n gweld – ych chi'n ddigon cyfarw'dd â Mr Pritchard i wbod pryd mae'i ben-blwydd ..."

"Ydw – fe fyddwn ni fel arfer yn ca'l swper 'da'n gilydd i ddathlu, y tri ohonon ni."

Nodiodd Arnold fel petai wedi'i foddhau.

"Wela i – felly dŷn ni ddim nes ymlaen at wybod shwd nad o'dd olion bysedd Mr Pritchard ar y botel."

"Wel, nid Peter dda'th â hi i'r cwch – o leiaf dwy i ddim yn meddwl 'ny."

Craffodd yr Arolygydd arni – a oedd yr ansicrwydd yn ei hateb yn awgrym y gallai'i gŵr fod wedi dod â'r botel i'r llong wedi'r cyfan?

"O'dd 'na fater arall?"

"Ym ... o'dd ... A gweud y gwir mae'n fater go bwysig ..."

Seibiant eto – er mwyn cynyddu anghysur Esyllt. Edrychodd arno'n ddisgwylgar.

"Mae'ch gŵr wedi gweud fod Mr Pritchard wedi ymosod arno fe achos 'i fod e mewn cariad â chi ..."

"Wel?"

"Fyddech chi'n gweud ni 'ed?"

"Os 'na beth wedodd Peter wrthych chi, Inspector, wy i'n barod iddi gredu e."

"Ydi hynny'n golygu nad ych chi ddim yn siŵr?"

"Y cyfan mae'n olygu yw nad o's 'da fi ddim rheswm dros bido'i gredu e."

"Na rheswm dros 'i gredu e chwaith. Mrs Vaughan! Oech chi a Mr Pritchard wedi rhoi rheswm iddo gredu 'ny mewn unrhyw fodd?"

"Os ydych chi'n trio awgrymu 'mod i wedi bod yn anffyddlon i 'ngŵr fe allwch anghofio 'ny nawr!"

"A wnaeth Mr Pritchard ddim byd i wneud i chi feddwl 'i fod e mewn cariad â chi?"

"Ddim erio'd – oe'n ni'n tri'n ffrindie da. Ches i ddim awgrym erio'd fod Mr Pritchard â'i lygad arna i."

"Felly beth o'dd eich ymateb pan wedodd eich gŵr wrthych chi fod Mr Pritchard wedi ymosod arno fe?"

"Synnu a rhyfeddu, Inspector."

"Ond os o'dd eich gŵr yn meddwl fod rhywbeth rhyntoch chi a'i gyfaill fe alle hynny fod yn rheswm dros ymosod arno, ydych chi ddim yn cytuno?"

"Ond do'dd 'dag e ddim rheswm dros gredu 'ny!"

"Nac o'dd?"

"Nac o'dd – neu ma' rhywbeth yn bod arno fe!"

Cnodd ei thafod ond yn rhy hwyr – roedd golwg fuddugoliaethus ar wyneb yr arolygydd.

"Mewn geirie erill, fe alle fod yn eiddigeddus heb reswm. Dyna beth ych chi'n awgrymu, yntefe, Mrs Vaughan?"

"Nage – ie – dwy i ddim yn siŵr! Ych chi'n 'y nrysu i!"

"Gwedwch wrtho' i – wna'th eich gŵr ddim erio'd weud eich bod chi'n rhy gyfeillgar â'i gyfaill?"

"Wel – do, unwaith ..."

"Do?"

"Ond dim ond o ran sbort, Inspector – do'dd e ddim yn 'i feddwl e, wir i chi ..."

"Nac o'dd e, wir?"

* * *

Erbyn canol dydd roedd cyhoeddiad swyddogol wedi dod o orsaf yr heddlu am ddiflaniad y Alun Pritchard o gwch hwylio ar Fôr Hafren a bod yr heddlu'n trin yr achos fel un amheus – ac roedd gŵr a gwraig yn cael eu holi ar y mater. Roedd yr Arolygydd Arnold wedi gweithredu'n gyflym, gan wybod na fyddai modd cadw pethau'n dawel yn hir wedi i'r heddlu ddechrau cadw pawb draw o'r porthladd ac o gwch yr ymadawedig.

Yn gynnar yn y prynhawn, ar ôl ymholiadau pellach, fe gafwyd tystiolaeth feddygol gan Wasanaeth Gwaed Cymru yn cadarnhau fod y gwaed ar y botel whisgi yn perthyn i'r un grŵp â gwaed Alun Pritchard. Roedd cofnod amdano yn y swyddfa newydd yn Llantrisant – roedd galw mawr am ei waed gan ei fod yn rhesws negyddol, math hynod o brin. Roedd hynny'n ddigon o gadarnhad i'r Arolygydd Arnold. Trawodd y teclyn ffôn i lawr ar ei grud a golwg foddhaus ar ei wyneb na allai olygu dim byd ond llwyddiant. Cododd o'i gadair yn ei swyddfa ac anelu am y drws a'i agor a galw:

"Sarjant! Peter Vaughan – ar unwaith!"

Ymhen tair munud daeth sŵn cerdded cyflym ac fe

hebryngwyd Peter Vaughan i'w swyddfa rhwng dau blismon praff. Syllodd Arnold arno'n sefyll o'i flaen yn welw a nerfus. Gloywodd ei lygaid a chaledu wedyn.

"Peter Vaughan – rwy i'n eich restio chi ar gyhuddiad o lofruddio Alun Pritchard ar y nawfed o Fai eleni. Nid oes rhaid i chi ddweud dim byd ond …"

* * *

Ymhen hanner awr roedd car yr heddlu'n sefyll o flaen cartref Peter ac Esyllt Vaughan a chwnstabl unig yr olwg yn gwarchod y drws ffrynt ac yn barod i gadw'r cyhoedd draw. Roedd llenni'r tŷ wedi'u cau a doedd dim sôn am Peter nac Esyllt Vaughan, gan eu bod yn 'helpu'r heddlu gyda'u hymholiadau' yng ngorsaf yr heddlu. Y tu ôl i'r llenni roedd tîm o blismyn yn archwilio'r tŷ'n fanwl ac amyneddgar, yn chwilio am dystiolaeth.

Ychydig oriau a aeth heibio cyn i ryw heliwr sgandal synhwyro y gallai fod stori lamsachus yn ymguddio'n rhywle. Erbyn holi o gwmpas cymdogion ac aelodau'r clwb hwylio roedd darlun wedi'i greu o gyfeillgarwch clòs rhwng Alun Pritchard, perchennog y cwch, a Peter ac Esyllt Vaughan a bod Mrs Vaughan, gwraig ifanc ddeniadol, i'w gweld yn cyd-hwylio ac yn cyd-yfed ag Alun Pritchard yn aml – yn amlach nag a oedd yn barchus, ym marn ambell gymdoges …

* * *

Roedd Dr Rotherslade, y prifathro, yn anghrediniol a dweud y lleiaf pan dorrodd y newyddion am y cyhuddiad yn erbyn Peter. Prin y gallai dderbyn fod un o'i staff ef, athro poblogaidd oedd yn dipyn o arwr gan y plant, wedi'i gyhuddo o lofruddio'i gyfaill gorau!

Roedd cloch yr ysgol yn hwyr yn canu fore trannoeth am

fod y Prifathro wedi galw'r athrawon ynghyd i drafod y mater ac i baratoi am unrhyw ddigwyddiad posibl – ymholiadau cŵn y wasg, yn bennaf, yn ysu am stori flasus, yn holi a busnesa i fywydau personol Peter Vaughan a'i wraig. Doedd dim amheuaeth na ddigwyddai hynny ond nid i'r graddau erchyll a welid yn America, diolch byth, lle'r oedd popeth yn agored i'w ddatgelu a'i orbwysleisio a'i gamddehongli dan enw rhyddid barn a gwybodaeth. Fe gymerai'n ganiatαol y byddai pob un aelod o'r staff yn gwrthod siarad â'r wasg na neb o'r cyfryngau er mwyn tegwch i'w cyd-athro ac i enw da'r ysgol; fe fyddai'n rhybuddio'r disgyblion ar y cyfle cyntaf i gau'u cegau'n dynn dros yr wythnosau a'r misoedd nesaf tan yr achos yn y llys.

Tawedog fu'r lleill o'i flaen, ond torrodd yr argae wedi iddyn nhw fynd 'nôl i stafell yr athrawon lle gellid trafod y newyddion yn ddilyffethair. Roedd y rhan fwyaf ohonyn nhw'n nabod Alun Pritchard, gyda'i gar moethus a'i gwch pleser a'i gyfoeth amlwg. A'r cyfaill wedi etifeddu ffortiwn ar ôl ei dad, y bachan lwcus, doedd dim angen iddo ennill ei damaid fel pawb arall – fel Peter, er enghraifft. Roedd y ddau wedi bod yn gyfeillion mynwesol ers blynyddoedd; doedd neb yn siŵr iawn pryd y daethon nhw i nabod ei gilydd, ond y tebygrwydd oedd mai'r clwb cychod pleser oedd mangre'u cyfarfyddiad pan oedd Pritch yn chwilio am gwmni i'w helpu gyda'i gwch. Parhaodd y cyfeillgarwch hyd yn oed wedi i Peter briodi 'slasien o fenyw', ys dywedodd Tal Harries, yr athro mathemateg â'i bib ar slant rhwng ei ddannedd melyn.

"Rhyntoch chi a fi a'r wal ..." meddai â gwên fach faleisus, "... synnwn i ddim iddo fe fod dipyn yn esgeulus yn gadel i'w ffrind gadw cwmni iddi wraig e fel o'dd e'n gwneud."

"Be ti'n feddwl – esgeulus?" – Harriet Evans, athrawes Fywydeg, a'i llygaid yn pefrio ac yn glustiau i gyd.

"Wel, tase hi'n wraig i fi, wy i'n siŵr na adawn i rywun fel Pritch weld eitha cyment ohoni – gofyn am drafferth, os gofynnwch chi i fi."

"Pam? Beth o'en nhw'n wneud 'te?" – Harriet unwaith eto.

"Mas 'da'i gilydd yn whare golff neu ar yr iot 'na sy 'dag e pan o'dd Peter yn gwitho bob dydd."

"Ond ro'dd Peter yn gwbod, gwlei."

"Falle 'ny ..."

"A falle fod Peter wedi dala'r ddou 'da'i gilydd a ..."

"Ac wedi lladd Pritch!"

" 'Na beth ma'r polîs yn meddwl, ma'n amlwg."

Ysgydwodd Harriet ei phen.

"Ma'n anodd 'da fi gredu 'ny, rywsut – ma' Peter yn foi mor neis."

"Wel, y cyfan weda i yw nad o's dim mwg heb dân yn rhywle, Harriet ..."

* * *

Datglôdd plismon ifanc ddrws y stafell gyf-weld a hebrwng Hilda Roberts, QC, i mewn. Ffroenodd hithau awyrgylch sur stafell nad oedd ffenest wedi'i hagor ynddi ers misoedd, sylwodd gyda diflastod cyfarwydd ar foelni'r lle diaddurn gyda'i furiau o gerrig di-blastr wedi'u paentio â lliw hufen, y llawr concrit a'r ychydig gelfi plaen, y ford a'r ddwy gadair fetel. Nid oedd yn lle y bwriadwyd i neb fwynhau ei arhosiad yno. Gwelodd gyda diflastod fod gwe cor ar draws un o gwarrau'r ffenest uchel ac olion pryfetach ynddi.

"Fe fydd Mr Vaughan yma nawr, Miss."

"Mrs. Diolch."

Cnodd y plismon ei wefus wrth weld ei gamsyniad a diflannodd trwy'r drws heb ddweud dim rhagor. Camodd Hilda Roberts at y ford a dodi'i ches bach lledr du arni ac eistedd. Agorodd y ces a thynnu llyfr nodiadau â chlawr du ohono a phensil â blaen main. Cododd naddwr o'r ces a dechrau naddu'r pensil yn otomatig er ei fod eisoes yn flaenllym, gan fwrw'r crafion i'r daliwr metel o dan y ddesg. Roedd y weithred yn rhoi cyfle iddi ymgartrefu – os dyna'r gair – yn y lle wrth ddisgwyl dyfodiad ei chleient.

Merch dal a main, gydag wyneb crwn, trwyn fel pig eryr a llygaid llwyd oedd y fargyfreithwraig; roedd hi o gwmpas y pumdegau canol a'i hwyneb yn dechrau dangos arwyddion canol-oed yn y rhychau mân o dan gorneli'i llygaid a gwallt du a fyddai'n frith oni bai am ofal cyson y siop drin-gwallt. Fe allai rhywun angharedig awgrymu tebygrwydd i filgi, ond roedd ei chefn yn syth a'i cherddediad yn sionc a hyderus – fel y byddech yn ei ddisgwyl mewn bargyfreithwraig hynod o lwyddiannus. Yr unig nam ar ei golwg oedd y dannedd dodi oedd yn atgoffa dyn o ddannedd caseg pan fyddai'n gwenu.

Roedd hi wedi cytuno i amddiffyn Peter Vaughan yn bennaf am fod yr achos yn un diddorol – achos o lofruddiaeth heb gorff y llofruddiedig ar gael a'r holl amheuon ynglŷn â thystiolaeth amgylchiadol yr oedd hynny'n ei olygu. Ond ar ôl darllen y dogfennau a thrafod yr achos gyda Harry Ross fe welai fod y dystiolaeth yn gryf yn erbyn Peter. Roedd hynny'n her oedd wrth ei bodd, serch hynny. Fe fyddai'n frwydr lew i argyhoeddi'r rheithgor mai ei amddiffyn ei hunan oedd Peter Vaughan pan fwriodd Alun Pritchard â'r botel. Problem arall fyddai profi fod Pritchard wedi ffoli ar Esyllt ac yn ei chwennych ac wedi ymosod ar Peter mewn pwl o genfigen, neu yn ei feddwdod. Byddai angen croesholi taer a huotledd anarferol o argyhoeddiadol i ennill y rheithgor.

Torrwyd ar draws ei myfyrdod wrth i Peter gyrraedd, yng nghwmni warder. Cododd ei phen a gwenu arno.

"Mr Vaughan? Hilda Roberts. Fi fydd yn eich amddiffyn."

Cododd a gwên gwrtais ar ei hwyneb, gan estyn ei llaw dros y ford. Cymerodd Peter ei llaw a'i hysgwyd yn gadarn.

"Dda 'da fi gwrdd â chi, Mrs Roberts. Mae Harry wedi sôn dipyn wrtho' i amdanoch chi."

"Dim byd drwg gobeithio ... ym ... mi alwa i pan fydda i'n barod."

At y warder y cyfeiriodd hi'r geiriau olaf. Nodiodd yntau a gadael y stafell. Edrychodd hi eto ar Peter heb yngan gair am rai eiliadau fel petai'n pwyso a mesur ei geiriau wrth graffu arno. O brofiad hir yng nghwmni troseddwyr a drwgweithredwyr a'r dieuog fel ei gilydd fe wyddai na allai fesur cymeriad dyn wrth ei olwg. Petai hynny'n wir fe fyddai gwaith cyfreithwyr gymaint yn haws yn y byd 'ma, meddyliodd. Serch hynny, fe welai ddyn heb unrhyw arwydd gweladwy o euogrwydd na thuedd at ddrwgweithredu o ran ei bryd a'i wedd, gyda chrys agored, siwt lwyd streipiog a thaclus er ei bod bellach braidd yn anniben ar ôl cyfnod o garchar. Ond roedd y gwelwder yn ei ddwyfoch a'r olwg ofidus yn ei lygaid yn awgrymu dyn mewn gwewyr meddwl ac ofn yn hytrach na throseddwr eofn ac wynebgaled. A phan siaradodd roedd sŵn cydymdeimlad yn ei llais.

"Mae golwg braidd yn welw arnoch chi, os ca i weud."

Daeth cysgod gwên dros wyneb Peter.

"Sdim llawer o heulwen yn y twll 'ma."

Roedd e'n swnio'n ddigon calonnog ar waetha'i olwg – roedd hynny'n beth da. Gobeithio y byddai'n dal yr un mor galonnog ar ôl y misoedd hir o baratoi ar gyfer yr achos.

"Dewch i eistedd – inni gael siarad."

Edrychodd arno'n dawel am ychydig eiliadau, yn casglu'i meddyliau ynghyd.

"Wel – ble cawn ni ddechre? Shwd maen nhw'n eich trin chi?"

Tynnodd Peter wep.

"Cystal ag sy i ddishgw'l, sbo."

"Bwyd yn weddol?"

"Iawn – digon ohono fe, 'ta beth am 'i ansawdd. Ydych chi wedi gweld Esyllt?"

Nodiodd Hilda, gan sylwi ei fod yn awyddus i droi'r sgwrs.

"Ydw – a ma' hi'n hynod o ddewr dan yr amgylchiade a dynon y papure newydd yn 'i dilyn hi i bobman."

"Diawled!"

"Ie, sbo, ond 'na beth yw'r esgus – 'human interest'."

"Busnesa ym mywyde preifat pobol!"

"Wel, fe fyddwch chi'n falch i wbod 'i bod hi 'di mynd i aros at 'i mam o'r ffordd ac i ga'l llonydd 'da'r tacle."

Roedd y newyddion yn amlwg yn gysur iddo ond heb fod yn ei fodloni'n llwyr.

"Ydi hi 'di gweud rhywbeth wrthych chi?"

Nid oedd hi'n deall arwyddocâd y cwestiwn. Dweud beth? Ar wahân i fynegi gofid amdano fe, fel y gwnâi unrhyw wraig mewn sefyllfa debyg, doedd Esyllt ddim wedi dweud fawr o ddim.

"Rhywbeth a allai fod o help, chi'n meddwl?"

"Ie."

"Nag yw."

"O."

Roedd e'n swnio'n siomedig, fel petai un drws gobaith wedi'i gau, ond beth allai Esyllt ei ddweud fyddai o help yn yr achos? Gallai amddiffyn ei gŵr a phardduo cymeriad Pritchard yn y llys, o bosibl, ac fe allai hynny greu argraff ffafriol ar y rheithgor. Tybed ai dyna oedd ar ei feddwl? Byddai'n fater iddi ei ystyried yn ofalus yn nes ymlaen.

"Wel 'te, mae'n debyg fod Mr Ross wedi awgrymu shwd rwy'n bwriadu'ch amddiffyn chi."

"Ddim llawer – ro'dd yn well 'dag e adael hynny i chi."

"Wela i."

Roedd yr ateb wedi'i phlesio ac yn cadarnhau fod gan y cyfreithiwr hyder ynddi – rhywbeth a wyddai'n barod o ran hynny.

"Wel 'te – fel y gwyddoch chi, mae'n siŵr, mewn achos difrifol fel llofruddiaeth – llofruddiaeth honedig, hynny yw –" ychwanegodd yn frysiog, "rhaid i'r erlynydd brofi y tu hwnt i bob amheuaeth taw chi laddodd Mr Pritchard, a chan nad oes dim corff ar gael mae hynny'n mynd i wneud y dasg yn fwy anodd iddyn nhw. Fy ngorchwyl i fydd gofalu fod amheuaeth rhesymol ynglŷn â'r holl fater ac rwy i o'r farn y dylai fod gen i siawns dda i wneud hynny ..."

Aeth y llifeiriant geiriau ymlaen a hithau'n benderfynol o gadw gobaith ynghynn gyda'i geiriau hyderus.

"Nawr, dwy i ddim am godi'ch calon yn ormodol, Mr Vaughan – mae'n mynd i fod yn frwydr anodd er 'mod i'n ffyddiog y cawn ni'r trechaf ar yr ochr arall yn y diwedd."

"Cewch, gobitho!"

"Ond mae angen i chi fod yn hollol onest â fi ar y mater hwn – mae olion eich bysedd ar y botel ac ôl gwaed Mr Pritchard ..."

"Dwy i ddim wedi gwadu hynny."

"Felly y cwestiwn yw hyn ..." oedodd Hilda Roberts ac edrych i fyw ei lygaid. "Rych chi'n honni eich bod yn ddieuog o lofruddio Mr Pritchard."

"Ydw."

"Os felly – pam yn y byd na wnaethoch chi daflu'r botel i'r dŵr a chael gwared o'r dystiolaeth?"

Daeth yr ateb yn syth.

"Fel gwedes i wrth y polîs, Mrs Roberts – i ddangos nad own i'n gweud celw'dd – ac achos 'mod i'n meddwl y bydde ca'l gwared o'r botel ynddo'i hunan yn awgrymu euogrwydd. Rown i'n moyn dangos taw amddiffyn 'yn hunan wnes i wrth fwrw Alun Pritchard – a taw damwen oedd 'i farwolaeth. A falle 'mod i'n ddiniwed, ond rown i 'di meddwl y derbynie'r polîs yr esboniad ac na fydde 'na ddim cwestiwn o achos llys."

Gorffennodd â nodyn chwerw. Roedd y dyn i'w edmygu, teimlai Hilda Roberts, am ei onestrwydd a'i ddewrder, a'i bitïo am ei ddiniweidrwydd plentynnaidd – "falle 'mod i'n ddiniwed ..." – oedd, roedd e siŵr o fod yn cystadlu am deitl y diniweitiaf o blith dynion! Petai wedi oedi a meddwl yn bellach ar y pryd fe fyddai wedi sylweddoli fod y ffaith ei fod wedi cyfaddef iddo daro Pritchard ar ei ben wrth ei amddiffyn ei hun yn agored i ddehongliad mwy sinistr – dehongliad oedd wedi'i arwain o flaen ei well a dehongliad a allai fod yn andwyol i'r amddiffyniad.

* * *

Ar ôl gweld Peter fe aeth Hilda Roberts adref gan deimlo'i fod yn dal rhywbeth 'nôl oddi wrthi – rhyw gyfrinach, neu ryw wybodaeth na fynnai ei datgelu 'er ei grogi' fel petai, rhag i hynny wneud drwg i'w achos ... Beth, tybed? A oedd sail i'r honiad fod Pritchard yn chwennych Mrs Vaughan? Byddai angen iddi wneud y mwyaf o hynny wrth groesholi'r diffynnydd – ond heb awgrymu fod Mrs Vaughan a Pritchard yn gariadon, chwaith. Roedd yn ddigon tebygol y ceisiai'r erlynydd awgrymu hynny er mwyn honni fod Peter Vaughan yn eiddigeddus o'i gyfaill, er nad oedd unrhyw dystiolaeth o hynny.

Roedd hi wedi rhoi gair o gysur iddo ac wedi addo gwneud ei gorau drosto cyn ymadael. Ond roedd olion ei fysedd a'r gwaed ar y botel yn ddamniol.

* * *

Gwnaeth alwad ffôn ar ôl cyrraedd ei siambrau yng Nghaerdydd.

"Mr Ross? ... Hilda Roberts ..."

"Hylô. Sut hwyl gesoch chi 'da Peter Vaughan?"

Syllodd Hilda Roberts drwy'r ffenest at yr olygfa o'i blaen – maes parcio bach yn cefnu ar swyddfeydd eraill o friciau coch a melyn yn ffasiwn diwedd y ganrif ddiwethaf. Tynnodd anadl a'i ollwng mewn rhyddhad.

"Gweddol. Wy i 'di cael achosion haws."

"Ond ydych chi'n credu stori Peter?"

"Fel mae'n digw'dd, ydw, Mr Ross – ydw, wy'n 'i gredu – yn yr hanfodion o leiaf."

"Wy'n casglu felly eich bod chi'n ddigon hapus i ymladd yr achos."

"Ydw – ond mae'n mynd i fod yn frwydr go galed, hyd yn o'd heb y corff. Mae'r dystiolaeth braidd yn gryf."

"Y botel ..."

"Ie – y botel yn bennaf. A phetai'r ochr arall yn gallu dangos fod 'na elfen o eiddigedd yno – wel, fe all Mr Vaughan ganu'n iach i'w ryddid, wedwn i. Falle taw'r peth gore fyddai ceisio 'dag e i newid ei ble a phledio'n euog i ddynladdiad."

"Dynladdiad? Er eich bod chi'n credu'i stori?"

"Ie, Mr Ross. Wedi'r cyfan, ma' pum mlynedd am ddynladdiad yn well nag o's am lofruddiaeth."

PENNOD 5

GWYLLTIO WNAETH PETER pan glywodd yr awgrym; pwniodd y ford o'i flaen yn y stafell gyf-weld a rhythu'n anghredinol ar ei gyfreithiwr.

"Alla i ddim credu hyn! Ti o bawb, Harry – fy nghyfreithiwr fy hunan – am i fi bledio'n euog i rywbeth na wnes i mohono fe!"

"Ond, Peter – ma' hyn yn digw'dd yn amal – pledio'n euog i drosedd lai er mwyn osgoi cosb fwy – yn enwedig pan ma' pethe'n edrych yn ddu ..."

"Yn ddu? 'Sda ti ddim llawer o ffydd yn Hilda Roberts, o's e?"

"All hyd yn o'd Hilda Roberts ddim gwadu'r dystioleth ..."

"Ac rwyt ti'n credu y cân nhw fi'n euog!"

" 'Na beth wy'n ofni, Peter."

"Ydi Cyfraith Lloegr wedi disgyn mor isel â hyn pan ma' gweud anwiredd yn cael 'i annog fel ffordd o ga'l tegwch? Shwd degwch yw e pan ma' dyn dieuog yn gorfod pledio'n euog? Ble ma' hynny'n gadel cyfiawnder, Harry? Wyt ti'n credu fod pum mlynedd o garchar yn gyfiawnder i ddyn dieuog fel fi?"

Ac am unwaith yn ei fywyd doedd gan Harry Ross ddim byd i'w ddweud.

* * *

Dyn canol oed o daldra canolig oedd Mr Ustus Rowton gyda phen braidd yn hirsgwar a thrwch o wallt brith a fu unwaith yn frown yn cylchynu'i ben o dan moelni'r corun. Roedd yn gochlyd o ran pryd a gwedd a syllai dau lygad glas golau â syndod parhaol ar y byd o'i gwmpas. Serch hynny, nid oedd yr olwg ddiniwed yn twyllo neb – roedd ganddo enw am fod yn gosbwr eitha llym pan geid dihiryn yn euog o'i flaen. Ond roedd yn enwog hefyd am ei amynedd a'i degwch. Y peth anarferol amdano o bosibl oedd ei hoffter o jazz a gafodd ei ennyn pan oedd yn fyfyriwr coleg yn Aberystwyth mewn sesiynau yn undeb y myfyrwyr. Yn y dyddiau hynny fe fu'n aelod o grŵp a fyddai'n chwarae i'w gyd-fyfyrwyr ar nos Sadyrnau. Bryd hynny fe ddisgleiriai yntau gyda'r sacsaffon alto.

Bellach roedd y sacsaffon wedi cael gorffwys, ac ers degawdau bu'n addurno cwpwrdd gwydr yn ei gartref cysurus yn ardal Ffynhonnau o Abertawe heb fod ymhell o faenor y Maer. Roedd yn ardal o strydoedd llydain, coed tal a thai mawreddog a gafodd eu codi dros ganrif yn ôl pan oedd bri ar grefftwaith yn gyffredin a hynny'n cael ei adlewyrchu ym mhraffter y gwaith pren a chywreinrwydd y nenfydau addurnedig yn y tai. Ar y Sadwrn a'r Sul doedd dim yn rhoi mwy o bleser iddo na cherdded drwy'r lonydd cefn i mewn i harddwch Parc Cwmdwncyn gyda Phyllis, ei wraig, a syllu draw at y llongau yn y bae o ben y bancyn uchaf.

Roedd y sacsaffon a llongau'r bae fel ei gilydd yn bell o'i feddwl y dyddiau hyn oherwydd yr achos, Regina v Vaughan, yn Llys y Goron, Caerdydd. Bellach roedd yr achos yn cyrraedd ei anterth, yn dirwyn i ben ar ôl tridiau o ddadlau ac roedd yn bryd iddo gloi'r dadleuon o'r ddwy ochr gerbron y rheithgor.

Roedd e'n teimlo'n eitha diflas wrth weld rheithgor mor anaddawol o'i flaen – pam na fyddai modd eu didoli fel yn America? Roedd e'n amau gallu un neu ddau i ddarllen fawr ddim ar wahân i benawdau bras y papurau sbwriel; fe fentrai fod ambell un – fel y llencyn hirwallt mewn crys agored a throwsus jîns – heb ddeall fawr ddim o'r dadleuon a digon tebyg ei fod yn fwy awyddus i orffen yr achos yn gyflym er mwyn mynd i weld pêl-droed ar deledu lloeren nag ymboeni am gyfiawnder. Ar y llaw arall, roedd athro ysgol yn ei ddeugeiniau cynnar yn eu plith yn siŵr o fod yn falch i estyn yr achos gymaint ag y gallai rhag gorfod mynd 'nôl i wynebu disgyblion anwaraidd yr Ysgol Gyfun. Roedd gobaith y byddai hwnnw o leiaf yn dymuno trafod yr achos yn fanwl.

Roedd yr achos wedi para'n hirach na'r disgwyl yn barod am fod y barnwr wedi gorfod newid y rheithgor ac ailddechrau o'r dechrau ar y trydydd dydd. Y rheswm am hynny oedd fod un o swyddogion y llys wedi digwydd clywed un o aelodau'r rheithgor gwreiddiol yn mynegi rhagfarn yn erbyn Peter Vaughan yn y ffreutur yn ystod yr awr ginio drwy haeru ei bod yn ddigon hawdd dweud wrth ei olwg ei fod yn euog. Roedd hynny'n groes i gyfarwyddyd eglur Mr Ustus Rowton ynglŷn â chadw meddwl agored a diduedd nes bod yr holl ddadleuon wedi'u cwblhau. Roedd hynny'n golygu hefyd na fyddai'r diffynnydd yn cael ystyriaeth deg gan un aelod o'r rheithgor o leiaf. Gan hynny, rhaid eu newid i gyd!

Ni chafodd yr un broblem gyda'r ail reithgor er na allai ddweud i sicrwydd ai delwi neu wrando'n astud oedd ambell un, fel y dyn busnes oedd yno o'i anfodd yn ei siwt lwyd daclus ac yn gofidio am beth oedd yn digwydd yn y swyddfa a'r ffatri tra oedd e i ffwrdd. Fe fyddai hwn eto'n awyddus i orffen yr achos heb wastraffu amser. Nid felly'r wraig ganol oed, dew, yn yr ail res – un ffyslyd yr olwg, gydag wyneb a gormod o golur arno a gwallt porffor oedd yn amlwg wedi cael gormod o liw y tro dwetha iddi fod yn y siop drin gwallt. Roedd hi wedi mwynhau pob munud o'r achos ac wedi hoelio'i llygaid ar y diffynnydd y funud y daeth i'r golwg am y tro cyntaf fel petai cyrn yn tyfu o'i ben. Doedd hi ddim yn siŵr o gwbl beth i'w feddwl – roedd yr olwg ddiniwed arno'n dirdynnu llinynnau'i chalon famol ond roedd hi'n ddigon cyfarwydd â'r byd i wybod nad oedd edrychiad dyn bob amser yn dweud y gwir amdano ac nad y dillad oedd yn 'gwneud y dyn'. Serch hynny, dyn ifanc oedd y diffynnydd ac roedd wedi rhoi'r argraff ei fod mewn cariad â'i wraig gan dynnu deigryn i'w llygaid gyda'i lais ofnus, crynedig. Fe allai fod wedi colli ei dymer mewn munud wan a tharo'i elyn mewn pwl o eiddigedd cyfiawn wrth ei weld yn bygwth ei briodas. Ond, yn ôl yr erlynydd, roedd e wedi ymollwng i gynddaredd ac eiddigedd maleisus ac wedi cynllwynio'n ofalus i gael gwared o'i elyn. Nid pob gwraig oedd â gŵr mor gariadlon, druan bach ag e. Ar y llaw arall doedd syberwyd y wraig yn ei sedd yn y llys, a'i dillad taclus, tywyll, modest, yn twyllo dim arni. Roedd hi'n nabod hoeden pan welai un – un oedd yn ddigon atebol i garu y tu ôl i gefn ei gŵr, fel cynifer o'r merched ifanc y dyddie 'ma; doedd ffyddlondeb yn golygu dim i'r siort 'na ... Fyddai hi ddim yn synnu petai'r gŵr hir-ddioddefus wedi dod i ben ei dennyn o'r diwedd ac wedi taro'r 'cyfaill' twyllodrus ar ôl darganfod ei fod yn bygwth dwyn ei wraig oddi arno. Ac os oedd hynny'n wir, fyddai ganddi hi mo'r galon i'w gondemnio.

Dyn awchus oedd Darren James, yr erlynydd, gyda chorff byr a thenau ac eithrio am ychydig dewdra am ei ganol oedd yn rhagflas o'r ymchwydd a ddatblygai ymhen degawd. Gair arall amdano oedd chwimwth, a'i lygaid bywiog, aflonydd yn gwibio'n ôl a 'mlaen ar hyd dwy res y rheithwyr, gan achosi i'r rhai mwyaf diog edrych arno'n astud fel petaen nhw'n ofni iddo'u holi a'u ceryddu'n bersonol am ddelwi yn y llys. Roedd hefyd yn siaradwr huawdl, a chanddo'r ddawn yr oedd wedi'i datblygu pan oedd yn llywydd y myfyrwyr yn Aberystwyth. Roedd Hilda Roberts ac yntau wedi croesi cleddyfau amryw weithiau yn ystod y deng mlynedd diwethaf, gan fwynhau gwrando ar ddadleuon ei gilydd a chyda'r parch mwyaf at drylwyredd y naill at y llall.

Y tro hwn roedd Darren James yn ffyddiog fod y ddadl wedi'i hennill pan ddaeth i annerch y rheithgor; roedd y dystiolaeth amgylchiadol mor gryf, a'r diffynnydd wedi cyfaddef ei weithred. Edrychodd i fyw llygaid y rheithgor gan beri iddyn nhw deimlo ei fod yn siarad â nhw'n bersonol a chan eu hargyhoeddi mai ganddo ef yr oedd gwreiddyn y mater yn gyfan gwbl.

"Foneddigion y rheithgor! Mae'r achos yn erbyn y diffynnydd yn syml ond yn argyhoeddi'n fwy oherwydd hynny. Mae'r amddiffynnydd wedi cyfaddef iddo daro'i gyfaill – amddiffyn ei hunan rhag ymosodiad sydyn, meddai Mr Vaughan. Ond dyw Mr Pritchard ddim yma i wadu hynny nac i amddiffyn ei enw da. All e ddim dweud wrthych chi fod Peter Vaughan wedi ymosod yn sydyn a dirybudd arno ac yntau'n methu'n lân â deall pam. Y gwir yw mai rheswm y diffynnydd dros ymosod yn gïaidd ar ei gyfaill ac achosi'i farwolaeth oedd ei fod wedi magu casineb tuag ato am ei fod yn coleddu rhyw syniad atgas a di-sail fod perthynas afiach rhwng ei gyfaill a'i wraig. Roedd yn amlwg fod gan Mrs Vaughan feddwl mawr o Mr Pritchard, a pham yn wir na allai fod yn hoff ohono fel cyfaill, ac yntau'n gyfaill agos i'r dyn yr oedd hi'n ei garu? Yn fy marn i, foneddigion, mae'r dystiolaeth yn awgrymu'n glir fod meddwl gwyrdroëdig y diffynnydd wedi troi'r cyfeillgarwch diniwed rhwng ei wraig a'i gyfaill yn chwant cnawdol ac aflan.

"Fe wnaeth Mrs Vaughan argraff ddofn ar bawb, rwy i'n siŵr, pan ddaeth i roi tystiolaeth ar ran ei gŵr; mae ein cydymdeimlad dwys yn cael ei estyn iddi, a hithau mewn sefyllfa lle gallai gair difeddwl greu camargraff a allai fod yn niweidiol i'w gŵr. Ond fe atebodd Mrs Vaughan fy nghwestiynau'n onest a dewr gan gredu fel y rhelyw ohonom ni mai'r 'gwir a saif'. A'r gwir yw na welodd hi erioed dystiolaeth o chwant yng nghyfaill ei gŵr tuag ati.

"A oedd Mr Pritchard wedi dangos diddordeb rhywiol ynddi erioed? Nac oedd. Pwy oedd hi'n 'i garu – 'i gŵr neu gyfaill 'i gŵr? 'I gŵr, wrth gwrs! Oedd hi wedi rhoi lle i'w gŵr amau ei ffyddlondeb iddo? Nac oedd! A phan ofynnais iddi ddweud ar ei llw na fu dim rhyngddi a Mr Pritchard fe wnaeth hynny ar unwaith gan wybod 'i bod wedi tyngu llw i ddweud y gwir a dim ond y gwir.

"Beth oedd ei hymateb pan ddaeth ei gŵr adref? Sioc – syndod – tristwch – hiraeth – am gyfaill teulu. Ydi hi'n credu fod ei gŵr yn dweud y gwir? Ydi! Ond ydi ffydd gwraig yn ei gŵr ynddo'i hun yn brawf ei fod yn ddieuog o'r cyhuddiad yn ei erbyn? Nac yw! A oes angen i fi'ch atgoffa, foneddigion, fod cwlwm sanctaidd glân briodas wedi bod yn fodd erioed i beri i'r naill gredu gair y llall yn ddiamod? Ac fel y mae'r gyfraith yn ei doethineb yn parchu'r cwlwm hwnnw drwy fynnu na ellir gorfodi gwraig i roi tystiolaeth yn erbyn ei gŵr, yr un modd hefyd rhaid i ninnau gofio y gall y cwlwm hwnnw beri nad yw'r wraig bob amser yn gweld y gwirionedd fel y mae.

"Mae 'na fater arall nad ydym wedi cael esboniad credadwy ynglŷn ag e gan Peter Vaughan. Mae wedi honni nad ef aeth â'r botel whisgi i'r cwch. Pam felly mai dim ond olion 'i fysedd e sy ar y botel?"

* * *

"Foneddigion, mewn achos o lofruddiaeth mae cymhelliad y sawl a gyhuddir o lofruddiaeth o'r pwys mwyaf. Un cymhelliad cyffredin mewn achosion o'r fath yw eiddigedd gŵr am ei wraig, a'i ddicter o ddarganfod fod dyn arall yn ceisio'i dwyn oddi wrtho. Does dim rhaid profi fod Mrs Vaughan a Mr Pritchard yn gariadon, ond hyd yn oed pe bai hynny'n wir, pe bai unrhyw dystiolaeth o gwbl i gadarnhau hynny, y cyfan a ddangosai hynny yw y byddai gan y diffynnydd gyfiawnhad, yn ei feddwl ei hun, i ddial ar ei gyfaill. Pe bai fy nghyfaill dysgedig wedi gallu dod o hyd i unrhyw wybodaeth, unrhyw dyst, a allai honni fod perthynas aflan wedi bod rhwng Mrs Vaughan a Mr Pritchard, mae'n siŵr y byddai wedi cyhoeddi'r dystiolaeth honno ger eich bron yn groch, foneddigion – fel prawf fod gan y diffynnydd gymhelliad i ymosod ar ei gyfaill. Ond ni ddaeth yr un smic o dystiolaeth o'u cariad anghyfreithlon i'r golwg. Gan hynny mae wedi gorfod gwneud cyhuddiad hollol ddi-sail yn erbyn Mr Vaughan, cyhuddiad y mae Mr Vaughan wedi'i wadu'n llwyr.

"Mae fy nghyfaill dysgedig wedi gwneud môr a mynydd o'r honiad mai Mr Vaughan ddaeth â'r botel whisgi i'r llong y diwrnod hwnnw; mae wedi awgrymu fod hynny'n brawf o fwriad i'w defnyddio fel arf; mewn gair, i lofruddio!

"Nawr, trafod posibiliade ydym ni nawr – fe alle Mr Vaughan fod wedi dod â'r botel i'r cwch – ond fe alle'i gyfaill fod wedi gwneud hynny hefyd! Pam felly na fyddai olion 'i fysedd e ar y botel? Wel – beth petai'n gwisgo menig – i afael yn y llyw'n well? Fydde hynny ddim yn esbonio pam nad oedd olion 'i fysedd ar y botel ...?"

* * *

"... Ac i gloi'r achos, foneddigion, does dim amheuaeth ynghylch y prif ffeithiau. Does dim amheuaeth nad yw Mr Pritchard wedi'i fwrw i'r môr a'i fod wedi boddi, er na ddaeth ei gorff i'r golwg. Ac mae'r arbenigwyr wedi egluro fod y cerrynt ym Môr Hafren yn un o'r rhai cryfaf yn y byd – hawdd y gellid fod wedi cario'r corff i ganol yr Iwerydd yn bell y tu hwnt i afael ein nofwyr tanfor. Yna dyna dystiolaeth yr arf a ddefnyddiwyd i daro Mr Pritchard ac olion ei waed arni; yn wir, mae'r amddiffynnydd yn cyfaddef iddo'i defnyddio i'w daro. Fe allai'n hawdd fod wedi taflu'r botel i'r dŵr i gael gwared o'r dystiolaeth yn ei erbyn ac mae'n bosibl y byddwch yn derbyn ei fod wedi ymatal rhag gwneud hynny gan gyfrif mai gweithred dyn euog fyddai hynny. Cwestiwn arall sy raid i chi benderfynu yw ai ei daro i'w amddiffyn ei hun a wnaeth Mr Vaughan, neu ymosod ar ei gyfaill mewn pwl o eiddigedd?

"Mae'r pwynt wedi'i wneud gan yr erlyniad fod Mr Vaughan yn amau'i gyfaill o gario ymlaen gyda'i wraig, ond ni chafwyd unrhyw brawf na fu Mrs Vaughan yn wraig gariadus a chwbl ffyddlon iddo. Nawr, mae llawer o ddynion a gwragedd wedi treulio blynyddoedd yn amau'u priod o anffyddlondeb a hynny'n gwbl ddi-sail nes cyrraedd pwynt o orffwylltra patholegol. Dyna'r enw – 'gorffwylltra patholegol – pathological insanity'. Ond mae'r dystiolaeth feddygol a gawsom ni'n hollol glir yn yr achos hwn, sef nad yw'r amddiffynnydd allan o'i iawn bwyll o gwbl a'i fod felly'n atebol i sefyll ei brawf. Dyw hynny ddim yn golygu ei fod yn euog nac yn ddieuog o'r cyhuddiad yn ei erbyn – chi sydd i benderfynu hynny …

"Un gair olaf ar fater cymhelliad y diffynnydd dros daro'i gyfaill: hunanamddiffyniad meddai fe, dial creulon meddai'r erlynydd. Un peth sy'n sicr – mae'r syniad o esgusodi llofruddiaeth am ei bod yn *crime passionel,* fel y dywedir yn Ffrangeg, yn gwbl ddierth i'n cyfraith ni. Mewn geiriau eraill, nid yw cariad yn amddiffyniad i weithred o drais. Mae hunanamddiffyniad yn ddadl deg a chyfiawn ac mae'n bosibl y credwch mai ei amddiffyn ei hunan oedd Mr Vaughan pan drawodd Mr Pritchard â'r botel. Ar y llaw arall, os na allwch dderbyn y ddadl honno fe ddylech gofio na ellir cyfiawnhau lladd oherwydd cariad neu eiddigedd.

A nawr mae'n bryd i chi gael ymneilltuo i ystyried eich dyfarniad …"

* * *

"Peter Vaughan, fe'ch cafwyd yn euog o lofruddio Alun Pritchard ar y nawfed o fis Mai eleni. Roedd hon yn llofruddiaeth anarferol – anarferol am eich bod wedi lladd cyfaill agos, rhywun oedd wedi dangos pob caredigrwydd a chyfeillgarwch tuag atoch dros gyfnod maith. Ond y tâl a gafodd am ei gyfeillgarwch oedd cael 'i dwyllo i fynd ar fordaith yn ei gwch a chael 'i daro i'r môr a'i adael i foddi! Roedd yn weithred o atgasedd a chreulonder, a pheidiwch â disgwyl i mi ddangos mwy o dosturi tuag atoch chi nag a ddangoswyd gennych chi tuag at eich cyfaill … Rwy'n eich dedfrydu i garchar am oes. Ewch ag ef i lawr!"

PENNOD 6

SŴN DRWS HAEARN yn agor, ac roedd Esyllt yn ei siwt dywyll yn syllu'n dosturiol ar yr olygfa o'i blaen. Roedd y gell yn fach – tua chwe throedfedd o led, wyth troedfedd o uchder a deg troedfedd o hyd – gyda muriau o friciau gwyngalchog, yn gwbl noeth ar wahân i wely cul, caled yr olwg, gyda matras llwyd a fu gynt yn wyn hydoedd yn ôl a charthen o frethyn llwyd garw arno. Roedd Peter yn eistedd ar y gwely a'i ben yn ei ddwylo, mewn poen meddwl. Cododd ei ben wrth glywed y drws yn agor; gwenodd yn drist wrth weld Esyllt a chodi a dod draw ati.

"Peter ... Wy i'n cael deng munud, medden nhw."

Ni ddaeth ateb ganddo – beth oedd deng munud o'u cymharu â dedfryd am oes? Gwelodd Esyllt y gwelwder ar ei ddwyfoch – rhagflas o'r blynyddoedd di-haul oedd o'i flaen. Gwelodd hefyd eu bod nhw wedi mynd â'i dei.

"Ble ma' dy dei di?"

Llithrodd y cwestiwn allan cyn iddi ystyried, yna daliodd ei hanadl yn edifeiriol. Gwnaeth Peter ystum sinicaidd.

"Mae tei'n rhy beryglus – fe alle carcharor grogi'i hunan â hi – maen nhw wedi mynd â 'melt i 'ed am yr un rheswm."

Daeth dagrau i gorneli'i llygaid.

"Hei – beth yw hyn? Dagre?"

Cododd Esyllt ei llaw at ei llygaid a sychu'r dagrau.

"Madde i fi – allwn i ddim help." Rhoddodd esgus o wên iddo. "Shwd ma' 'na?"

" 'Na welliant ... Ti'n gwbod beth?"

"Beth?"

"Dwyt ti erio'd wedi edrych yn bertach – ma' du yn dy siwto di."

Cododd Esyllt ei phen ac edrych arno.

"Peter. Bydd o ddifri. Beth ŷn ni'n mynd i 'neud? Mae Harry'n sôn am apêl. Rhywbeth obeutu amgylchiade arbennig – achos nad o's dim corff mae siawns dda 'da ni."

"Trio codi dy galon di mae e."

"Na, wir – mae e'n eitha ffyddiog."

"Ydi e wir? Wedodd e rw'beth am y barnwr yn camarwain y rheithgor? Mae'n hen gân, ti'n gwbod – trio rhoi tipyn o gysur – cadw gobaith yn fyw am yr wythnose cynta 'sbo fi 'di dod i arfer â bywyd yn y carchar."

Arteithiodd ei wyneb mewn poen a gwthiodd ei ddwrn i'w geg mewn ymdrech i ymladd y dagrau oedd yn bygwth dod, gan glapian cloriau'i lygaid nifer o weithiau. Synhwyrodd Esyllt ei wewyr.

"Peter, ma'n flin 'da fi – arna i ma'r bai dy fod ti miwn fan hyn."

Ysgydwodd Peter ei ben.

"Ddim o gwbwl – 'y mhenderfyniad i o'dd e, os wyt ti'n cofio."

"Ond feddylies i erio'd y ceset ti dy gyhuddo, heb sôn am dy ga'l yn euog! Ma' *rhaid* i fi weud y gwir wrthyn nhw!"

"Na, Esyllt! 'Na un peth na wnei di ddim, ti'n deall? Fe ladde carchar di!"

"Ond …"

"Gwranda! Hyd yn oed 'tait ti'n gwneud 'ny – pwy fydde'n dy gredu di, gwraig yn ceisio cymryd y bai yn lle'i gŵr? Y barnwr? Harry hyd yn oed? A beth bynnag, mae'n rhy hwyr i ti weud dim byd nawr, Esyllt – yn rhy hwyr …"

* * *

Roedd y carchar yn lle annifyr gyda'i waliau allanol llwyd, ugain troedfedd o uchder, a'r cwrt moel. Byddai ymwelydd yn gorfod cerdded drwy ddau borth mawr ac ar draws y cwrt i gyrraedd yr adeilad oedd yn cynnwys y stafell ymweld. Ac wrth fynd i'r stafell honno fe fyddai'n gorfod aros i warder ddatgloi a chloi pob drws ar ei ôl cyn symud ymlaen. Teimlad anghysurus oedd cerdded heibio i swyddogion oedd yn syllu'n amheus arni fel petai hi ar berwyl rhyw anfadwaith, fel dod â chyffuriau'n ddirgel i'r carchar neu ryw erfyn a allai helpu'i gŵr i ddianc. Roedden nhw wedi bwrw golwg drwy ei bag llaw cyn ei hebrwng i'r stafell ymweliadau yng nghwmni fflyd o ymwelwyr eraill – gwragedd yn bennaf gydag ambell blentyn annisgybledig, ac ambell ddyn canol oed yn dod i weld ei fab. Roedd eu dillad ar y cyfan yn gyffredin neu'n dlodaidd a chodwyd sawl ael wrth ei gweld hi yn ei dillad ffasiynol – ffrog las golau a chot fawr las amdani a menig ac esgidiau'n cydweddu'n berffaith. Roedd triniaeth ei gwallt yn unig yn awgrymu nad oedd hi fel y lleill yn perthyn i hanner difreintiedig cymdeithas o ran pethau'r byd hwn. Ond roedd y ffaith eu bod i gyd yn wragedd neu'n gariadon neu'n rhieni i garcharor yn dod â hi i lawr i'w cyflwr nhw'n feddyliol, o leiaf. Daeth tamaid o bennill i'w chof yn sydyn,

'The colonel's lady and Rosie O'Grady are sisters under their skins'.

Roedd yn brofiad annifyr i feddwl fod rhywbeth yn gyffredin rhyngddi hi ei hun a menywod fel y sloben dew, walltmelyn o'i blaen gyda thri o blant bach tew, bawlyd, anniben wrth ei chwt a wnâi'r tro â sgrwbad iawn ac ymweliad â siop Oxfam. Roedd y tri'n anniddig ac yn bigitian ei gilydd nes i'r fam golli amynedd a rhoi peltad iawn i'r crwtyn hyna ac ysgydwad i'r ferch wrth ei hochr. Daeth bloedd o enau'r bachgen a'r dagrau ar ei wyneb crwn yn ymuno â'r llysnafedd o'i drwyn. Cuchiodd y fam ar y tri ac yna edrychodd ar Esyllt fel petai'n chwilio am gydymdeimlad.

"Kids, who'd 'ave 'em?"

Ond doedd ar Esyllt ddim awydd bod yn gymdeithasol; rhoddodd hanner gwên fach gyflym a throi'i golygon at y ciw o'i blaen oedd yn aros am fynediad i'r stafell ymweld.

Roedd y profiad yn codi iselder arni fel llaw oer yn arllwys dŵr rhewllyd i lawr ei meingefn a'r iasau o anghysur yn peri iddi wingo; ac i feddwl fod menywod yn gwneud y daith annifyr hon yn gyson unwaith y mis!

Roedd y stafell ymweld yn ddigon mawr i ddal rhyw bymtheg o garcharorion gyda hyd at dri ymwelydd yr un, a phawb yn eistedd ar gadeiriau pren, caled, wrth fordydd sgwâr tebyg i fyrddau mewn ffreutur ysgol. Heb eu rhifo'n benodol roedd Esyllt yn ymwybodol yn syth fod hanner dwsin o warderiaid yn sefyll o gwmpas y stafell, yn gwylio a gwrando, ac yn barod i gadw trefn pe bai angen. Cerddodd at ford ym mhen draw'r stafell i fod mor bell oddi wrth y lleill ag y gallai. Eisteddodd wrth y ford ac ochneidio'n dawel; roedd ganddi awr hir o'i blaen. Ymbalfalodd yn ei bag llaw a thynnu drych ohono er mwyn astudio'i hwyneb a thwtio'i gwallt. Caeodd ei bag llaw'n glep wrth i ddrws ym mhen pella'r stafell agor a hebryngwyd y carcharorion i mewn at eu hanwyliaid.

Roedd golwg annifyr ar Peter pan eisteddodd am y ford â hi. Roedd yn welwach eto na'r tro diwetha iddi'i weld fis yn ôl yn y gell o dan y Llys cyn iddo ddechrau'i garchariad. Roedd e'n deneuach yn y dillad carchar garw a di-siâp – trowsus denim glas a chrys cotwm gwyn a glas streipog – ac roedd golwg ddiflas, golwg o anobaith, ar ei wyneb, a'i lygaid yn bŵl a difywyd. Roedd yn arswydus i'w weld a'r arswyd yn gwneud siarad yn anodd. Gafaelodd yn ei dwylo ar draws y ford a'u gwasgu.

"Hylô, Esyllt."

"Hy ... hylô, Peter, shwd wyt ti?"

"Fel y gweli di fi."

"O" – distawrwydd wedyn a hithau'n gwneud ei gorau glas i beidio â meddwl am ei welwder a'i ddiflastod a'i anobaith. Ond roedd yn rhaid iddi ddweud rhywbeth. Yna cofiodd am y pecyn sigarennau yn ei bag llaw ac fe'u hestynnodd a'u cynnig iddo, yn falch o'r cyfle i dorri'r garw.

"O'wn i'n meddwl y licet ti ga'l y rhain."

"Diolch. Fe gymera i un."

"Cymer y pecyn."

"Diolch."

Dododd Peter y pecyn yn ei boced, yn ymwybodol fod llygad warder yn craffu arno'n amheus. Estynnodd Esyllt ei thaniwr ar ei gyfer. Sugnodd Peter yn ddiolchgar a chwythu mwg tenau, glas i'r awyr. Daeth Esyllt yn ymwybodol o sŵn llestri ar y chwith iddi a gwelodd fod te a bisgedi ar werth yno. Edrychodd arno a chwestiwn yn ei llygaid. Sylwodd Peter ar gyfeiriad ei hedrychiad.

"Ma' paned ar ga'l – ond iti dalu."

Roedd cysgod gwên ar ei wyneb.

"Licet ti ga'l un? Fe dala i."

Estynnodd am ei bag llaw.

"Paid â phoeni – dwy i ddim yn llwgu. Beth amdanat ti?"

Ysgydwodd Esyllt ei phen a gollwng ei bag. Am ychydig eiliadau syllodd y ddau ar ei gilydd. Edrychodd Peter ar y sigarét rhwng ei fysedd a thapio'r llwch ar y ford.

"Blas ffein ..."

"Shwd maen nhw'n dy drin di?" torrodd hi ar ei draws yn anfwriadol, fel petai wedi cofio un o'r pethau pwysig, hanfodol, y dylid eu gofyn i garcharor mewn lle o'r fath.

"Cystal ag sy i ddishgw'l, sbo."

"Dŷn nhw ddim yn dy gam-drin di?"

"Nac ŷn – ddim gwaeth na neb arall. Ond ma' dyn yn dod i arfer â'u sŵn. Shwd wyt ti'n cadw?"

"O, fe alle fod yn well, mae'n siŵr."

Craffodd Peter arni.

"Pam? Wyt ti 'di ca'l trafferthion?"
Ysgydwodd Esyllt ei phen.
"Alla i ddim gweud 'ny."
Oedodd fel petai'n ystyried beth i'w ddweud nesa.
"Lot o fenywod ddim yn moyn 'y nabod i nawr – ddim hyd yn o'd Brenda Gough. Fe gerddodd heibio i fi ar y stryd ddo' ac edrych trwyddo' i."
"Yr hen ast â hi!"
"Ma' Mam wedi bod yn dda, wrth gwrs. A gweud y gwir mae 'di gofyn i fi fynd draw i aros am ychydig, i ga'l llonydd, medde hi."
"Llonydd."
Roedd yn gwybod mor brin oedd y cyflwr hwnnw mewn carchar a rhywun yn craffu arnoch chi drwy'r dydd, yn rhannu cell, yn cyd-chwyrnu, yn eich gweld yn defnyddio'r bwced pisho. Beth wyddai Esyllt am ddyhead carcharor am gael ychydig bach o breifatrwydd?
Gwnaeth Esyllt ystum.
"Llonydd oddi wrth y *paparazzi*."
"Ei di draw?"
"Falle – sa i'n gwbod 'to. Gawn ni weld. Fe fydde'n neis ca'l seibiant oddi wrth y tacle."
Gwasgodd Esyllt ei law.
"Wyt ti'n ca'l amser caled 'da'r carcharorion erill? Shwt maen nhw'n dy drin di?"
"Syndod o dda – ma' parchedig ofn tuag at lofrudd, a llofrudd mewn achos o *crime passionel* yn cael cydymdeimlad – nid bod hynny'n llawer o gysur chwaith."
"Wyt ti'n gorfod rhannu â rhywun?"
Ysgydwodd Peter ei ben.
"Nag ydw," daeth gwên sarrug dros ei wyneb, "wy i'n ca'l y fraint o fod ar 'y mhen 'yn hunan achos 'mod i'n beryglus. Mae hefyd yn gyfle iddyn nhw roi profion i fi."
"Profion?"

"Rhai seicolegol – fel dangos llunie i fi, a wy i fod i weud beth mae'r llun yn 'i awgrymu – pili pala, hanner cneuen neu afal a rhyw ddwli fel'na. Ma' 'na seicolegydd 'da ni – bachan ifanc â mwstásh wolrys – yn meddwl y gall e'n gwella ni o'n pechode 'da'i mymbo-jymbo Freudaidd. Ond o leia mae'n help i baso'r amser – a ma' digon o hwnnw 'da fi, ta' beth."

Roedd Esyllt yn fud, heb wybod beth allai hi ddweud i'w gysuro gyda dyfodol mor dywyll o'i flaen. Yna fe gofiodd.

"Wyt ti 'di clywed unrhyw beth am yr apêl eto?"

Ysgydwodd Peter ei ben.

"Nag w. Ma' Harry wedi addo rhoi gwbod i fi cyn gynted ag y gall e."

"Wel, ma' gobeth o hyd 'te, on'd o's e?"

"O's, Esyllt – ma' gobeth o hyd."

Ond rywsut doedd dim hyder na gobaith yn ei lais.

* * *

Ymadawodd Esyllt â'r carchar yn teimlo'n fwy diflas nag erioed. Wrth glywed y porth yn cau'r tu ôl iddi fe syllodd lan at y muriau tal, bygythiol gan feddwl am Peter yn ei ddillad garw yn gorwedd ar wely cul ac yn torri'i galon, a chrynodd. Roedd Peter yn iawn – fe fydde carchar wedi'i dinistrio hi.

* * *

Roedd y diflastod yn waeth nag erioed y tro nesaf a doedd y cuwch anfodlon ar wyneb Peter yn ddim cysur iddi. Eisteddodd o'i flaen wrth y ford a'i gorfodi ei hunan i wenu arno, yn benderfynol o beidio â gadael iddo darfu arni.

"Hylô, Peter."

Clywodd lais cryg a chyhuddgar yn ei hateb.

"Ble ddiawl wyt ti 'di bod?"

"O'dd annwyd arna i'r tro dwetha."

"Annw'd cyfleus!"

"Do'wn i ddim yn moyn iti'i ddala oddi wrtho' i."

"Cystal esgus â'r un, sbo."

"Ma'n digw'dd bod yn wir …"

"Ydi e?"

Roedd y nodyn o amheuaeth yn amlwg ac yn corddi ac, ar waetha'i bwriad, ni lwyddodd i gadw rhag tasgu'n ôl.

"Ol-reit! Alla i ddim help fod y lle 'ma'n codi ias oer arna i."

"Wyt ti'n lwcus. Sdim rhaid iti fod 'ma fwy nag awr bob mish."

" 'Sdat ti ddim syniad gyment wy'n casáu dod 'ma – wy'n ffaelu cysgu am nosweithie wrth feddwl am 'ny."

"Ddylet ti drio cysgu yn 'y ngwely i."

"Mae'n flin 'da fi am gwyno … ond … a gweud y gwir, dwy i'm yn gwbod am faint galla i ddal i ddod 'ma."

Daeth y geiriau ohoni cyn iddi sylweddoli ei bod wedi'u dweud, a hithau wedi bod yn ofni gwneud rhag ofn gweld y siomedigaeth ar ei wyneb a chlywed ei ymateb dicllon. Ond nid dicter yn gymaint ag anghrediniaeth a welodd yn ei lygaid.

"Ond rwyt ti'n gwbod gyment rwy i'n edrych mla'n at dy weld ti bob mish!"

Llifodd y geiriau'n gyflym wedi iddi ddechrau dweud beth oedd ar ei meddwl. Roedd ei nerfusrwydd i gyfrif am hynny – nerfusrwydd oherwydd ei theimlad o euogrwydd, a siarad yn gyfrwng i leddfu'i chydwybod.

"Wy'n gwbod faint wyt ti 'di aberthu er 'y mwyn i, a fe fydda i'n ddiolchgar iti am byth ond mae bywyd yn annioddefol. Pobol yn siarad tu ôl 'y nghefen i – neu'n ffono ac yn gweud pethe mochedd – dynon y papure newydd yn 'y mhoeni i – mae'n ofnadw! Peter – mae rhaid i fi fynd o 'ma neu fe a' i'n wallgo!"

"Beth wnei di – mynd at dy fam am dipyn ife?"

"Ie, falle. O'wn i'n meddwl gwerthu'r tŷ a symud o'ma, ta' p'un i. Ma' rhaid i fi."

"A beth amdana i?"

"Wnaiff e ddim llawer o wahaniaeth i ti."

Roedd Peter yn rhythu'n anghrediniol arni â llygaid agored, ac roedd dau smotyn bach coch wedi ymddangos yng nghanol ei fochau gwelw.

"Alla i ddim credu hyn! Wy 'di aberthu popeth er mwyn dy arbed di, a nawr rwyt ti'n gwerthu 'nghartre i ac yn 'y ngadel i!"

"Nag w – symud o'r ardal, 'na gyd. Fe alla i ddal i ddod i dy weld o hyd weithie ..."

Roedd hi'n corddi teimlade'n waeth o hyd; roedd ei lais yn codi a phobl yn dechre edrych yn anfodlon arnyn nhw am darfu ar eu sgyrsiau.

"Weithie? Wy i'n gweld – 'sdim ots amdana i! Wy wedi arbed dy gro'n di a nawr rwyt ti'n gweud diolch yn fawr a baglu bant! Wel, beth os gweda i nad wy i ddim yn folon iti werthu'r tŷ?"

"Alli di mo'n rhwystro i! Wyt ti 'di rhoi'r hawl i fi wneud fel mynno' i, os wyt ti'n cofio."

"Os na ddoi di i 'ngweld i, mi weda i'r gwir!"

"Gwna 'ny os wyt ti'n moyn – wyt ti'n meddwl am funed y creden nhw di?"

"Damo di! Fel hyn wyt ti'n diolch i fi, y bitsh hunanol?"

Camodd warder i'w cyfeiriad a golwg ddig ar ei wyneb.

"Hei! Chi'ch dou – llai o sŵn!"

Edrychodd Esyllt i fyw llygaid dig ei gŵr. Roedd hi eisoes wedi dweud pethau nad oedd wedi bwriadu eu dweud yn ei thymer, a heno fe fyddai'n edifarhau am hynny. Ar y foment, fodd bynnag, roedd teimlad o hunandosturi wedi gafael ynddi. Os oedd Peter yn dioddef, roedd hithe hefyd wedi dioddef yn ei ffordd er nad oedd hynny o bwys iddo ef.

"Gwell i fi fynd, wy'n meddwl ..."

" 'Na fe! Cer! Cer i anghofio amdana i! Gwed wrtho' i – ble'r ei di ar dy ben dy hunan bach?"

"Fy hunan bach?"

Ac fe gynddeiriogwyd Peter gan yr awgrym. Pwniodd y ford â'i ddwrn yn sydyn.

"Damo di'r hwch ddiawl!"

Y tro hwn daeth y warder at eu bord a rhythu arno'n fygythiol.

" 'Na ddigon o sŵn, Vaughan!"

Cododd Peter ei olygon a gweld y warder – dyn mewn swydd bwysig, dyn fyddai wedi dilyn hanes yr achos â diddordeb.

"Hi o'dd yn y cwch, nid fi! Hi laddodd Pritch!"

"Ca' dy ben, ti'n clywed?"

"Grondwch arna i, ddyn! Hi laddodd e, nid fi …!"

"Ie, wrth gwrs – a Mici Mows ydw i!"

PENNOD 7

FE GAFODD MAM ESYLLT amser ei bywyd gan helgwn y wasg – ei llun yn y papur (wedi iddi gael trin ei gwallt a phrynu siwt newydd yn bwrpasol i'r achlysur), cynigion am ei stori a'i gwerthu yn y diwedd am swm aruthrol, a chyfle iddi draethu'n huawdl am ei theimladau am ei mab-yng-nghyfraith o dan gyfarwyddyd celfydd newyddiadurwraig o'r wasg sbwriel.

Roedd Jean Harding yn hen law ar ddodi geiriau yng ngheg y sawl a holai. Roedd ganddi siaced a sgert fer o ledr du a blows felen, cudyn o wallt euraid i lawr dros ei llygad chwith, colur glas y tu ôl i'w llygaid almwnd, sanau patrymog am ei dwygoes ac esgidiau sodlau uchel am ei thraed. Roedd ganddi declyn clustfeinio a chofnodi sgwrs a doedd dim angen felly iddi ddal nodlyfr a sgrifbin ond, yn hytrach roedd daliwr sigarét hirfain a phwt o sigaren dywyll o dybaco Twrcïaidd ynddo mewn un llaw.

Roedd hi'n eistedd ar gadair esmwyth mocét gwyrdd a melyn yn lolfa Mrs Rhoswen Williams, yn wynebu rhesaid o hwyaid Peter Scott yn cwacian eu ffordd lan y wal gyferbyn fel petaen nhw'n anelu at fwrw i mewn i'r cwpwrdd gwydr oedd yn llawn o lestri gorau na fyddai neb byth yn eu defnyddio. Ar ei ben roedd ffotos bach o wahanol aelodau o'r teulu a'r jwg oedd yn anrheg o Geinewydd. Un llun oedd wedi colli'i le oedd llun priodas Esyllt a 'fe' – doedd Mrs Williams ddim yn gallu yngan enw'r dihiryn ar ôl y cywilydd yr oedd wedi'i achosi i'w merch ac iddi hithau. Ni fu'n anodd cymell Rhoswen

Williams i lefaru, hyd yn oed cyn iddi ddeall fod swm sylweddol o arian yn dod iddi am ei sylwadau am ei merch, druan, a'i mab-yng-nghyfraith erchyll ...

Ataliodd y frechdan ham ar ei ffordd i'w cheg a'i dodi lawr eto ar y plât o blith y llestri ail-orau a gedwid ar gyfer ymwelwyr o bwys.

"Na – own i ddim wedi'i lico fe erio'd ..."

"Pam hynny 'te, Mrs Williams?"

"Wel, shwd alla i weud?"

Ymbalfalodd mam Esyllt am yr union eiriau i fynegi ei hatgasedd.

"O'dd rhwbeth – sa i'n gwbod beth yn iawn – rhwbeth od obeutu fe ..."

"Od ..."

"Ie – rhwbeth o'dd yn g'neud i chi dimlo'n anghysurus yn 'i gwmni."

"Oech chi'n cael hi'n anodd ymddiried ynddo fe ..."

"Sa i'n gwbod obeutu 'ny – ond down i ddim yn 'i drysto fe o'r funed gweles i e."

Roedd meddwl Jean Harding wedi symud dau neu dri cham o'i blaen hi. Gwelai ddarlun dagreuol yn y papur newyddion o'r fam lwydwallt yn llawn gofid am ei merch, gwraig y dihiryn, ac yn ei hymgeleddu orau y gallai yn ei thor-calon.

"Beth wnaeth i chi'i ame fe, Mrs Williams?"

Cymerodd Mrs Williams sipiad bach o de gwan.

"O'dd e'n ormod o o'n swci i fi, chi'n dyall. Wede fe ddim bw na ba wrth whannen, heb sôn am ddodi'i dro'd lawr 'da Esyllt ni – nid bod angen g'neud 'ny'n amal, cofiwch. Ond wy'n ddigon henffasiwn i gredu y dyle'r gŵr arwain mewn priodas. Mae gwraig yn timlo'n saffach pan ma'r gŵr yn gweud 'i feddwl yn blwmp ac yn blaen yn lle gadel iddi hi ga'l 'i ffordd trwy'r amser."

"Tipyn o glwtyn llawr, wedech chi?"

"Yn gwmws – clwtyn llawr, dyn heb asgwrn cefen. Y gwir yw fod Esyllt yn rhy dda iddo fe – yn rhy dda o lawer – ac yn gorfod g'neud 'i feddwl lan drosto fe byth a beunydd. Pwy fath o ŵr yw 'ny, gwedwch …?"

* * *

Haul gwan yn ymdrechu'n ofer i losgi'i ffordd trwy niwl mis Bach; pobl yn cau'u cotiau'n dynn a gwisgo menig a lapio sgarffiau am ei gyddfau rhag i'r oerfel dreiddio i'r esgyrn cyn symud yn besychlyd, anwydog, i'w hamryfal ffyrdd; plant yn crio ac yn sythu wrth gael eu llusgo'n anfoddog i'r ysgol, mamau yr un mor anfoddog yn sychu trwynau a gollwng y plant wrth ddrysau ysgolion gyda chusanau brysiog, yn falch o gael llonydd am ychydig oriau; athrawon yn edrych ymlaen at ddiwedd tymor a rhyddid o'u cyfrifoldebau am ychydig wythnosau – a Harry ar ei ffordd i'r carchar i roi gwybod i Peter Vaughan beth oedd canlyniad yr ymgais.

Fe gafodd le i barcio'i Saab o dan gysgod un o'r waliau allanol, llwyd – roedd ei wyneb yn gyfarwydd i'r gwarchodwyr wrth y porth. Gwên a gair o gyfarch gan felltithio'r tywydd, ac i mewn ag ef drwy'r porth praff i ddistawrwydd cymharol y cwrt a'r llathenni o lawr caled rhyngddo a'r adeilad mewnol. Hyd yn oed nawr, ar ôl blynyddoedd o ymweld â'r lle, fe fyddai camu trwy'r porth yn gyrru iasau oer drwyddo – fel petai'n ofni na châi ddod allan fyth.

Roedd yn gyfarwydd â'r stafell gyf-weld foel a digysur, yr un fach ar gyfer cyfarfod rhwng dau neu dri'n unig, a phrin y sylwodd ar ei amgylchedd wrth ddilyn y warder i mewn. Dyn di-ddweud oedd hwnnw, â chorff cyhyrog, nerthol, pen sgwâr, a gwallt brith – brifwr o ddyn a roddai'r argraff y gallai'i amddiffyn ei hun yn burion mewn cornel dywyll. Nodiodd arno wrth iddo agor drws y stafell iddo a chamu heibio.

"Fe nola i Vaughan ar unwaith, syr."

"Diolch."

Nodiodd y warder a chau'r drws ar ei ôl. Cerddodd Harry at y ford ac eistedd ar gadair wrthi. Agorodd ei ges a thynnu amlen hir ohono. Yna tynnodd becyn o sigaréts o'i boced – a disgwyl, heb edrych ymlaen o gwbl at y munudau nesaf.

Ymhen ychydig funudau daeth sŵn cerdded i'w glyw ac yna daeth Peter i mewn a'r warder yn ei hebrwng. Wrth i Peter ddod ymlaen at y ford caeodd y warder y drws a sefyll a'i gefn ato a syllu o'i flaen fel petai'n gwneud ei orau i anwybyddu'r ddau arall.

Roedd golwg welw ar Peter yn ei ddillad carchar garw. Roedd llwydni'i wyneb yn dystiolaeth i'r ffaith nad oedd wedi gweld fawr ddim heulwen ers misoedd.

"Harry! O's newyddion 'da ti i fi?"

Roedd y gobaith mor amlwg yn y llygaid glas, ond wrth ei weld yn oedi cyn ateb pylodd y gobaith.

"Maen nhw wedi gwrthod ..."

"Ydyn ... mae'n flin 'da fi, Peter. Chawn ni ddim apelio ... *Sorry*."

"*Sorry!* Wyt, sbo – a finne 'ed! Yn *sorry* am bopeth!"

Yn sydyn roedd Peter wedi'i daflu'i hunan i gadair a phwyso'i wyneb yn ei ddwylo. Pan gododd ei ben wedyn roedd ôl dagrau ar ei fochau.

"Peter – alla i ddim gweud pa mor flin ydw i ... Sigarét?"

Estynnodd Peter ei law'n fecanyddol a chymryd sigarét o'r pecyn a'i dal rhwng ei wefusau wrth i Harry danio'r taniwr. Ac roedd ei ateb yr un mor fecanyddol ar ôl sugno'r fflam a chymryd llond ei ysgyfaint o'r mwg gwyn.

"Diolch."

Pesychodd Peter dan effaith y mwg, yna chwythodd gwmwl o fwg glas drwy'i ffroenau. Yna edrychodd ar Harry a'i lygaid yn llawn tristwch – golwg dyn heb obaith ar ôl yn y byd, heb ddim i'w ddisgwyl ond gweld ei fywyd yn cael ei wastraffu'n ddireswm.

"Feddyles i erio'd y digwydde hyn i fi."
"Wnest ti beth dewr iawn, Peter – er mwyn Esyllt."
"Fe fydda i'n ganol oed erbyn cael dod mas o'ma."
Oedodd Harry eto am eiliad neu ddwy.
"Ma 'da fi ragor o newyddion."
"Beth?"
"Fe adawodd Pritch bopeth i Esyllt yn 'i ewyllys."
"Y tŷ a'r cwch 'ed?"
"Ie – a'i gar."
"A mi fentra i fod y cyfan wedi'i werthu erbyn hyn."
"Ydi."
"A ma' hi 'di diflannu – fel mae Pritch wedi diflannu. Cyfleus iawn, yntefe?" Roedd chwerwder anarferol yn ei lais a'r geiriau'n awgrymog.
"Wyt ti'n trio gweud rhywbeth?"
"Fel beth?"
"Fel gwedest ti e, ro'dd e'n swno'n fwy na chyd-ddigwyddiad."
"Beth mae hynny'n feddwl?"
"Wel ... ym ... wn i ddim ..."
Doedd e ddim wedi golygu dim byd mewn gwirionedd – dim ond bod y ddau ddiflaniad, y naill wedi boddi a'r llall wedi mynd i ffwrdd – fel petaen nhw'n gysylltiedig â'i gilydd mewn rhyw ffordd ryfedd, y naill wedi dilyn y llall fel petai hynny'n fwriadol. Os *oedd* hynny'n fwriadol – anadlodd Harry'n sydyn wrth weld y goblygiadau, ond cyn iddo ddweud dim rhagor achubodd Peter y blaen arno.
"Beth 'se'r cyfan yn gelw'dd?"
"Hm?"
"Dyw corff Pritch byth wedi dod i'r golwg – pam?"
"Pam? Achos fod cerrynt cryf mas yn y môr ..."
"Ife, wir? Ond ma' 'na esboniad arall yn bosibl ..."
"Fel beth?"
"Achos nad yw e ddim wedi boddi, 'na pam!"

“Beth?”

“Fe alle’n hawdd fod wedi llithro o’r cwch a nofio i’r lan heb i neb ’i weld – i dra’th Porthceri falle – fe alle gerdded i’r maes awyr yn Rhws a gadael y wlad hyd yn o’d cyn i Esyllt gyrra’dd sha thre gyda’i stori fawr. Falle taw esgus yw’r cyfan – esgus o’dd y gwa’d a’r gwallt ar y botel, esgus i wneud i fi gymryd y bai yn lle Esyllt. ’Na beth o’dd hi’n bwriadu i fi wneud drwy’r amser!”

Trawodd Peter y ford gan beri i’r warder wrth y drws gyffroi ac edrych arno’n ddrwgdybus. Rhoddodd Harry edrychiad sydyn ato i awgrymu nad oedd angen iddo ymyrryd, ac ymlonyddodd.

“Yna, ymhen cwpwl o fisho’dd, mae hi’n gwerthu’r tŷ a diflannu hefyd – ’na beth wyt ti’n feddwl?”

“A rhywle yn y byd mae’r ddou gyda’i gilydd yn chwerthin am ’y mhen i’n braf!”

Trawodd fonyn y sigarét i lestr llwch alwminiwm ar y ford a’i lygaid yn fflachio.

“Harry! Gwna ffafr â fi, wnei di?

“Ffafr?”

“Cer i chwilio amdanyn nhw!”

Am eiliad neu ddwy roedd Harry’n fud, ei feddwl ym methu amgyffred ystyr geiriau Peter wrth weld hwnnw wedi cynhyrfu. Yna fe ddaeth o hyd i’w lais.

“Ond ... ma’ hyn yn nonsens! ’Sda ni ddim prawf fod Pritch yn fyw ...”

“Harry! Wy i bron â drysu! Shwd wyt ti’n meddwl y galla i fyw gyda’r amheuaeth hyn yn ’y mhen i?”

“Ond dim ond syniad ffansïol yw e ...”

“Ond mae e yn ’y mhen i! Amheuaeth fydd yn cnoi yn ’y meddwl i nes a’ i mas o ’mhwyll! Ma’ ’da fi flynyddo’dd anodd o ’mla’n i. Alla i ddim byw heb ga’l gwbod y gwir. Cer i chwilio am Esyllt – a Pritch – wy’n crefu arnat ti ...!”

Rhythodd Harry ato gan deimlo’i dafod yn glynu wrth ei

daflod wrth i lais Peter godi mewn gwewyr.

"I fi gael rhyw obaith – rhywbeth i feddwl amdano tra bydda i yn y twll 'ma. Whila amdanyn nhw, Harry – addo i fi! Sdim ots os cymeriff hi ddeng mlynedd, whila amdani ddi – a Pritch!"

Llyncodd Harry a llwyddodd i ymateb.

"Ond mae'r peth yn amhosibl – 'sda fi ddim syniad ble i ddechre ..."

"Addo i fi, Harry – addo!"

Rhythodd Harry ar wyneb dagreuol ei gleient, wyneb dyn ar ddibyn anobaith; yna nodiodd.

* * *

Gyrrodd Harry i ffwrdd o'r carchar yng Nghaerdydd yn ddrwg ei hwyl. Trodd drwyn ei gar i'r ffordd newydd sy'n cysylltu â'r draffordd o ddociau Caerdydd i'r M4 a gwasgu'r cyflymydd. Pam ddiawl wnaeth e gytuno i'r fath ddwli? Fe alle Pritch fod ym mhen draw'r ddaear erbyn hyn, a bwrw ei fod ar dir y byw ac nid ar waelod y môr. Roedd Harry'n grac ato'i hun am addo helpu Peter. Gwgodd ar y ceir o'i flaen ar y ffordd – roedd e wedi addo gwneud ymholiadau ond, mewn gwirionedd, doedd fawr ddim y gallai ei wneud. Fe allai fynd o gwmpas Caerdydd – neu Gymru hyd yn oed – gan ddangos llun Pritch a llun Esyllt i bobl, ond roedd hynny fel chwilio am nodwydd mewn tas wair heb wybod hyd yn oed a oedd yn chwilio yn y das iawn.

Heblaw hynny, doedd e ddim yn gweld pam y dyle fe wastraffu'i amser ar dasg mor anobeithiol, a hynny er mwyn y fath hurtyn. Roedd yn syndod i bawb pam y llwyddodd i briodi Esyllt ac yntau'r fath ddiniweityn a hithau'r fath bishyn soffistigedig. Achos os oedd Peter fel llo heb ei lyo roedd Esyllt wedi codi'n bell o'i flaen ac yn gwybod yn hollol i ble'r oedd hi am fynd.

Esyllt Vaughan, née Williams. Y ferch lygatddu â'r cnawd gwynnaf a welodd neb erioed a'i llygaid yn gallu bwrw dyn i'r entrychion mewn hapusrwydd neu ei ddarostwng mewn anobaith a thorcalon. Dyna oedd wedi digwydd iddo fe – neu o leiaf dyna fyddai wedi digwydd oni bai ei fod yntau'n weddol ddeallus a chraff ynglŷn â'r "rhyw deg". Roedd hi'n enghraifft berffeithiach nag arfer o'r rhyw honno ac, fel cynifer o ferched eraill, roedd ei phrydferthwch yn cuddio meddwl miniog a phenderfynol oedd yn gwybod i'r dim sut i'w ddefnyddio er mwyn cyflawni ei hamcanion. Doedd hi ddim syndod yn y byd fod Esyllt yn gallu troi Peter am ei bys bach.

Doedd hi ddim yn gyfrinach fod Esyllt a Harry wedi bod yn caru'n dynn am gyfnod cyn iddi briodi Peter. Deunaw oed oedd hi ar y pryd ac yn aros i fynd i'r Coleg Drama yng Nghaerdydd ac yntau'n un ar hugain a newydd orffen ei radd yn y Gyfraith.

Fe fu'n dri mis cyffrous a llamsachus i'r ddau. Daeth atgofion 'nôl i'w feddwl am yr oriau a gipiwyd mewn gwestyau ar brynhawniau cynnes a'r llenni wedi'u cau, ar draeth unig yn nhywyllwch nos neu yng nghefn ei gar mewn llecyn tawel – y blaen-chwarae celfydd a'r chwant yn codi trwy ochneidiau nes cyrraedd ton anorchfygol o nwyd a dwy galon yn rasio'n wyllt a'r meddwl yn drysu o synwyrusrwydd a gwewyr nefolaidd a marwolaethau o hapusrwydd a chwerthin a gwrido a lludded melys cyn cofleidio eilwaith ... Ac yn nhwymyn y foment fe fyddai wedi addo'r byd iddi, a ffyddlondeb hyd angau ac wedi hynny. Ac eto, roedd rhyw chweched synnwyr yn sisial yn dawel fach yng nghilfachau'i ymwybyddiaeth fod 'na nam ar y cariad a thwyll yn y datganiadau o serch. Rywsut fe wyddai nad oedd mwy i'r cofleidio na phleser y foment a diwallu trachwant ac nad oedd ymroddiad byth bythoedd yn angerdd y cyplu. Heblaw hynny, ifanc oedd y ddau gyda gyrfaoedd i'w llunio o hyd. Ac yn y diwedd fe gytunwyd i ymwahanu, a'r naill fel y llall yn sylweddoli eu bod o'r un anianawd didostur ac yn rhy debyg i'w gilydd er eu lles eu hunain.

Roedd hyd yn oed y ffordd y gwnaeth y ddau gwrdd yn awgrymu hynny. Dawns nos Sadwrn yn y Coleg yng Nghaerdydd oedd yr achlysur – y ddawns olaf i'r rhai fel yntau oedd yn ymadael a chyfle chwerw-felys i ffarwelio â chyfeillion heb wybod a fydden nhw'n gweld ei gilydd fyth wedyn. Ac yng nghanol y miri a'r mwynhad daeth Esyllt i mewn ar fraich myfyriwr arall, yn destun syndod ac edmygedd i'w chyd-fyfyrwyr gyda'i llygaid tywyll a'i chorff lluniaidd mewn ffrog gwta, ddu oedd yn dangos ei hysgwyddau noeth. Rywsut fe lwyddodd Harry i gael dawnsio gyda hi a dod i ddeall yn bur gyflym nad oedd ganddi lawer o ddiddordeb yn y llanc oedd wedi'i hebrwng i'r ddawns ac y byddai'n croesawu cyfle i gael ei hebrwng adre gan rywun arall. Yr olwg sbortlyd, olaf a gafodd y ddau oedd gweld y myfyriwr arall yn chwilio'n ofer amdani yng nghanol y dorf wrth i'r ddawns ddod i ben, heb sylweddoli ei bod hi a Harry wedi sleifio mas cyn y diwedd.

Pan glywodd Harry ei bod hi'n mynd i briodi Peter teimlodd yn hapus drosti. Cofiodd alw i'w gweld y noson cyn y briodas a gweld y syndod ac yna'r hapusrwydd a'r wên hunan-foddhaus ar ei hwyneb. Cofiodd ddal ei anadl am eiliad wrth weld ei harddwch.

"Harri! Dyma beth yw pleser annisgwyl!"

"Dwy i ddim wedi dod i aros," meddai, a'r ddau'n sefyll yng nghyntedd cartref ei rhieni, "dim ond dod i ddymuno'n dda iti ..."

"Ac i weld beth wyt ti'n golli, gobitho," atebodd hithau a'i gwefusau llawn yn beryglus o agos a deniadol.

Y foment nesaf cydiodd Harri ynddi a'i chusanu gan synhwyro'i phersawr yn ei ffroenau. Teimlodd ei dwylo'n anwesu cefn ei wddw. Yna tynnodd hi'n ôl oddi wrtho dan wenu.

"Am y tro olaf, ife, Harry?"

"Wel, wyt ti'n 'y nabod i, Esyllt – 'sdim un fenyw'n ca'l clymu Harry Ross wrth ei ffedog."

"Wela i – 'love and leave' unwaith 'to ife?"

"Ie … a phob lwc i Peter – fe fydd digon o angen hwnnw arno fe os yw'n mynd i ymdopi â rhyferthwy o fenyw fel ti!"

Ond ei hymateb oedd ei gusanu eto a'r gusan yn llawn atgof am yr hyn oedd wedi bod rhyngddyn nhw ond na fyddai'n bod byth eto.

Beth wnaeth iddi briodi dyn mor ddiddychymyg a llywaeth â Peter – dyn heb enwogrwydd na chyfoeth na gyrfa arbennig o nodedig? Cariad? Ymhyfrydu yn y pŵer oedd ganddi dros ei chaethwas ffyddlon? Ynteu setlo ar ddyn y gwyddai y byddai'n was bach addolgar iddi? Ond roedd hi'n bishyn – gallai dyn golli pob grym ewyllys yn swyn ei llygaid hudol ac roedd hi wedi gweld Peter yn dod o bell.

Wedi dweud hynny roedd yn synnu fod y briodas wedi para cystal. Fydde fe ddim wedi synnu ei bod hi wedi rhedeg bant gyda Pritch, ond roedd y syniad o adael i Peter gymryd y bai yn anodd i'w lyncu. Eto i gyd, roedd Harry'n gallu deall y peth – roedd hunanoldeb a diffyg tosturi'n nodweddion mor amlwg ynddi hi ag oedden nhw ynddo yntau. Os oedd hi wedi dodi'i meddwl ar adael Peter er mwyn dyn arall, fyddai ystyriaethau fel ffyddlondeb a chydymdeimlad yn cyfri dim iddi.

Sgrialodd teiars y car yn sydyn wrth iddo lywio i'r ochr chwith drwy'r golau melyn yng Nghroes Cwrlwys a llygaid drygionus, nwyfus Esyllt yn chwerthin arno yn adlewyrchiad y ffenest o'i flaen fel petai'n ei ddwrdio am ollwng gafael ynddi wyth mlynedd yn ôl. Teimlodd awydd i godi un bys mewn adwaith i ganiad corn go egr y tu ôl iddo.

Ble i ddechre chwilio? Faint o obaith oedd ganddo o ddod o hyd iddi? Os taw cyd-ddigwyddiad oedd y cyfan, a'i bod hi wedi symud o'r ardal er mwyn osgoi'i chydnabod a chael anghofio, fe allai fod yng Nghymru o hyd – yn aros gyda'i mam weddw, o bosibl. Os oedd ofnau Peter yn wir, fodd bynnag, roedd yn bur debyg ei bod hi wedi dianc i fan go bell erbyn hyn ... America ... Awstralia ... De Affrica ... O ran hynny, pam y dyle yntau wastraffu amser ac egni yn chwilio amdani? Châi e ddim tâl am hynny – os oedd Peter yn ddigon hurt i gael ei dwyllo fe ddylai ddiodde canlyniade'i ffolineb.

Ar y llaw arall, roedd Peter wedi deffro'i chwilfrydedd. Roedd y cyfreithiwr ynddo'n galw am ddod o hyd i'r gwirionedd er nad oedd cyfiawnder mor bwysig â hynny iddo. Fe fyddai'n ddiddorol chwilio amdani – ac fe fyddai gwybod ei fod yn gwneud hynny'n fodd i gadw Peter rhag digalonni'n llwyr, druan.

Daeth y darlun yn fyw i'w gof ohoni hi yn y llys mewn siwt dywyll, syber gyda het ddu ar ei phen a thlws arian ar labed chwith ei siaced. Roedd hi mor drwsiadus a chymen ei golwg, heb ddim i awgrymu'r ferch nwydus a llamsachus fu'n gydymaith parod iddo ar hyd llwybrau serch 'slawer dydd. Gyda dau gudyn gwallt brown troellog o flaen ei dwyglust a'r awgrym o wrid ar ei dwyfoch roedd hi'n bictwr o wraig ddiniwed a theimladwy.

Gwenodd Harri. Roedd e wedi syllu ar y siwt barchus gan gofio'r harddwch odani. Roedd eu llygaid wedi cwrdd ar draws y llys wrth iddo wrando ar y bargyfreithwyr yn dadlau'r achos. Wrth feddwl yn ôl roedd yn dechrau meddwl fod yr edrychiad a roddodd iddo bryd hynny'n gymysgedd o ymbil a her ar iddo ddal ei dafod er mwyn y dyddiau gynt. Fodd bynnag, nid ei diniweidrwydd oedd amlycaf yn ei gof y foment honno ond y corff hudolus, cyffrous a chyffyrddiadau'r bysedd celfydd a'r ocheneidiau dwys. Pe digwyddai iddo ddod o hyd iddi drwy ryw wyrth, fydde dim ots gydag e roi un iddi eto er cof am y dyddie gynt, sarffes neu beidio ...

Canodd gorn y car yn swnllyd wrth fynd heibio i'r cylchdro gogyfer â swyddfeydd HTV gan beri i gi o linach ansicr neidio o'r ffordd. Blydi cŵn!

Cilwenodd a sbarduno'r car.

PENNOD 8

Y PETH CYNTA oedd cael pŵer twrnai. Lluniodd y llythyr fin nos a mynd ag ef i'r carchar fore trannoeth er mwyn i Peter ei arwyddo. Fe fyddai hynny'n gysur i Peter wrth iddo feddwl ei fod yn mynd i chwilio o ddifri am Pritch ac Esyllt.

Roedd diolchgarwch dwys Peter yn dal yn fyw yn ei glustiau wrth i Harry gamu allan drwy borth y carchar unwaith eto. Achosodd hynny elfen o hunan-falchder ynddo am ei gymwynasgarwch. Serch hynny, roedd yn ymwybodol fod chwilfrydedd ac awydd i weld Esyllt yn gymhellion cryfach, er na freuddwydiai am ddweud hynny wrth Peter.

* * *

Dyn byr a gofidus yr olwg â gwallt brown golau a mwstásh main oedd Mr Rogers, rheolwr y banc, a'i gorff byr, boliog, yn croes-ddweud y ddelwedd ystrydebol o fanciwr a gyflawnai lawer o benderfyniadau busnes ar faes y golff neu o leiaf yn y pedwerydd twll ar bymtheg wedyn. Pan ddaeth y neges ato fod Harry Ross yn gofyn am gael ei weld fe ddaeth o'i swyddfa'n syth a golwg ofidus ar ei wyneb; ymddiheurodd fod ganddo gleient arall ar y foment a thybed a fyddai Mr Ross yn fodlon aros am ychydig funudau?

Prin yr oedd Harry wedi cael cyfle i fynegi'i fodlonrwydd i aros pan wenodd Mr Rogers yn ddiolchgar a brysio eto i'w swyddfa gyda "Diolch – wela i chi mewn muned!"

Daeth cysgod gwên dros wyneb Harry – roedd Glyn Rogers yn adnabyddus am fod yn ddyn ffwdanus oedd o'r farn fod ufuddhau i lythyren y gyfraith yn hytrach nag i'w hysbryd yn un o hanfodion cymdeithas wâr. Fe wyddai'i staff fod disgwyl iddyn nhw lenwi pob ffurflen hyd at y manylyn lleiaf ac ymddangosiadol ddibwys ac nad oedd eithriadau i reol i'w caniatáu.

Eisteddodd Harry mewn sedd ddigon cyffyrddus yn erbyn y wal gefn gogyfer â'r cownter hir gyda'i ffenestri gwydr a'i ddrors metel, symudadwy odanyn nhw lle cyfnewidid y sieciau a'r arian parod rhwng cleient a swyddog. Sylwodd ar y calendr dwyieithog ar y mur a'r hysbysiadau am y breintiau a gynigid gan y banc i'w gwsmeriaid a'r amryfal gyfraddau llog. Tybed a gâi'r bobl wrth y cownter eu temtio i bocedu ambell bapur decpunt, ynteu a oedd eu hyfforddiant a'r wybodaeth y byddid yn diswyddo'r cyfryw leidr a'i erlid yn ddidostur yn ddigon i'w cadw rhag cyfeiliorni? Ni fyddai'n synnu, o gofio fod cyfreithwyr yn cael eu dal yn dwyn arian o gyfrifon eu cwsmeriaid rywle neu'i gilydd o hyd ac o hyd – wel, ambell gyfreithiwr o leiaf ...

"Mr Ross! Flin 'ta fi'ch catw i ddishgwl! Dewch miwn! Dewch miwn!"

Torrwyd ar ei feddyliau gan lais Glyn Rogers wrth i hwnnw ddod ato'n fân ac yn fuan ar ôl hebrwng gwraig ganol-oed, gyfoethog yr olwg, heibio at y drws allanol. Cododd a chael ei hebrwng drwy'r drws i swyddfa'r rheolwr.

"Shteddwch! Gymerwch chi baned o goffi?"

Saethodd llaw Glyn Rogers at y ffôn wrth iddo eistedd wrth ei ddesg braff o bren tywyll. Cododd Harry law mewn ystum o wrthod.

"O ... na, dim diolch, Mr Rogers – ond diolch i chi am gynnig."

Gwenodd yn frysiog rhag i'r llall feddwl ei fod yn wfftiog o'r cynnig. Cyffyrddodd â'i stumog.

"*Avoir du poids*, Mr Rogers – trio colli pwyse!"

Gloywodd llygaid y banciwr.

"On'd ŷn ni i gyd, Mr Ross? Ond ma'n frwydr galed, fel wy'n gwpod!"

Gwenodd y ddau ar ei gilydd, yn falch i gael gwared o'r mân siarad agoriadol. Disgynnodd llygaid Glyn Rogers ar lun o'i wraig ar y ddesg o'i flaen, yna cododd ei ddwylo at ei gilydd, bron fel petai'n mynd i weddïo, a'u pwyso wedyn yn erbyn ei wefus isaf, a'i ddau benelin ar y ddesg o'i flaen, yn aros i glywed byrdwn neges yr ymwelydd. Cododd ei aeliau mewn ystum bwrpasol.

"Diolch am 'y ngweld i heb apwyntiad, Mr Rogers, ond mi fyddwn i'n gwerthfawrogi'ch help yn fawr ar fater sy yn 'y ngofal."

Nodiodd Glyn Rogers â'r wên ar ei wyneb yn awgrymu ei fod yn falch o gael gwneud cymwynas ag aelod arall o'r ddynol-ryw.

"Unrhyw beth galla i wneud i helpu, Mr Ross; dim ond gofyn sy isie – o fewn rheswm, wrth gwrs!"

Gwenodd Harry mewn ymateb i'r wên ar wyneb Glyn Rogers, yna difrifolodd ei wyneb wrth iddo godi ces o ledr brown tywyll a'i agor a thynnu dogfen ohono.

"Ych chi'n cofio'r achos yn erbyn Peter Vaughan, mae'n siŵr."

Daeth golwg ddifrifol dros wyneb Glyn Rogers a nodiodd.

"Wrth gwrs – busnes trist dros ben, Mr Ross ... i feddwl y galle dyn wneud y fath beth ... iddi ffrind gore 'ed!"

"Ie ... wel, dyna farn y rheithgor, 'ta p'un, Mr Rogers – a ma' rhaid inni obitho fod cyfiawnder wedi'i weinyddu, on'd o's e?"

"O's, wrth gwrs."

"Fi o'dd 'i gyfrithwr e yn yr achos, chi'n gwbod."

Oedodd, gan dybied nad oedd angen iddo egluro'r gwahaniaeth rhwng gwaith cyfreithiwr a bar-gyfreithiwr.

"O ie, ie."

"Ac ma' 'na gwpwl o bethe ag angen 'u setlo."

"Rhywbeth obeutu cownt Mr Vaughan yn y banc, mae'n siŵr?"

"Ie, 'na chi, a wy i wedi ca'l y pŵer twrne hwn i wneud ymholiade."

"O – wrth gwrs."

Cymerodd Glyn Rogers y ddogfen a bwrw golwg frysiog arni yna nodiodd a'i hestyn yn ôl i Harry.

"Wel – gan fod pŵer twrne gyta chi 'sda fi ddim gwrthwynepiad i drafod cownt Mr Vaughan ..."

Roedd ei oslef yn awgrymu fod rhyw anesmwythyd yn ei feddwl. Oedodd a thynnu anadl trwy'i ddannedd.

"Ond os ych chi'n moyn ca'l gwpod faint o arian sy ar ôl yn 'i gownt e, yr ateb yw – dim."

Methodd Harry ymgadw rhag dangos syndod yn ei lais ac ar ei wyneb.

"Dim?"

"Chi'n dyall, o'dd y cownt yn enwe Mr a Mrs Vaughan, a'r naill neu'r llall i seino siecs."

"Ie – wel?"

"Fe gaeodd Mrs Vaughan y cownt ar ôl i Mr Vaughan fynd i'r carchar."

"A dodi'r arian mewn cownt yn 'i henw'i hunan, sbo."

Roedd hi'n amlwg wrth y ffordd yr oedd bysedd ei law chwith yn curo ar y ddesg fod y rheolwr banc yn anesmwyth. Yna cododd ei ben a syllu i fyw llygaid Harry.

"Mr Ross, man a man i fi weud y gwir wrthych chi – dyw Mrs Vaughan ddim yn gwsmer inni erbyn hyn."

"Beth?"

"Mi a'th â'r arian mas o'r wlad."

Rhythodd Harry'n anghrediniol.

"I wlad arall chi'n feddwl?"

"Ie."

"Ga i ofyn i ble?"

Ystyriodd y rheolwr banc yn ofalus cyn ateb.

"Ddylwn i ddim gweud, sbo – ond gan nad yw hi'n gwsmer inni nawr 'sdim arna i ddim byd iddi. Mi weta i wrthych chi – ma' hi 'di mynd â'r cyfan i fanc yn Jersey."

"Jersey?"

"Ie, Mr Ross – Jersey. Licech chi ga'l enw'r banc?"

* * *

Eisteddodd Harry wrth y bar yn y Llew Du yn myfyrio dros beint o chwerw ac yn anwybyddu pob ymgais gan Glenys, y ferch y tu ôl i'r bar, i dorri gair ag e. Merch wallt-golau yn ei hugeiniau oedd Glenys â cheg fawr oedd wedi'i gosod mewn gwên barhaol, a gên lydan a chadarn. Roedd hi wedi hen arfer â chael dynion yn ymateb i'w swyn ac roedd gweld Harry'n ymgolli yn ei ddiod a'i feddwl yn bell i ffwrdd yn brofiad gweddol ddieithr iddi. Ar ôl cynnig neu ddau i godi sgwrs fe benderfynodd ei fod wedi cael cweryl â'i wraig neu'i gariad, neu wedi cael llythyr cas gan reolwr y banc, ac fe droes ei chefn arno.

Prin yr oedd Harry'n ymwybodol o bwd Glenys. Roedd y newyddion fod Esyllt wedi mynd â'i harian i Jersey wedi'i synnu'n fawr. Un peth oedd tacluso'i chyfrif – peth arall oedd symud yr arian dramor. Pam y gwnâi hi hynny ond i guddio'i thrywydd a diflannu? Achos ni fyddai pŵer twrnai Harry o werth o gwbl i gael gafael ar fanylion ei chyfrif hi. Am y tro cyntaf fe ddechreuodd Harry deimlo y gallai fod peth gwir yn honiadau Peter. Roedd fel petai Esyllt wedi rhag-weld y posibilrwydd y byddai rhywun yn chwilio amdani. Fe fyddai Peter yn cael ei ryddhau o'r carchar ryw ddydd ar ôl talu'i ddyled i gymdeithas. Fe fyddai'n siŵr o wneud ymdrech i ddod o hyd iddi petai ond i ddannod iddi ei hanniolchgarwch am droi cefn arno ar ôl ei aberth mawr drosti.

Doedd fawr o bwynt iddo fynd i Jersey i wneud ymholiadau – fyddai'r un banciwr ar yr ynys honno'n barod i drafod cyfrif banc Esyllt gyda dieithryn fel Harry, er ei fod yn gyfreithiwr. Ac os oedd Esyllt wedi symud yr arian ymlaen i wlad arall, go brin y byddai'r banc yn Jersey'n fodlon trafod hynny chwaith.

Doedd Esyllt ddim wedi gwastraffu llawer o amser cyn symud ei chyfoeth o'r wlad. Rhaid ei fod yn swm sylweddol a hithau wedi etifeddu holl eiddo Pritch – ac wedi gwerthu'r cyfan yn ogystal â'i chartref hi a Peter. Ac efallai y byddai 'na yswiriant yn ogystal. Tybed a oedd Pritch wedi cymryd polisi ar ei fywyd ei hunan, gan enwi Esyllt fel y sawl a gâi'r arian? Fe fyddai hynny'n gymhelliad iddi hi ei lofruddio, wrth gwrs, ond ar y llaw arall fe allai fod yn gynllwyn rhwng y ddau ohonyn nhw i gael arian sylweddol wedi i Pritch 'farw'.

Unwaith eto, y broblem fyddai dod o hyd i'r cwmni yswiriant a chael hwnnw i gydnabod fod y cyfryw bolisi yswiriant mewn bodolaeth. Yna fe fyddai angen gorchymyn llys arno i gael gafael ar yr wybodaeth, ond go brin y câi hwnnw oni bai fod ganddo gyfiawnhad rhesymol i'w roi gerbron y llys. Sut bynnag, o ystyried eiddo Pritch a hithau, fe fyddai ganddi ddigon o fodd i fyw'n fras yn rhywle – yswiriant neu beidio.

Ni fyddai fawr o bwynt iddo holi'r gwerthwr tai amdani chwaith. Y cyfan a ddywedai hwnnw fyddai fod yr arian am y tai a'r ceir wedi mynd i'w chyfrif hi yn Jersey. Fe allai ddigwydd bod yn lwcus a dod o hyd i asiant teithio oedd yn cofio trefnu tocyn unffordd iddi, ond roedd hanner dwsin o'r rheiny yn y Barri'n unig a mwy o lawer yng Nghaerdydd. A sut bynnag, ni fyddai rhywun oedd wedi cuddio'i ôl mor llwyr yn debyg o fod mor esgeulus â threfnu tocyn hedfan neu docyn llong oddi wrth asiant lleol. Pa ffordd bynnag yr edrychai ar y sefyllfa, roedd y trywydd yn denau neu'n ansylweddol. Oni bai fod rhyw wybodaeth ffresh yn dod i'r golwg byddai'n anodd dros ben dod o hyd iddi heb ddogn sylweddol o lwc neu gyd-ddigwyddiad – neu'r ddau.

Wrth gwrs, os taw ffrwyth meddwl gwyrdroëdig oedd honiadau Peter am Esyllt, roedd yn bosibl ei bod hi'n dal yng Nghymru ac nad oedd esboniad mwy sinistr na'i bod wedi dymuno symud o'r Barri er mwyn osgoi'i chydnabod a cheisio anghofio am ei gŵr o lofrudd. Ac os oedd Pritch wedi gadael ei eiddo iddi ni ellid ei beio hi am hynny. Ac efallai mai'r un rheswm oedd dros symud ei chownt i Jersey. Efallai mai symud yno i fyw i blith y cyfoethogion eraill oedd ei bwriad – yn ddigon pell o Gymru i anghofio Peter ond yn ddigon agos i gadw cysylltiad sydyn pe bai angen – â'i mam, er enghraifft.

* * *

Fel cynifer o dai yn nhref Caerfyrddin roedd cartref Rhoswen Williams yn Rhodfa Santes Non wedi'i godi rhwng y ddau ryfel pan oedd diweithdra'n llethu miliynau dros Ewrop ac America fel ei gilydd gan fwydo apêl y ffasgwyr i werinoedd tlawd; pan oedd adeiladwyr tai'n methdalu – neu'n falch o godi tai am y nesa peth i ddim rhag mynd i'r wal. Nid bod ansawdd yr adeiladau'n wael; roedd y prynwyr peniog yn rhy graff i gael eu twyllo gan waith o safon isel. Y cwsmeriaid mwyaf tebygol fyddai ffermwyr yn ymddeol i'r dref i dreulio'u degawdau olaf, a beth bynnag y gellid ei ddweud am ffermwyr – roedden nhw'n ddynion busnes craff gyda llygad am fargen ac awydd i gael gwerth eu harian prin.

Roedd y patrwm wedi parhau dros y degawdau gan ddod â Chymry Cymraeg oedrannus i lenwi seddi capeli'r dref yn Heol Awst, Heol y Priordy ac yn y blaen. Un o'r mewnfudwyr hyn oedd Rhoswen Williams, oedd wedi ymddeol i'r dref gyda'i gŵr, Glyn, o gefn gwlad yn ystod y saithdegau. Bellach roedd hi'n weddw ers saith mlynedd a'i hunig ddiddordeb mewn bywyd oedd ei merch.

Fe fu'n llawenhau yng ngyrfa Esyllt fel athrawes drama a

Saesneg ac yna yn ei phriodas â Peter Vaughan oedd yn ddyn diogel a dibynadwy ac mewn swydd dda fel athro ysgol uwchradd. Os oedd yn ddi-liw braidd fel cymeriad roedd ganddo'r modd i roi cartref cysurus i'w merch ac i'w plant pan gyrhaeddai'r rheiny. Dyna oedd yr unig siom yn ei bywyd – nad oedd sôn am blentyn ar yr aelwyd gysurus yn y Barri. Ond pan gyfeiriodd at hynny rywdro, dim ond chwerthin a wnaeth Esyllt a dweud fod 'digon o amser' i hynny, a heblaw hynny doedd hi ddim yn teimlo'r awydd lleiaf i gael plentyn gyda'r holl gyfrifoldeb a ddeilliai o hynny. Pwy fagai blant mewn oes mor ddreng, gyda'r holl sôn am dorcyfraith ac Afiechyd Imiwnedd Diffygiol a chymdeithas yn chwalu gyda thrais ar gynnydd? Dim ond tynnu gwep a 'dweud dim byd' a wnâi'i mam bryd hynny, gan awgrymu fod plant yn llenwi aelwyd ac yn dod â gŵr a gwraig yn nes at ei gilydd – nid ei bod hi'n awgrymu fod angen hynny, ychwanegai'n frysiog petai'n digwydd codi'r mater. Beth bynnag y gellid ei ddweud am y mab-yng-nghyfraith, roedd Esyllt yn gallu'i droi am ei bys bach – go brin y breuddwydiai Peter am 'grwydro'.

Dyna pam i raddau y bu'r holl helynt yn gymaint o sioc iddi. Doedd hi erioed wedi breuddwydio y gallai Peter fod mor afresymol o eiddigeddus at ei hen gyfaill, Alun Pritchard. Mor dwyllodrus yr oedd dyn yn gallu bod yn towlu dwst i lygaid pobol, yn rhoi'r argraff o fod yn sant tra oedd, mewn gwirionedd, yn fwystfil rheibus o dan yr wyneb! 'Angel pen ffordd' myn uffach i! Roedd hi wedi wylo dagrau hallt wrth feddwl fel yr oedd ei merch fach wedi diodde 'da'r dyn. Roedd yn ddigon o sioc iddi fod ei gŵr yn llofrudd, ond ar ben hynny roedd y gwarth a'r sarhad o glywed y bargyfreithiwr yn trio pardduo'i chymeriad a honni fod perthynas wedi bod rhyngddi ac Alun Pritchard, druan bach! A hyd yn oed ar ôl yr achos roedd pobol yn dal i siarad yn ei chefen gan ddweud nad oedd 'mwg heb dân' – pwy ryfedd fod Esyllt, druan fach, wedi gwerthu'r cyfan a symud bant i fyw i gael llonydd oddi wrth y tafodau maleisus?

Roedd Rhoswen yn gorffwys ar y gwely ar ôl cinio ganol dydd pan glywodd gloch y drws yn canu. Syllodd mewn syndod at y nenfwd; doedd hi ddim yn disgwyl neb – roedd y gweinidog wedi bod yno'n ddiweddar ac fe wyddai'i chyfeillesau ei bod yn arfer gorffwys bob prynhawn. Rhyw werthwr, falle, neu un o giwed boenus y Tystion neu newyddiadurwr arall ar drywydd rhagor o sgandal.

Roedd hi wedi cael mwy na digon o'r giwed boenus honno adeg yr achos llys pan oedd y tacle digywilydd yn mynnu ei phoeni â'u cwestiynau diddiwedd a haerllug. Fe fuon nhw'n gwersylla o gwmpas ei chartref ddydd a nos am ddyddiau a'u camerâu'n wincio a phob un am y mwya croch ei gwestiynau. Yr unig gysur a gafodd bryd hynny oedd yr arian sylweddol a ddaeth i'w rhan am ei stori ar gyfer darllenwyr eiddgar un o bapurau'r gwter. Cododd a gwisgo'i hesgidiau a golwg benderfynol yn ei llygaid. Fe gaen nhw bryd o dafod am amharu arni a hithau'n gorffwys.

Daeth syniad i'w meddwl; cododd het oddi ar y bwrdd gwisgo a'i dodi ar ei phen gan dwtio ambell gudyn brith ac afreolus. Byddai'n arwydd i unrhyw ymwelydd nad oedd croeso iddo am ei bod hi ar fin mynd mas.

Roedd wyneb y dyn ifanc golygus yn ddieithr iddi pan agorodd y drws. Sylwodd ar ei siwt las dywyll drwsiadus a'i dei daclus a'i esgidiau duon gloyw. Gwenodd yn gwrtais arni.

"Mrs Williams?"

"Ie?"

"Harry Ross yw'r enw, Mrs Williams. Fi o'dd cyfrithwr Peter Vaughan ..."

Caledodd llygaid Rhoswen Williams a diflannodd y wên.

"O, ife, nawr? Be chi'n moyn?"

"Flin 'da fi'ch trwblu chi, Mrs Williams, ond whilo am eich merch ydw i ar ran Peter."

Fe wyddai wrth ddweud y geiriau ei fod wedi'u dewis yn

annoeth a chadarnhawyd hynny gan yr olwg o gasineb a dirmyg ar wyneb Rhoswen Williams a'r ddau smotyn pinc ar ganol ei bochau gwelw.

"Os wyt ti'n meddwl am funed 'mod i'n mynd i weud 'thot ti ble ma' Esyllt wedi mynd, wyt ti'n gneud camsyniad mwya dy fywyd, ddyn! Mae hi 'di mynd bant i drio ailddechre'i bywyd ar ôl y sioc o ffindo bod 'i gŵr yn fwrdrwr, druan fach!"

"Ond ma' 'na bapure eisie'u seino."

"Fe alli di'u hala nhw ata i 'te a fe basa i nhw mla'n – iawn? Pnawn da!"

Atseiniodd clec y drws yn ei glustiau a'i adael yn syllu'n syn ar bren sgleiniog y drws derw trwm o fewn modfedd i'w drwyn.

Trodd ar ei sawdl a cherdded draw at ei gar glas tywyll a datgloi'r drws. Eisteddodd yn ei sedd a thynnodd becyn o sigaréts o boced ei siaced a chynnau un a thynnu'n ffyrnig arni. Roedd mewn hwyl ddrwg ar ôl gyrru'r holl ffordd i Gaerfyrddin a chael ei wrthod mor ddiseremoni.

Anadlodd y mwg glas yn ara drwy'i ffroenau gan ddal y sigarét rhwng deufys o flaen ei drwyn. Syllodd drwy'r ffenest at dŵr sgwâr hynafol yr eglwys o'i flaen. Cuchiodd mewn tymer ddrwg. Roedd e wedi gwastraffu hanner y dydd ar siwrnai seithug. Roedd e wedi gobeithio dod o hyd i Esyllt yng nghartre'i mam, ond os oedd hi'n bwriadu torri pob cyswllt â'i hen fywyd go brin y byddai mam Esyllt yn datgelu ei chuddfan iddo.

Ar ben hynny, roedd ei addewid i Peter yn dechrau mennu arno. O ystyried nad oedd gan Peter yr un ddimai goch i'w enw erbyn hyn, doedd dim diben iddo feddwl am gael ei ddigolledu am yr amser yr oedd wedi'i dreulio'n chwilio am Esyllt. Ond fe fyddai 'na foddhad yn dilyn llwyddiant, o leia, a phetai'n llwyddo i ddod o hyd iddi pwy allai ddweud pa sefyllfa ddiddorol a allai ddatblygu o hynny? Roedd hi'n fenyw gyfoethog – efallai y byddai'n fodlon talu'n dda iddo am gadw'i chuddfan yn ddirgel.

Agorodd y ffenest ochr a thaflu bonyn ei sigarét i'r heol; yna taniodd y peiriant a gyrru i ffwrdd a'i hwyl yn well. Roedd yn rhy gynnar i roi'r gorau iddi eto. Roedd 'na un posibilrwydd ar ôl, un trywydd y gallai ei ddilyn – ac i wneud hynny roedd angen iddo fynd yn ôl i'w swyddfa a chladdu'i drwyn yn achos llofruddiaeth dybiedig Pritch. Gyda lwc fe fyddai wedi cyrraedd cyn iddi nosi. Oedodd am eiliad wrth groesffordd, yna pwniodd y sbardun â'i droed dde a theimlo'r car yn neidio ymlaen fel petai hwnnw fel yntau'n dyheu am gyrraedd pen y daith.

PENNOD 9

FEL CYNIFER O SWYDDFEYDD cyfreithwyr roedd swyddfa Brown, Jenkins a Jenkins yn Heol Tynewydd mewn rhan o hen adeilad a godwyd ddiwedd y bedwaredd ganrif ar bymtheg pan oedd bri ar furiau trwchus o frics coch ac ar fframiau derw praff i'r ffenestri, a llechi Sir Gaernarfon ar y toeau. Roedd stafelloedd yr adeilad yn eang gydag addurniadau o ddail a blodau melyn yn y nenfydau oedd yn dystiolaeth o oes fwy hamddenol a chrefftus na heddiw. Ffenestri codi-a-disgyn oedd yno o hyd, fel petai'r perchenogion yn ymwybodol o bwysigrwydd parchu'r gorffennol o ran golwg allanol y lle. Doedd hynny ddim wedi eu rhwystro rhag gosod gwres canolog trwy'r swyddfeydd a bellach roedd sgrin cyfrifiadur yn wincio ar bob yn ail ddesg fel petai i brofi bod cyfreithwyr hefyd yn gallu symud gyda'r oes pan fyddai angen.

Roedd Jennifer Jenkins ar fin gadael pan frasgamodd Harry i mewn. Gwraig siriol o gwmpas yr hanner cant oed oedd Jennifer, gyda gwallt brown byr, llygaid gwyrdd a rhychau bach o'u cwmpas yn rhoi'r argraff ei bod yn gweld doniolwch ym mhob dim a welai. Roedd hi'n arbenigo mewn cyfraith plant ac ysgaru, ac yn uwch-bartner yn y cwmni yr oedd Harry'n gobeithio dod yn bartner ynddo cyn bo hir iawn. Nid drwg o beth oedd fod Jennifer yn ei weld yn bwrw ati i wneud rhyw waith yn hwyr yn y dydd pan oedd hi eisoes wedi dechrau meddwl am bryd nos a rhoi galwad ffôn i'w merch, Anthea, ac am ymlacio o flaen y teledu. Fe wyddai hi fod Harry wedi bod yn gwneud ymholiadau ynglŷn ag achos

Peter Vaughan a'i fod yn dal i wneud hynny ar waetha'r ffaith fod achos Vaughan wedi dod i ben. Roedd yr ymgais i gael apelio wedi'i wrthod ar dir technegol – ond efallai fod Harry'n dal i obeithio dod o hyd i dystiolaeth newydd. Roedd ei drylwyredd yn beth i'w ganmol a'i gymeradwyo, yn enwedig pan ddôi'n fater o'i ystyried ar gyfer partneriaeth ryw ddydd.

"Harry – unrhyw lwc?"

Ysgydwodd Harry'i ben.

"Dim – o'dd hi'n gwrthod gweud ble ma' hi."

"Felly dŷn ni ddim nes 'mlaen ..."

Roedd yn osodiad o ffaith yn fwy na chwestiwn.

"Wel odyn – o leiaf, wy'n gwbod nad yw Esyllt Vaughan ddim 'di diflannu oddi ar wyneb y ddaear."

"Fel mae Alun Pritchard wedi gwneud."

Ie, fel mae Alun Pritchard wedi gwneud. Roedd Harry wedi sôn wrthi hi am ei amheuon ynglŷn â diflaniad Pritch, ac er iddi ymateb yn anghrediniol roedd hi wedi cydsynio â'i fwriad i ymchwilio i'r mater. Roedd hi hefyd wedi teimlo'n anghyfforddus ynglŷn â dedfryd y llys gan nad oedd y corff wedi dod i'r golwg eto ac roedd hi wedi cefnogi awydd Harry i ddal ati i chwilota.

"A beth nesa?"

"Dw i ddim yn siŵr – ma' whant arna i ddarllen trwy bapure'r achos 'to, rhag ofon 'mod i wedi colli rhywbeth."

"Wel, peidiwch â llosgi'r gannwyll yn rhy hwyr – mae 'na faterion eraill ag angen eich sylw, cofiwch."

Roedd yn awgrym fod ei diddordeb a'i hamynedd hi'n dechrau dirwyn i ben.

"Pidwch â becso – rhyw awr fach cyn swper, 'na gyd." Ceisiodd swnio'n ysgafnfryd gan wenu arni.

Nodiodd hithau a cherdded tuag at y drws. Gollyngodd Harry anadliad o ryddhad a throi i fynd i'w swyddfa.

Aeth at hen gwpwrdd derw ym mhen pella'r stafell ac agor un o'r drysau gwydr er mwyn chwilio am ffeil yr achos.

Ymhen ychydig eiliadau gafaelodd yn y ffeil drwchus a'i chario draw at ei ddesg o fahogani tywyll. Datododd y llinyn coch am y ffeil ac agor y clawr a'i galon yn suddo wrth weld trwch y papurau. Awr fach cyn swper …

Fel y digwyddodd hi, prin chwarter awr oedd wedi mynd heibio pan gafodd fflach o weledigaeth. Gan nad oedd corff ar gael doedd dim adroddiad post-mortem arno – ond roedd tystiolaeth feddygol yno, serch hynny. Roedd meddyg teulu Pritch wedi rhoi tystiolaeth weddol fanwl yn yr achos am gyflwr iechyd y dyn – prin y gellid cyfiawnhau galw person mor holliach yn 'glaf' iddo. Wrth iddo ddarllen sylwadau'r meddyg, Dr Denzil Adams, daeth ei ymddangosiad yn fyw i'w feddwl – dyn o daldra cymedrol ac yn llond ei groen, gydag wyneb hir a gwallt browngoch oedd bellach yn teneuo a britho; roedd ganddo lygaid gwengar – direidus hyd yn oed.

Roedd wedi cadarnhau fod iechyd Pritch yn dda a'i galon yn gryf; doedd dim tebygolrwydd y byddai wedi cael trawiad sydyn a doedd dim i beri iddo feddwl y byddai'r ymadawedig wedi cael iselder ysbryd neu bwl sydyn o orffwylltra, ac yn y blaen.

Roedd tystiolaeth Dr Adams yn ddiamheuol ac yn awgrymu'n gryf mai'r unig fodd y byddai Pritch farw fyddai trwy ddamwain – neu lofruddiaeth.

Pendronodd Harry am rai munudau uwchben tystiolaeth y meddyg. Roedd yn bendant a chlir. Eto i gyd, roedd rhywbeth ynglŷn â phendantrwydd y meddyg yn ei daro fel peth go anarferol. Nid yn aml y gallai meddyg ddweud mor glir fod dyn yn holliach. Fe hoffai gael gwybod rhagor.

* * *

"Dewch miwn, Mr Ross – dda 'da fi gwrdd â chi. Steddwch!"

Gwenodd Harry a chamu i mewn i swyddfa'r meddyg.

Roedd y feddygfa'n agos i swyddfa'r cyfreithwyr – ar draws y ffordd a dweud y gwir – ond roedd yn rhyfedd cyn lleied o gyswllt oedd rhwng y naill alwedigaeth a'r llall. Fe fyddai pryd a gwedd y meddyg wedi bod yn gwbl ddieithr i Harry oni bai iddo'i weld yn rhoi tystiolaeth yn y llys yn ystod yr achos. Serch hynny, roedd Denzil Adams yn fwy o gorffolaeth nag yr oedd yn ei gofio, a'i ganol yn dewach na phan welodd ef flwyddyn yn ôl. Roedd yn tynnu at oedran ymddeol, er bod y nyrs fyddai'n rhoi pigiadau ffliw yn y feddygfa wedi awgrymu fod dyddiad yr ymddeoliad yn 'ŵyl symudol'.

Gwenodd Denzil Adams a chwifio'i law at gadair esmwyth am y ddesg ag ef.

"Diolch i chi am gytuno i 'ngweld i ar fyr rybudd, Doctor, a hynny mor hwyr yn y dydd …"

"Popeth yn iawn, Mr Ross, mae'n braf cael rhywun yma sy ddim yn dost am unwaith. Beth galla i wneud drostoch chi?"

"Wel, fel yr esbonies i dros y ffôn gynne, fi o'dd cyfrithwr Peter Vaughan yn yr achos llynedd ac fe roesoch chi dystiolaeth i'r llys obeutu Alun Pritchard."

"Do, do, wrth gwrs – wy'n cofio'n iawn …" oedodd y meddyg a syllu â llygad rhadlon ar y cyfreithiwr, "… tystioleth go ryfedd 'ed …"

"O?"

"Heb ddim corff, chi'n dyall."

Nodiodd Harry a gweld ei gyfle.

"O ie, wrth gwrs – heb gorff. A gweud y gwir, fe wna'th hynny i fi feddwl."

"O?"

"Pidwch â 'nghamddyall i – dwy i ddim yn ame'ch tystioleth chi o gwbwl …"

"Gwell i chi bido!" Ond roedd y llygaid cellweirus yn lleddfu'r ffug-fygythiad.

"Yr unig beth drawodd fi o'dd …" oedodd gan chwilio

am y geiriad iawn "... gan nad o'dd dim corff, shwd oech chi'n gallu bod mor gwbl bendant obeutu cyflwr iechyd Alun Pritchard?"

"Mae'n gwestiwn digon teg, Mr Ross, a ma'r ateb yn un digon hawdd – y rheswm wy'n gallu bod mor siŵr yw achos 'mod i wedi rhoi archwiliad meddygol iddo fe ychydig ddyddie cyn iddo fe ddiflannu."

"O? O'dd e'n ofni rhywbeth angheuol – cancr, falle?"

"Dim byd o'r fath, Mr Ross – fe roies i archwiliad meddygol iddo fe ar gyfer yswiriant ar ei fywyd."

Roedd yr ateb fel ergyd yn ei fola. Yswiriant ar ei fywyd!

"Ych chi'n edrych yn syn, Mr Ross. O's rhywbeth yn bod?"

Llyncodd yn galed wrth ddod dros ei syfrdandod.

"Nag o's, Dr Adams; i'r gwrthwyneb, ych chi 'di bod o help mawr i fi."

"Ma'n dda 'mod i'n gallu helpu rhywun ambell dro."

"Ond – ga i ofyn pam na fyddech chi wedi sôn am yr yswiriant o'r bla'n?"

"Achos na ofynnodd neb i fi. Pam? Ydi e'n bwysig?"

Daeth golwg bryderus dros yr wyneb rhadlon.

"O nag yw – ddim o gwbl, mewn gwirionedd. Ond mae'n dda ca'l y darlun llawn, 'na gyd, rhag ofn fod peth tystiolaeth yn mynd ar goll."

"Dwy i ddim yn seicolegydd o fath yn y byd, Mr Ross, ond wy'n deall digon i wybod fod cyflwr meddwl dyn yn bwysig mewn achos fel hwn – nid dim ond cyflwr meddwl Peter Vaughan ond cyflwr meddwl Alun Pritchard 'ed. Ydw i'n iawn?"

"Wel ... ydych."

"Ac fel wy'n cofio, o'dd Alun Pritchard yn eitha hapus a siriol pan weles i e. Nid meddwl dyn yn diodde iselder ysbryd o'dd 'dag e. Nid dyn fyddai'n debyg o ymosod ar 'i ffrind gore – os ych chi'n dyall 'y mhwynt i."

Nodiodd Harry.

"Wy'n dyall i'r dim, Doctor Adams."

Roedd yn amlwg fod y meddyg yn credu fod y ddedfryd yn un gywir. Ond y peth pwysig, y ffaith syfrdanol, oedd fod Pritch wedi cael archwiliad ar gyfer yswiriant meddygol.

"Ac os ca i weud, jobyn o waith oedd bod yn gyfreithiwr i Peter Vaughan – doedd dim angen i fi gredu'i fod e'n ddieuog."

"Yn gwmws. Ac os taw clymu pethe at 'i gilydd ych chi, ma'n siŵr fod 'na ragor o wybodaeth y licech chi ga'l 'da fi."

"Fel beth, Dr Adams?"

"Fel enw'r cwmni yswiriant, Mr Ross."

Ac roedd y llygaid yn fwy cellweirus nag erioed.

* * *

Fe fu'n rhaid iddo aros tan fore trannoeth cyn cael gafael ar reolwr swyddfa leol y cwmni yswiriant yng Nghaerdydd a threfnu i fynd i'w weld. Pan gafodd ei hebrwng i'r swyddfa foethus yn un o adeiladau tal, newydd, y ddinas fe gafodd groeso mawr ar y cyntaf gan y rheolwr, gwraig daclus o gwmpas y deg ar hugain oed mewn siwt ddu a blows wen, a'i gwallt du yn dynn am ei phen.

"Coffi, Mr Ross?"

"Diolch yn fawr, Miss Jenkins."

"Ms."

"Maddeuwch i fi – Ms Jenkins, wrth gwrs."

Daeth gwên foddhaus dros wyneb y rheolwr. Cododd Ms Jenkins y ffôn.

"Tony – dau goffi os gwelwch yn dda."

Roedd yn teimlo ei fod wedi cychwyn yn wael – dylai fod wedi cofio mor sensitif y mae rhai merched y dyddiau hyn ynglŷn â'u cyflwr priodasol. Wel os dyna'i dymuniad roedd croeso iddi deimlo fel'ny obeutu rhywbeth mor ddibwys.

"Wel 'te, Mr Ross – shwd gallwn ni'ch helpu chi?"

"Fel gwedes i dros y ffôn, wy'n gorffen y ffeil ar achos Peter Vaughan y llynedd ..."

Nodiodd Pat Jenkins yn ddeallus.

"Ac er na all hynny wneud gwanieth i'r achos, ŷn ni'n lico clymu popeth at 'i gilydd ..."

"Cau pen y mwdwl ..."

"Hm? O ie, 'na ni. A'r cyfan licen i ofyn i chi yw obeutu'r polisi ar fywyd Mr Pritchard."

Dath cnoc ar y drws a cherddodd dyn ifanc, mewn crys gwyn a throwsus a thei dywyll, i mewn â hambyrddaid o lestri; gosododd yr hambwrdd ar y ddesg ac yna arllwysodd baned o goffi i'w bennaeth ac un arall i Harry, gan gynnig llaeth a siwgr.

"Dim siwgr – diolch."

Eisteddodd yn ei sedd a sipian ei goffi wrth i'r dyn ifanc ymadael gan deimlo Ms Jenkins yn syllu arno a her yn ei llygaid iddo wneud sylwadau ar weld dyn yn gweini ar ferch mewn swyddfa. Synhwyrodd y byddai hi wrth ei bodd petai'n gwneud hynny, a phenderfynodd ei hamddifadu o'r pleser o'i ddodi yn ei le siofenistaidd.

"Hyfryd."

Doedd dim o'i le, barnodd, ar ganmol y coffi, er ei fod wedi'i baratoi gan lanc.

"Roech chi'n sôn am yr yswiriant ar fywyd Mr Pritchard ..."

"O'wn, Ms Jenkins. Fel arfer, fyddwn i ddim yn breuddwydio am ofyn i chi roi gwybodaeth gyfrinachol inni ..."

"A chaech chi moni, chwaith, Mr Ross."

"Ond, yn yr achos arbennig hwn ... wel ... gan fod Mr Vaughan yn y carchar a Mr Pritchard wedi marw ... fe licen i jyst ga'l gwbod pwy o'dd fod i elwa o'r polisi?"

"Tase Mr Pritchard yn marw, i bwy fydde'r arian yn mynd?"

"Yn gwmws."

Edrychodd y rheolwr arno'n ansicr.

"Mae'n rhaid i chi ga'l gwbod?"

"Fe fydde'n help i … gau pen y mwdwl. Ele fe ddim pellach, wy'n addo. Wnewch chi weud wrtho' i pwy oedd yn sefyll i elwa o dan y polisi?"

Cododd Pat Jenkins ac agor drôr mewn cwpwrdd a chodi amlen go fawr. Eisteddodd wrth y ford a dechrau darllen y dogfennau. Cododd ei phen.

"Ych chi'n addo nad eiff e ddim pellach?"

"Ydw – 'cris cro's, tân po'th' fel oen ni'n gweud yn blant."

"O'dd yr arian yn mynd i Mrs Esyllt Vaughan, Mr Ross – hanner miliwn o bunno'dd."

Aeth y coffi'n angof. Hanner miliwn i Esyllt …

"Rhywbeth arall, Mr Ross?"

"Wel … ydi dynon yn amal yn enwi menywod ar wahân i'w gwragedd mewn polisïe fel hwn?"

"Odyn – yn enwedig dynon dibriod."

"Felly oech chi ddim yn gweld hyn yn beth od o gwbl?"

"Pam y dylwn i? O'dd Mr Pritchard yn ddibriod ac yn ffrindie â Mr a Mrs Vaughan a falle nad oedd unrhyw dylw'th 'dag e – dyw e ddim yn beth anarferol o dan yr amgylchiade."

"Felly dda'th e ddim i'ch meddwl chi y galle hynny fod yn demtasiwn i Mr Vaughan ladd Alun Pritchard er mwyn 'i arian?"

"Ddim ar y pryd, Mr Ross – ond erbyn i chi weud fe alle fod yn demtasiwn iddo fe – neu iddi hi o ran hynny."

Chwarae teg iddi am gadw'r ddysgl yn wastad rhwng y ddwy ryw, meddyliodd Harry wrth godi ar ei sefyll ac estyn ei law.

"Wel, 'na'r cyfan, wy'n meddwl. Diolch yn fawr i chi am eich help."

"Pleser, Mr Ross."

"Gyda llaw, mae'n siŵr eich bod chi wedi talu'r arian erbyn hyn?"

"Wrth gwrs – pan ddaeth y dystysgrif farwolaeth oddi wrth y Crwner."

"Trwy law Mrs Vaughan, mae'n siŵr."

"Nage, wir, Mr Ross – y banc, fel ysgutor ewyllys Mr Pritchard, ddangosodd y dystysgrif inni."

* * *

Roedd golwg foddhaus ar wyneb Harry wrth iddo fynd adref i'w dŷ yn y Barri. Roedd y dystiolaeth yn cynyddu o awr i awr: ewyllys Pritch ac Esyllt yn etifeddu, yr yswiriant ac Esyllt yn elwa eto. Wrth gwrs, fe allai Peter ac Esyllt fod wedi cynllwynio rhyngddyn nhw i gael gwared o Pritch ond bod yr achos wedi mynd yn groes i'r disgwyliad. Yna fe fyddai Esyllt wedi cilio o'r ffordd i aros nes y câi Peter ei ryddhau er mwyn iddynt ill dau ddechrau bywyd o'r newydd mewn gwlad bell – a bwrw fod ganddi'r amynedd i wneud hynny. Ond pam y byddai Peter wedi erfyn arno i fynd i chwilio am Pritch os oedd yn gwybod i sicrwydd fod Pritch wedi'i ladd? Prin y byddai pwynt ei yrru ar drywydd ffals petai'n gwybod na ddôi dim lles iddo o hynny. Roedd Peter wedi taeru'n ddu-wyn wrtho mai Esyllt laddodd Pritch a'i fod wedi cymryd y bai yn ei lle, ond wnaeth e ddim sôn erioed am unrhyw yswiriant ar fywyd Pritch. At ei gilydd roedd yn edrych yn debyg fod y cynllwyn – os oedd cynllwyn yn bod – wedi'i wneud rhwng Pritch ac Esyllt. Ar y llaw arall, doedd ganddo ddim prawf o gwbl ei bod hi'n rhan o unrhyw gynllwyn. Ar waetha'r ffaith fod Esyllt wedi cael y cyfan fe allai'r cyfan fod yn ffrwyth dychymyg Peter o'r dechrau i'r diwedd.

Un peth oedd yn sicr – roedd Esyllt yn fenyw gyfoethog … ac yn werth ei nabod …

PENNOD 10

Y NOSON HONNO, breuddwydiodd Harry am Esyllt mewn dillad nofio rwber a photel whisgi yn ei llaw a golwg wyllt yn ei llygaid. Roedd dŵr yn diferu drosti fel petai hi newydd ddringo mas o'r môr i'r cwch, wrth iddi daro pen ei gŵr â'r botel nes bod ei benglog yn waed i gyd. Yna, a'r tonnau'n taro yn erbyn ochr y cwch, rhoes hwb iddo wrth iddo simsanu yn ansadrwydd y cwch, ei ben yn ei ddwylo a'i geg ar agor mewn sgrech annaearol; yna diflannodd Peter dros ochr y cwch a'i sgrech yn diffodd yn sydyn. Roedd Harry'n methu symud gewyn yn ei syfrdandod, ond yr eiliad nesaf roedd Esyllt wedi troi ato dan grechwenu a gwthio gwddw'r botel i'w gyfeiriad. Teimlodd ryw orfodaeth ryfedd i afael yn y botel a'i dal yn llonydd a rhythu arni'n syn am eiliad cyn ei dodi'n ofalus ar lawr y cwch o dan y sedd gefn. Ac yna, wrth iddo wenu arni, fe droes ei gwên hithau'n guwch arteithiol, a hithau'n gweiddi "Ti oedd fod i farw, nid Pritch!" drosodd a thro. Ac yna fe drodd ar ei sawdl a bwrw naid i'r dŵr tywyll a diflannu.

Roedd ei galon yn rhedeg ac yn pwnio a'i geiriau'n seinio'n glir yn ei glustiau – mor glir nes ei fod yn teimlo'n siŵr ei bod hi yn yr un stafell ag ef. Tawelodd ei galon yn raddol a throdd ar ei ochr chwith a chau'i lygaid eto gan obeithio na ddôi'r hunllef yn ôl iddo eilwaith.

Rhyw gysgu-ci-bwtsiwr fu ef am oriau wedyn ac yna fe ddihunodd yn sydyn pan glywodd y post yn dod drwy'r drws a chlec y caead wrth i'r amlenni ddisgyn i'r llawr. Gorweddodd yn llonydd gan geisio casglu'i feddyliau ynghyd. Roedd ganddo ddiwrnod llawn o waith o'i flaen – achos ysgariad, dau gymydog yn ffraeo ynglŷn â hawl y naill i godi ffens gan ddifa'r olygfa i'w gymydog – a meddwl am y cam nesa ym musnes Peter Vaughan a'i wraig ddiflanedig.

Beth nesa? Hedfan i Jersey i chwilio amdani? Ni fyddai fawr o ddiben iddo fynd i'r banc yno a gofyn am ei chyfeiriad. Petai'n treulio wythnos neu ddwy ar yr ynys fe fyddai ganddo eitha siawns o ddod o hyd iddi'n cerdded i lawr y stryd neu'n bwyta mewn bwyty moethus – yn enwedig gan fod y twristiaid wedi cilio ar ddiwedd tymor yr haf – a bwrw ei bod hi'n dal i fod yn Jersey. Ond ni allai fforddio pythefnos o arhosach o gwmpas St Helier a sut bynnag, roedd yn rhyw deimlo na fyddai Esyllt wedi aros yno; roedd yn rhy agos i gartref o gofio fod modd hedfan i'r ynys o faes awyr Caerdydd mewn awr.

Fe allai fod yn yr Algarve neu yn ne Sbaen wrth gwrs. Gwelai hi'n gorwedd ar draeth euraid Praia de Luz neu Armaçao de Pera neu'n dawnsio mewn clwb nos yn Vale do Lobo ar ôl prynhawn yn chwarae golff ar y lleiniau ir. Prin y câi'i themtio i wneud hynny yng nghanol lagerwyr y Costa del Sol – byddai cychod moethus Puerto Bañus yn nes at ei dant hi. Ond roedd y mannau hynny hefyd yn rhy gyfleus i dwristiaid o Gymru. Byddai'n debycach o fod yn y Caribî neu yn Fflorida. Gallai ddychmygu'r coesau siapus a'r corff perffaith yn amsugno pelydrau'r haul drwy haenen o Hawaian Topic ar ei chroen difrycheulyd. Roedd ganddi fyd cyfan i ymgolli ynddo. Gallai dyn ar ei ben ei hun chwilio am byth heb ei chael hi. Cyhyd ag y gallai weld, roedd y trywydd yn gorffen yn y banc yn Jersey. Byddai angen cyd-ddigwyddiad go aruthrol a dogn helaeth o lwc i ddod o hyd i Esyllt unwaith eto.

Yn y cyfamser, fe geisiai beidio â meddwl gormod am y creadur truan hwnnw'n pydru a gwanobeithio yn y carchar am drosedd yr oedd yn ddieuog ohoni o bosibl, heb ddim i edrych ymlaen ato ond blynyddoedd o weld ei fywyd yn cael ei wastraffu, ac at henaint unig ymhen hir a hwyr.

Yna, un dydd, fe ddigwyddodd rhywbeth a roes

gychwyniad o'r newydd i ymholiadau Harry – fe fu farw Rhoswen Williams.

* * *

Roedd deng mlynedd wedi mynd heibio cyn i fam Esyllt ddod i ddiwedd ei rhawd ddaearol – blynyddoedd a welodd Peter yn heneiddio yn y carchar, ei wallt yn britho wrth iddo syllu ar ei wedd mewn drych ac yntau'n torri'i galon.

Roedd Harry, fodd bynnag, wedi cael blynyddoedd o lwyddiant, yn enwedig pan briododd Linda Brown. Cafodd bartneriaeth yn sgil hynny yng nghwmni Brown, Jenkins a Jenkins gan fod Linda'n ferch i'r partner hynaf. Roedd ei bywyd yn weddol wag a dibwrpas ar y pryd, a hithau 'rhwng cariadon' fel petai, a phan ddaeth Harry Ross golygus heibio a gofyn am ei llaw roedd hi'n ddigon parod i'w briodi.

Adwaith ei thad a'i mam oedd llawenhau fod Linda wedi cael gŵr dawnus a dibynadwy, yn enwedig o gofio fod ei harddach o ddigon ar gael, petai dyn ond yn edrych ar ysgrifenyddesau'r swyddfa. Hyd yn oed mewn oes o gyfleoedd cyfartal i ferched a byw tali heb briodi, roedd y ffaith fod Harry Ross yn barod i ymgymryd â rhwymedigaeth gyfreithiol am eu merch wedi dwyn cryn gysur i Jack ac Elizabeth Brown. Roedd Linda'n holcen o ferch dal gydag esgyrn trwm, gwallt cochlyd a chroen gwelw a fyddai'n troi'n frychau brown dim ond i'r haul edrych arno am foment. Roedd ei llygaid brown mor wan nes ei bod yn gorfod gwisgo sbectol lens-ddwbl. Ond y diffyg mwyaf ym mherthynas y ddau oedd fod eu perthynas rywiol yn fethiant llwyr – y naill wedi dod i ofni unrhyw gyfathrach a'r llall yn ei chasáu.

Dechreuodd pethau'n wael ar noson gyntaf eu bywyd priodasol pan noethodd Harry'i hun mewn modd dideimlad ac anystyriol a mynnu'i hawl heb sylweddoli ei bod hi'n rhy ofnus a swil i fwynhau'r profiad. Bu'n rhochian drwy'r nos yn ei gwsg heb wybod dim am ddagrau distadl ei wraig. Erbyn diwedd eu mis mêl roedd Harry'n derbyn fod ei wraig yn oer a diymateb ac mai dyletswydd ac nid serch oedd yn rheoli'r gwely priodasol. Gyda'r blynyddoedd roedd y ddau wedi cilio i borfeydd eraill am gysur – Linda at y botel a bwyd tewychus, a Harry at ferched eraill.

Bellach roedd yr ysgariad wedi dod – doedd dim plant, diolch byth. Roedd hi wedi'i ddal *in flagrante delicto* ac wedi gwrthod ei dderbyn yn ôl er iddo gyfaddef nad oedd y flonden ddim werth y drafferth. Roedd Jack Brown wedi mynnu'i ddiarddel o'r cwmni, wrth gwrs, ac fe fu'r ysgariad yn gostus iddo. Roedd hi wedi cadw'r tŷ yng Nghyncoed a chael rhai miloedd o iawndal, ond roedd ef yn rhydd oddi wrthi bellach ac yn rhydd i grwydro heb wg na cherydd.

Cafodd gryn drafferth i gychwyn ei fusnes ei hunan ar ôl gadael cwmni Brown, Jenkins a Jenkins ond fe lwyddodd yn raddol, er bod llawer o'i gleientau bellach yn rhodio ar gyrion y gyfraith. O dipyn i beth fe ddaeth yn adnabyddus am wasanaethu dynion amheus eu diddordebau a'u galwedigaethau.

Fe fyddai weithiau'n gresynu na fyddai wedi mynd yn fargyfreithiwr a chael arfer ei ddawn areithio yn y llys; câi bleser anghyffredin o wylio bargyfreithiwr yn hudo rheithgor â brawddegau coeth neu'n chwarae â thyst fel cath yn chwarae â llygoden – yn ddidrugaredd ac oeraidd, gyda gwên o bleser pur ar ei wyneb. Ar y llaw arall, roedd bod yn gyfreithiwr yn galluogi Harry i weithio o olwg y cyhoedd – ac roedd hynny'n gallu bod yn gyfleus dros ben ar brydiau.

Rhwng ei helyntion priodasol a phroblemau'i alwedigaeth roedd ei ymweliadau â Peter yn y carchar wedi prinhau dros y blynyddoedd. Doedd dim blas ar fynd yno heb unrhyw neges o obaith. Roedd Peter yn heneiddio o flaen ei lygaid. Roedd asbri ieuenctid a llawenydd dyn ym mlodau'i ddyddiau wedi diflannu cyn pryd gan ei adael yn ddyn canol-oed a'i fola'n tewhau oherwydd bwyta bwyd rhad y carchar ac eistedd yn segur am oriau maith bob dydd.

Er iddo yntau deimlo dylanwad y blynyddoedd, fe lwyddodd Harry i'w gadw'i hun yn ystwyth ac ifanc yr olwg drwy gyfrwng ymarferiadau egnïol, chwarae golff a nofio ac erbyn cyrraedd y deugain oed roedd yn dal yn ddeniadol o ran ei olwg. Roedd hynny eto'n rhan o'r esboniad pam nad oedd wedi aros yn ffyddlon i Linda'n hir ar ôl priodi.

Ailddihunodd ei ddiddordeb yn achos Peter Vaughan un bore pan gwympodd y *Western Mail* drwy'r drws. Byseddodd trwy'r papur dros ei dost a'i farmalêd gan frysio dros y penawdau am bechodau diweddaraf ambell aelod seneddol, a'r newyddion tramor, ac oedi ychydig yn hwy dros achos o drosedd yn llys barn Caerdydd. Dododd y papur i lawr am ennyd i nôl rhagor o goffi iddo'i hunan a dechrau troi'r tudalennau unwaith eto. Am ryw reswm anesboniadwy fe oedodd gyda'r tudalen 'personol', er na fyddai fel arfer yn edrych i weld pwy oedd wedi'i eni neu wedi marw ac yn y blaen. Pesychodd goffi'n sydyn mewn sioc o syndod wrth i enw'r ddiweddar Mrs Rhoswen Williams, Llandeilo, daro'i ymwybyddiaeth. Roedd hi, gweddw'r diweddar Glyn Williams, Rhos-maen, wedi bod yn fam gariadus i Esyllt ac wedi 'huno' yng nghartref Bryn Dedwydd ar ôl gwaeledd hir – 'a ddioddefws a orfu'. Byddai'r gwasanaeth yng Nghapel Newydd, Llandeilo, am un ar ddeg o'r gloch fore Mercher ac yn yr amlosgfa yn Nhreforys am hanner awr wedi deuddeg, a gwahoddid cyfraniadau i Ymchwil i Gancr y Fron.

Aeth y coffi'n angof wrth i'r atgofion lifo drwy feddwl Harry a holl ddigwyddiadau'r achos yn dod yn fyw unwaith eto. Roedd heb ymweld â Peter, druan, ers chwe mis o leiaf a'r sgwrs yn mynd yn brinnach bob tro.

Yna trawodd y posibilrwydd ef fel ergyd yn ei ganol a'i gadawodd yn ymdrechu am ei anadl a'i galon yn rasio. *Fe fyddai rhaid i Esyllt ddod i'r angladd!*

* * *

Nid aeth Harry i'r oedfa yng Nghapel Newydd; yn wir, dim ond cael a chael fu iddo gyrraedd Amlosgfa Treforys mewn pryd oherwydd tagfa ddifrifol ar y drafford wedi i lorri a bws fod mewn gwrthdrawiad ar y bont newydd ar y troad o'r drafford i Abertawe. Erbyn sgubo darnau mân o wydr o'r ffordd a llusgo'r ddau gerbyd o'r neilltu a dargyfeirio'r traffig at yr hen bont, roedd hanner awr wedi mynd.

Roedd drysau'r amlosgfa wedi cau pan gyrhaeddodd Harry. Gadawodd ei gar gryn ganllath draw o'r adeilad isel a cherdded rhwng rhes o goed oedd eisoes yn dechrau melynu a cholli'u dail. Nid oedd wedi bwriadu mynd i'r oedfa, chwaith, rhag ofn y gwelai Esyllt ef – a bwrw y byddai hi yno – a doedd arno ddim awydd cael ei weld ganddi; byddai'n well ganddo ddewis moment fwy priodol i wneud hynny.

Edrychodd ar ei watsh – roedd yn ddeng munud i dri ac yn bryd i'r gwasanaeth ddod i ben gan fod arch arall eisoes yn anelu'n araf tuag at y lle. Yn sydyn, clywai sŵn organ yn canu'n ddolefus, yn arwyddo diwedd y gwasanaeth, ac yna agorwyd y drws. Daliodd Harry'i anadl a rhythu o gysgod ffawydden braff.

Roedd hi yno!

Nid oedd modd ei chamgymryd. Roedd yr un harddwch yno, yr un corff siapus a'r harddwch pryd a gwedd na allai du angladdol ei siwt ddeuddarn ei guddio; ac roedd ei cherddediad mor ysgafn ag erioed.

Mae'n dal mor secsi ag erioed – mae'n fwy aeddfed, wrth gwrs, ar ôl deng mlynedd ... Ond mae'n codi chwant ar ddyn ...

Roedd y du'n gweddu iddi, gyda bathodyn arian ar ei bron yn mwyneiddio'i golwg. Nid oedd yn ddigon agos i weld a oedd deng mlynedd wedi achosi dechreuadau rhychau ar draws cnawd perffaith ei hwyneb a'i gwddw.

Roedd hi nawr yn ysgwyd llaw â phob un o'r gynulleidfa fach, gan ddiolch i hwn a hon am ddod i dalu'r gymwynas olaf i'w mam. Roedd un wraig ganol-oed yn ddigon tebyg iddi i fod yn fodryb ac ategwyd yr argraff gan yr anwes a'r gusan a gyfnewidiodd y ddwy cyn i Esyllt droi i anelu am ei char.

Roedd y ffaith ei bod yn gyrru car yn hytrach na chael ei gyrru mewn limo'n arwyddocaol ac yn arwydd ei bod wedi dod o bellter y diwrnod hwnnw ac nid wedi aros dros nos gyda thylwyth. A phan gychwynnodd y car bach du a gyrru i ffwrdd gyda chwifiadau dwylo roedd yn amlwg hefyd nad oedd yn fwriad ganddi fynd yn ôl i dŷ'i modryb chwaith.

Gallai hynny fod yn arwyddocaol – fe allai fod wedi aros mewn gwesty, ond tybed nad mater o ffoi yn ôl i'w dihangfa cyn i neb na ddymunai'i weld ddod ar ei thraws yr oedd hi?

Brysiodd Harry'n ôl at ei gar, yn ofni ei cholli hi, ond pan drodd trwyn ei gar yntau i olwg y glwyd roedd ei char hi i'w weld yn glir, yn disgwyl i'r goleuadau newid.

Ymhen munud neu ddwy roedd yn amlwg fod Esyllt yn anelu at y draffordd ac yna'n ei bwrw hi i'r dwyrain. Roedd hynny'n brawf nad oedd yn mynd i faes awyr Abertawe o leiaf. I ble, tybed – maes awyr Caerdydd? Pwysodd ei droed ar y sbardun; roedd car Esyllt eisoes yn ei gwanu hi am y draffordd agored.

Wrth feddwl am faes awyr Caerdydd fe'i llongyfarchodd ei hunan fod rhyw chweched synnwyr wedi peri iddo ddodi'i basport yn ei boced cyn cychwyn o gartre'r bore hwnnw. Petai Esyllt yn hedfan i wlad bell roedd 'na obaith y gallai ei dilyn wedyn. Y perygl oedd, wrth gwrs, y gallai fod angen fisa arno yn ogystal â phasport; fe fyddai'n rhwystredigaeth ryfeddol i gael ei gadw'n ôl a'i gweld hi'n diflannu o'i flaen i grombil awyren.

Roedd yr hen swyn yno o hyd – roedd Harry wedi gweld hynny ger yr amlosgfa yn ei cherddediad hudol; a phetai wedi mentro'n nes ati fe fyddai hud y llygaid treiddgar yn siŵr o fod yno o hyd.

Fe yrrodd Esyllt yn ddi-stop am dair awr a hanner nes troi oddi ar yr M25 i gyfeiriad Gatwick. Diolch am draffordd, meddyliodd Harry, lle na fyddai neb yn meddwl ddwywaith i edrych i weld a oedd rhywun yn dilyn.

Pan welodd fod car Esyllt yn tynnu i'r ochr o flaen swyddfa hurwyr ceir, fe frysiodd yntau i barcio'i gar mor agos ag y gallai heb golli golwg ohoni. Neidiodd o'r car a'i gloi a brysio i gyfeiriad y swyddfa, rhyw gut yn wydr drosto i gyd. Un canlyniad i hynny oedd ei fod yn gallu gweld Esyllt trwy'r ffenest yn trafod y car ac yn talu'i dyled. Daliodd yn ôl nes ei gweld yn gadael y swyddfa; yna, brysiodd i mewn wedi iddi droi'r cornel i dalu am gael gadael ei gar yntau yno am gyfnod amhenodol. Yna, rhuthrodd allan o swyddfa'r cwmni hurio i chwilio amdani.

Doedd dim sôn amdani yn unman.

Teimlodd ei galon yn suddo – i feddwl ei fod wedi'i cholli ar ôl ei dilyn am oriau!

Yna fe'i gwelodd yn cerdded i gyfeiriad y maes awyr, diolch byth.

Dilynodd Harry hi'n ochelgar ond wnaeth hi ddim edrych yn ôl nac o'i chwmpas o gwbl, gan roi'r argraff nad oedd yn ofni fod rhywun yn ei dilyn.

Dim ond ces dillad dros nos oedd gan Esyllt wrth iddi gerdded drwy'r porth a thraw i ddal y trên bach i'r Terminws Gogleddol. Cerddodd i ben pella'r llwyfan i wylio'r trên yn cyrraedd a sefyll, yna cerddodd i mewn drwy'r drws agored. Camodd Harry i gerbyd olaf y trên lle na allai hi ei weld.

Ar ôl cyrraedd y Terminws Gogleddol dilynodd hi'n llechwraidd drwy'r dorf brysur draw at ddesg un o'r cwmnïau hedfan. Roedd yn ddigon agos at y ddesg i glywed cyfeirio at hedfanad i Orlando. Daeth ton o ryddhad drosto wrth glywed yr enw. Drwy lwc a bendith nid oedd angen fisa i fynd i America.

Cododd ei olygon at y bwrdd uwchben y ddesg a chafodd gadarnhad fod awyren yn debyg o gychwyn ymhen awr a hanner. Diflannodd Esyllt drwy borth y teithwyr dosbarth cyntaf.

Holodd Harry am docyn yn y swyddfa docynnau a chafodd foment o dyndra cyn deall fod sedd ar ôl – un economi. Diolch byth – fe fyddai'n cael llechu yng nghefn pella'r awyren tra byddai Esyllt yn y pen arall a heb lawer o berygl iddi'i weld.

Gwenodd y ferch wrth y cownter yn gyfeillgar arno ac edrychodd yntau'n edmygus ar ei gwisg unffurf ffasiynol a'r het las tywyll ar ei phen. Talodd am ei docyn â cherdyn credyd; yna ffoniodd ei swyddfa a dweud wrth gyfreithiwr arall ei fod am gymryd wythnos o wyliau ar unwaith – ac oedd, roedd 'na sgert yn y cwestiwn … ha ha ha …

PENNOD 11

TAITH DDIGON ANNIDDOROL fu hi i Orlando: naw awr o eistedd yn anghysurus yng nghwmni mam hir-ddioddefus a'i phlentyn naw oed, crwtyn wedi'i ddifetha ac yn boendod i bawb, oedd yn mynnu pwyso drosto i edrych drwy'r ffenest bob cyfle a gâi. Roedd ganddo wallt cochlyd, croen golau a gorchudd o frychni dros ei fochau, trwyn pwt a cheg anfodlon, fel petai'n gweld bai ar bawb o'i gwmpas; roedd ei drem drahaus yn awgrymu agwedd fod ganddo hawl i gael ei ffordd ym mhob dim heb ystyried unrhyw anghyfleustra neu boendod a achosai, hyd yn oed i ddieithriaid. Doedd gofyn am gael ei esgusodi neu am gael caniatâd i wneud hynny ddim o fewn ymwybyddiaeth y creadur bach hunanol. Fe fyddai mam â gwell disgyblaeth wedi rhoi sawl pinsiad iddo neu dro yn ei glust cyn gadael iddo aflonyddu ar ddieithryn. Ond roedd hon mor ddi-weld o ran beiau'i mab ag yr oedd yntau. Digon tebyg y byddai'i gwrychyn wedi codi petai Harry'n mentro gwneud cŵyn am ymarweddiad y crwt gan awgrymu priodoldeb tin-gynhesad. Barnodd y byddai'n well iddo anwybyddu'r brych bach orau y gallai, o ystyried yr oriau hir oedd o'u blaenau yng nghwmni'i gilydd.

Ar ôl cynnwrf y codi a dringo drwy'r cymylau i'r heulwen, ychydig o ddiddordeb oedd i'w gael mewn wybren wag a chwrlid o gymylau gwyn fel gwlân cotwm islaw'r Boeing 747. Dechreuodd y plentyn, George, gwyno fod eisiau cydaid o greision arno a diod oren ac roedd yn gwbl anfodlon aros nes y byddai'r stiwardesau'n dechrau hebrwng danteithion cnoadwy i'w gyfeiriad. Ond aros fu rhaid yn bwdlyd a chintachlyd nes bod Harry'n teimlo dyhead i estyn chwired i'r conyn bach.

Derbyniodd Harry'r cynnig o whisgi a dŵr tonig oddi wrth stiwardés walltmelyn a milgïaidd o fain a gyrhaeddodd ymhen hir a hwyr i ddiwallu'r teithwyr, gan gynnwys y poenyn bach wrth ei ochr, ac fe helpodd y ddiod oer i leddfu diflastod yr hanner awr nesaf. Rhoddodd gynnig ar geisio gwrando ar y gerddoriaeth ond roedd rhywbeth o'i le ar y clustffonau a sut bynnag, pan ddaeth cyfres o gomedïau poblogaidd Lloegr fel Rowan Atkinson a French a Saunders, roedd yn ormod o boendod i estyn ei wddw er mwyn syllu rhwng pennau'r bobl yn y rhes o'i flaen at y sgrin. Roedd llai fyth o awydd gwylio ffilm Americanaidd pan ddaeth honno yn ei thro. Ond trwy drugaredd roedd clustffonau'r bachgen wrth ei ochr yn gweithio'n iawn ac fe eisteddodd hwnnw fel delw am ran helaeth o'r daith a'i lygaid wedi'u hoelio ar y sgrin.

Roedd y bwyd, fel arfer, yn ddiflas ac anniddorol, gyda rhyw esgus o fwydlen ymhongar yn cynnig dewis o *gyw iâr vol-au-vent* neu *sole meunière* ynghyd â salad o ffrwythau oedd wedi bod yn ffresh, unwaith. Ac roedd y coffi'n llugoer. Roedd wedi gwthio'r clustffonau i'r boced ar gefn y sedd o'i flaen ac ar ôl gorffen hynny o'r pryd a allai'i stumogi fe gaeodd ei lygaid a phwyso'i ben yn erbyn clustog fach wen er mwyn gorffwys a meddwl, gan lawenhau fod y bachgen gwancus eisoes yn gwylio ffilm arall.

Roedd pethau wedi symud mor annisgwyl o gyflym ar ôl iddo weld Esyllt wrth Amlosgfa Treforys – y daith i Gatwick, ffonio'r swyddfa, nôl tocyn heb wybod beth yn hollol a wnâi yn America ond mai hwn oedd yr unig gyfle a gâi byth i ddod i wybod beth oedd wedi digwydd i Esyllt yn ystod y degawd diwetha.

Roedd yn amlwg fod bywyd braf arni a hithau'n gallu fforddio cael hedfan yn y dosbarth cyntaf. Fe fyddai'i dad wedi dweud fod ganddi 'arian i'w losgi' wrth weld y fath afradlonedd. Dechreuodd ddyfalu sut yr oedd hi wedi llwyddo i'r fath raddau ar ôl gadael Cymru – buddsoddi'i chyfoeth yn ddoeth a gwneud elw mawr, efallai? Cael gwaith oedd yn talu'n dda, neu briodi miliwnydd hyd yn oed? Roedd yn bwriadu cael gwybod cyn bo hir iawn.

A dyna'r cwestiwn arall – y cwestiwn a fu ar feddwl Peter Vaughan ers cynifer o flynyddoedd – a oedd Pritch yn fyw, wedi'r cyfan, ac yn byw'n hapus braf gydag Esyllt yn Fflorida? Gyda lwc, fe ddôi ateb i'r cwestiynau hyn hefyd yn y man.

Roedd y crwtyn poenus wedi hen wasgu'r cwdyn creision yn belen i'r boced o'i flaen pan ddaeth y gorchymyn i ymwregysu a chloi'r seddau tua lan gan eu bod ar fin disgyn i Orlando. Clywodd newid yn sŵn yr injanau a syllodd gyda diddordeb ar yr aden yn lledu tuag yn ôl wrth i'r awyren arafu. Trwy lwc a bendith roedd y cynllwyn bach wrth ei ochr yn gaeth i'w wregys ac yn methu pwyso ymlaen at y ffenest. Syllodd ar y tir gwyrdd yn codi i'w cwrdd a'r palmwydd yn addurno ymylon y maes awyrennau a'r ceir fel morgrug yn gwibio odano. Yna'n sydyn roedd yr awyren uwchben concrit ac yn glanio mor ysgafn â phluen a'r injanau'n rhuo tuag yn ôl er mwyn arafu'r awyren. Llwybreiddiodd yr awyren at y lanfa'n araf ac ymestynnodd y rhodfa gaeedig yn araf allan at ei drws blaen, yn barod i dderbyn y teithwyr blinedig. Er y byddai Esyllt yn cael disgyn o'i flaen, doedd hynny ddim yn ofid iddo gan y byddai hi'n gorfod disgwyl am ei ches wrth y carwsél tra gallai yntau fynd trwy'r maes awyr yn gyflym a disgwyl amdani'r tu fas gan nad oedd ces ganddo ar yr awyren. Fe fyddai'n gorfod prynu rhyw gymaint o bethau, fel dillad nos a chrys neu ddau a brws dannedd ac yn y blaen, ond fe allai wneud hynny'n hwyrach yn y dydd yn un o'r archfarchnadoedd oedd ar agor ddydd a nos, fwy neu lai.

Cymerodd ofal rhag i Esyllt ei nabod – roedd yn syndod beth roedd sbectol dywyll yn gallu'i wneud i guddio personoliaeth a nacáu adnabyddiaeth. Roedd amser ganddo i hurio car a gofyn i'r cwmni ddod â'r car yno ato wrth y porth gan ei fod yn disgwyl cwrdd â rhywun.

Gafaelodd yr hinsawdd boeth ynddo y funud y camodd drwy borth eang y maes awyr a'r gwres a'r lleithder yn atgof byw o dŷ gwydr fel y rhai ym Mharc Singleton, Abertawe. Roedd fel petai llaw ddur yn gwasgu'i sgyfaint ac yn ei orfodi i ymladd am ei anadl. Llaciodd yr anghysur ymhen ychydig wrth iddo ymgyfarwyddo â'r hinsawdd ond gallai deimlo'r chwys yn dechrau gwlychu'i geseiliau a'i dalcen, hyd yn oed yng nghysgod y goeden balmwydd agosaf. Byddai angen iddo brynu dillad ysgafn ar fyrder – neu bobi.

Cyrhaeddodd y car yn syndod o gyflym – Oldsmobile o liw brown ysblennydd a'r awyr y tu mewn iddo'n oerach ac yn gysurus, diolch i'r system awyru. Roedd yr injan yn canu grwndi'n hapus fodlon pan welodd Esyllt yn cerdded o'r porth ac yn dal y bws cwrteisi i'r maes parcio. Cafodd foment o ofid tra bu hi yno'n nôl ei char gan na allai ei dilyn i mewn i'r maes ond llwyddodd i gadw llygad arni drwy barcio'i gar wrth ochr y ffordd a chamu draw at y ffens weirog a'i gwylio'n diflannu i ganol rheseidiau o geir. Gyrru'n araf wedyn hyd at ryw hanner can metr o'r glwyd a chraffu ar bob car a ddôi i'r golwg nes iddo'i gweld yn gyrru car euraid, drudfawr yr olwg, allan drwy'r glwyd a throi i'r dde. Mater hawdd fu camu'n ôl i'w gar a'i dilyn o hirbell wedyn heb dynnu sylw.

Roedd yn dal yn olau dydd – yn gynnar gyda'r hwyr gyda phedair neu bump awr o heulwen ar ôl cyn nos. Roedd hyn wrth ei fodd oblegid byddai wedi bod yn anodd os nad yn amhosibl i'w dilyn hi wedi iddi nosi. Ond gan fod yr haul yn dal i wenu ni chafodd drafferth i'w dilyn i'r gorllewin heibio i westyau a pharciau ysblennydd Disney a myrdd o dai bwyta gwych a gwael. Llifodd yr enwau cyfarwydd heibio o boptu, yn Holiday Inn, Macdonalds, Pizzahut, Wendy's, Burger King's, Dunkin' Donuts, heb anghofio'r Tŷ Waffle a chywion ieir enwog y Cyrnol o Kentucky. Ei gwanu hi wedyn i gyfeiriad Tampa cyn cymryd y draffordd, rhif 75, i'r de, y draffordd a âi yn y pen draw drwy diroedd corsog yr Everglades at gyrion Miami cyn troi i'r de-orllewin i West Point, man mwyaf deheuol yr Unol Daleithiau a llai na chan milltir o fôr rhyngddo a Ciwba Gomiwnyddol.

Galwodd Esyllt mewn Macdonald's ar ôl tua hanner can milltir a gorfu iddo eistedd yn ochelgar yn ei gar, yn dyheu am y baned o goffi a welai yn ei llaw drwy'r ffenest.

Roedd wedi dechrau anesmwytho ar ôl hanner can milltir arall – beth petai hi'n gyrru'r holl ffordd i Miami neu hyd yn oed yn bellach, pan fyddai wedi nosi? Yna fe welodd yn ddiolchgar fod ei golau troi yn fflachio, yn arwydd ei bod yn gadael y draffordd.

Wrth ei dilyn i ffordd daleithiol rhif 41 gwelodd yr enw North Port ar y mynegbost. Doedd yr enw'n golygu dim iddo ar wahân i awgrymu ei fod yn borthladd o ryw fath. Yr hyn oedd yn amlwg oedd fod tai moethus i'w gweld bob ochr i'r heol a bod golwg ffyniannus ar y tir, yn ffermydd gwartheg a pherllannau o orenau, a stondinau'n gwerthu melonau dŵr ac orenau ar ochr y ffordd.

Dechreuodd fynd trwy oleuadau, a'r rheiny'n cyhoeddi fod y maestrefi wrth law, a gorfu iddo graffu bob tro rhag ofn i Esyllt droi'n sydyn wrth un ohonyn nhw. Pan drodd o'r diwedd, nid wrth oleuadau yr oedd hi ond wrth ymyl cilfach o heol oedd yn arwain trwy byrth gyda'r enw Harbor Cove mewn llythrennau bras.

A nawr roedd strydoedd o dai i'w gweld ar bob tu, ond roedd y rhain yn dai o fath arbennig – tai isel neu fythynnod unllawr wedi'u gwneud o ddefnyddiau gwyn, gan amlaf. Gwelodd yn fuan mai cartrefi symudol oedd y rhain yn wreiddiol, ond eu bod bellach wedi'u plannu mewn rhesi taclus gyda'u gerddi a'u parcfeydd a'u coed ffrwythau. Fel cynifer o stadau preswyl yn America roedd lawntiau'n rhedeg o gwmpas y tai heb fod yna ymdrech o gwbl i godi ffiniau ar draws y llain werdd gan y byddai'r rheiny'n rhwystr i'r dyn ifanc, prin ei ddillad, fyddai'n gyrru peiriant lladd gwair yn dalog o'r naill dŷ i'r nesaf fel rhan o'i ddyletswyddau beunyddiol fel gofalwr.

Gorfu iddo arafu a chadw ymhellach yn ôl nawr, gan fod y llifeiriant ceir wedi peidio ac, yn wir, roedd mwy o gerbydau seiclo tair olwyn nag o geir o gwmpas y stad bellach – a'u gyrwyr penwyn, bodlon, yn cyhoeddi fod trwch poblogaeth y stad wedi hen gyrraedd oed yr addewid. Barnodd ei bod yn stad go fawr wrth i Esyllt droi i'r chwith ac yna i'r dde ac i'r dde eto ac yna i'r chwith, a phob stryd mor debyg ag y gallai fod i'r un nesaf o ran pensaernïaeth unigryw pob tŷ. Petai wedi cael amser i ystyried fe fyddai Harry wedi sylwi gyda syndod ar ddawn ddifesur y trigolion i gyweirio ac addurno'u cartrefi. Ond roedd materion eraill yn galw am ei sylw ar y foment honno, fel enw'r stryd – Parkwood Avenue – a'r ffaith fod car Esyllt newydd droi i mewn i lôn tŷ er mwyn ceseilio wrth ei ochr ac o dan do gwydr. Tynnodd Harry i ochr y stryd a diffodd yr injan, yna disgynnodd a chodi clawr trwyn y car a chymryd arno astudio rhywbeth oedd yn peri gofid iddo a chan daro ambell gipolwg at y tŷ. Roedd hwnnw'n rhannu cymendod gweddill y stad gyda rhesaid o goed oren a lemwn wrth ochr y lôn a blodau ecsotig mewn gwely taclus ar ganol y lawnt. Esgusodd dwtio'r gwifrau at y plygiau ac yna cymerodd olwg ar ddyfnder yr olew ar y ffon fesur gan ysgwyd ei ben a gwasgu'i wefusau at ei gilydd fel petai'r darlleniad yn anfoddhaol.

Ar ganol y perfformiad sylwodd drwy gil ei lygad fod car Esyllt yn tynnu allan lwrw ei gefn unwaith eto. Prin y cafodd amser i gladdu'i ben o dan y clawr cyn i'r car hwylio heibio'n araf urddasol. Caeodd y clawr a chamu'n ôl i sedd y gyrrwr yn hamddenol a thanio'r injan. Roedd cylchfan ym mhen y ffordd wrth ymyl tŷ Esyllt – rhif 554, sylwodd, wrth droi tuag ati.

Wrth nesu at ben draw pentref Harbor Cove gwelodd hi'n troi i'r dde i'r ffordd fawr a gwnaeth yntau yr un modd. Gwelodd wrth y mynegbyst eu bod yn symud tua'r de ar ffordd 41 unwaith eto, gan basio drwy oleuadau a maestrefi digon tebyg i Harbor Cove. Roedd yn daith weddol hamddenol, fel petai digon o amser gan Esyllt a heb fod arni unrhyw frys o gwbl i gyrraedd pen y daith.

Ymhen tuag ugain munud dilynodd gar Esyllt dros bont sylweddol ar draws aber afon a'i gweld yn troi i'r dde gan suo'n esmwyth ar hyd heolydd llydan a choediog gyda lawntiau a gerddi blodeuog o flaen tai moethus.

Yn ardal Punta Gorda y daeth y daith i ben, tua phymtheng milltir, fwy neu lai, o North Port ym mhorthladd bach Fisherman's Village ar lan aber lydan Harbwr Charlotte. Fel cynifer o leoedd tebyg roedd y porthladd pysgotwyr gynt wedi hen droi'n gyrchfan cychod pleser a'r siopau'n adlewyrchu'r farchnad mewn offer hwylio a phetheuach gwyliau glan môr yn gymysg â mannau bwyta ac yfed ac ambell fwtîc ffasiynol.

Trodd Esyllt drwyn ei char i faes parcio ar y dde a llwyddodd Harry i barcio'n agos a'i dilyn wedyn ar draws heol lydan oedd yn terfynu ar lan y cei mewn adeilad o goed gyda'r hysbysiad 'The Captain's Table' uwchlaw'r porth. Roedd hi bellach wedi newid o'i dillad angladdol ac wedi gwisgo ffrog haf flodeuog amdani ac esgidiau mwy ffasiynol, gyda bag gwyn dros ei hysgwydd. Roedd hyn wedi'i dwyllo am eiliad neu ddwy. Ond roedd synnwyr yn dweud na fyddai hi ddim am aros mewn dillad llwyd-ddu ar ddiwrnod mor dwym a braf. Roedd fel petai hi wedi penderfynu dodi'i hiraeth am ei mam o'r neilltu wrth groesi'r Iwerydd – fyddai hynny ddim yn ei synnu o gwbl.

Oedodd Harry a gwylio Esyllt yn dringo'r grisiau pren allanol i'r llawr uwch. Yna trodd ei sylw at hysbysfwrdd gyda'r holl fanylion angenrheidiol i'r ymwelydd arno. Gwelodd fod yno ddeugain o siopau unigryw; yn eu plith roedd Scarlet Macaw yn cadw dillad lliwgar i ferched, a Norma'n gwerthu *lingerie*, Suzane yn gwerthu gemwaith a Mango Mike yn cadw teganau a phethau digri yn ei farchnad ddethol. Gallech gael trin eich gwallt yn *Salon* Charles a phrynu crysau yn siop J.J., neu wisg nofio gwta dros ben oddi wrth Laraine. Ac os am sicrhau fod eich ci anwes yn y ffasiwn, pam nad mentro i mewn i Salty Paws am y chwanegiadau diweddaraf ar gyfer y pethau bach del a'u perchenogion? Roedd yno siopau ar gyfer rhieni, siopau ar gyfer dinasyddion hŷn, siop fwy unigryw hyd yn oed na'r lleill, gyda'i chyflenwad o roddion na ellid eu cael yn unman arall yn y dalaith a phob un yn addo rhychwant chwaethus a di-ail o ddillad i ddynion ac i ferched fel ei gilydd. Fan draw roedd swyddfa gwerthwyr cychod pleser a'r tu draw iddi roedd bar wystrys a chynifer â saith bwyty, a hynny heb gyfri'r lleoedd oedd yn gwerthu bwydydd brys.

Estynnodd Harry i'w boced a thynnu'i sbectol dywyll allan a'i gwisgo. Gallai hepgor y temtasiynau a gynigid iddo ar bob llaw; roedd yn bryd iddo fentro'n nes at Esyllt Vaughan. Tynnodd anadliad dwfn a throi am y grisiau pren i'r ail lawr a bu bron iddo faglu ar draws merch yn ei hugeiniau cynnar oedd yn brysio allan a golwg ffyrnig a chochlyd ar ei hwyneb.

Roedd y Captain's Table yn glamp o le, gyda stafell fwyta enfawr yn edrych drwy ffenestri tal ar ysblander o foryd a chychod costus y bobl brydferth, ariannog oedd â'u bywydau'n fêl o fore gwyn tan nos. Roedd byrddau'r bwytawyr yn rhedeg ar hyd ochrau'r stafell lle gellid gwledda a mwynhau'r olygfa ar yr un pryd. Ar y chwith, ar lwyfan isel, roedd bar mahogani hir yn sefyll gyda'i doreth o ddiodydd wrth law a drych hir wrth gefn y bar a dyrnaid o feibion a merched gwengar yn barod i weini. Cerddodd Harry at y bar ac archebu cwrw ysgafn Budweiser gan ymbalfalu am bapur doler ym mhoced ei drowsus. Nodiodd ei ddiolch at yr wyneb rhadlon o'i flaen a chymerodd lond pen o'r ddiod gyda mwynhad, yn ymwybodol fod ffan uwch ei ben wedi'i wneud o bres yn achosi awel oedd yn esmwytháu arno yn ei ddillad gaeafol. Datododd ei goler a thynnu'i dei a'i dodi yn ei boced gan deimlo rhyddhad pellach. Pan symudodd y gweinydd i ddiwallu angen cwsmer arall trodd Harry ei ben yn hamddenol araf ac edrych o gwmpas y stafell fawr gan ddisgwyl gweld Esyllt yn eistedd yn rhywle. Ymhen ennyd fe'i gwelodd draw ar y dde, a sigarét rhwng ei gwefusau, wrth ford ger ffenest a golwg anfodlon, annifyr, ar ei hwyneb. Fe'i gwelodd yn tanio'r sigarét a chwythu cwmwl o fwg i'r awyr ac edrych yn ddisgwylgar at ben draw'r bar. Yna, wrth glywed lleisiau rhoddodd gipolwg ar ddyn ym mhen draw'r bar oedd yno'n prynu diodydd. Teimlodd ei galon yn llamu fel petai wedi cael ergyd oedd yn anelu at fod yn angheuol.

Pritch!

Doedd dim modd iddo fethu nabod y dyn canol oed â gwallt brith a barf oedd hefyd yn britho. Heb y farf fe fyddai wedi gweld gên lydan a sgwâr ac ymosodol, ond barf neu beidio roedd yr edrychiad diog, nwydus yn union fel yr oedd yn ei gofio pan welai'r dyn hwn yn morio cwch pleser o gwmpas glannau Morgannwg dros ddegawd yn gynt. Er ei fod wedi magu tipyn o floneg, hwn yn ddiamau oedd y 'diweddar' Alun Pritchard a ddiflannodd un prynhawn gwlyb o fwrdd ei gwch pleser rywle ym Môr Hafren o gwmpas ynysoedd Echni a Ronech, gyda chanlyniadau tra anffodus i'w hen gyfaill, Peter Vaughan.

Trodd Harry ei olwg yn ol i'w Budweiser yn frysiog, a'i feddwl yn carlamu, heb fentro cyffro nes i Pritch symud i ffwrdd. Roedd holl amheuon Peter yn iawn wedi'r cyfan – roedd yn amlwg bellach ei fod yn wrthrych cynllwyn rhwng Esyllt a Pritch. Y diawled digywilydd a'r slwt ddigydwybod! ... Rywfodd, rywsut, roedd hi wedi cael Peter i gymryd y bai yn ei lle yn y gobaith y câi'i garcharu am oes. Beth wedyn? Cael ysgariad oddi wrtho ac ymuno â Pritch mewn gwlad bell! A hyd yn oed petai'n dod yn rhydd fe allai ei adael a chael ysgariad a hithau'n bur gyfoethog ar ôl etifeddu holl stad Pritch. Roedd hynny'n siawns, yn gambl yr oedd rhaid iddi'i gymryd. Ac fe lwyddodd. Daeth ias o gryndod trwyddo; ni hoffai fod ar drugaredd Esyllt fyth. Ac eto roedd 'na swyn diamheuol yn y llygaid treiddgar, digydwybod a heriol ...

Gwyliodd y ddau wrth i Pritch estyn y ddiod iddi, rhywbeth hir mewn gwydr, tebyg i Piña Colada, yn felys a ffrwythlon a chnapiau o iâ ynddi. Gwelodd ei bod hi wedi cymryd y ddiod heb arlliw o wên na diolchgarwch. Gwelodd hefyd fod golwg ddigon anfodlon ar wyneb Pritch.

Dyw pethe ddim yn dda rhyngddyn nhw – mae hi'n edrych arno fel petai am ei ladd ...

Cododd o'i sedd a symud yn dawel i'w cyfeiriad gan gadw colofn dal, gysgodol, rhyngddo a'r ddau. Eisteddodd yn ymyl planhigyn gwyrdd a blodeuog oedd yn guddfan iddo rhag cael ei weld, ond yn ddigon agos iddo glywed tôn a naws y siarad.

Cafodd gadarnhad yn syth nad oedd popeth yn felys rhwng y ddau.

"Pwy ddiawl o'dd y flonden 'na? Un arall o dy ffrindie di, ife?"

"Ddim nawr! A chadw dy lais lawr; mae pobol yn edrych arnon ni."

"Ac i gyd yn dyall Cymra'g, gwlei! Wel – pwy yw hi 'te? Fe fartsiodd mas yn ddigon wynebgaled pan welodd hi fi'n dod miwn!"

"Dwy i'm yn synnu wrth fel insyltest ti hi yn 'i hwyneb a'i galw hi'n bitsh ..."

"Fe allwn i fod wedi galw rhywbeth tipyn yn gryfach arni ddi! Beth am *fancy woman* Capten Evans?"

"Os o's rhaid iti ga'l gwybod, Hilary Cuervo, merch y Comodôr, yw hi. A chan 'y mod i'n aros ar gyfer y pwyllgor fydde hi ddim yn boléit taswn i wedi'i hanwybyddu hi."

"A beth o'dd hi'n wneud 'ma 'te? Ydi hi ar y pwyllgor?"

"Nag yw – aros am 'i mam ddod i'w chasglu hi. Ac rwyt ti'n gwbod beth fydd rhaid i fi wneud heno – ymddiheuro i'w thad, diolch i ti!"

"Cystal i fi d'adel di i wneud 'ny 'te. Rown i 'di dishgwl gwell croeso adre ar ôl angladd Mam, a gweud y lleia!"

"Ches i ddim llawer o gyfle, naddo fe?"

"Hy!"

Agorodd Esyllt ei bag ysgwydd a thynnu offer coluro ohono, gan agor compact bach er mwyn ymbincio a thwtio'i gwallt. Ciledrychodd yn ddirmygus arno.

"Shwd wyt ti'n meddwl 'mod i'n teimlo pan gyrhaeddes i adre a gweld nodyn ar y ford?"

"Rown i am iti wybod ble'r own i."

"Wnest ti ddim meddwl y byddwn i 'di lico ca'l tipyn o groeso ar ôl hedfan yr holl ffordd o Gatwick, heb sôn am ddreifo lawr o Orlando?"

"Roet ti'n gwbod fod pwyllgor 'da fi ..."

"A ma'r blydi *yacht club* yn bwysicach iti na 'nghysur i, mae'n amlwg. Fe allet ti fod wedi colli hwnnw am unwaith, gwlei! Ond doet ti ddim yn moyn colli'r cyfle i gael *tête-à-tête* gyda'r ast Hilary 'na!"

Trodd er mwyn cael y golau ar ei hwyneb a gwelodd Harry'n ciledrych arni yn y drych. Oedodd ei llaw oedd yn dal y brwsh powdwr a chraffodd ar yr wyneb. Daeth golwg o syndod wrth iddi sylweddoli fod rhywbeth cyfarwydd yn yr wyneb, yna daeth amheuaeth ac ofn i'w llygaid fel petai'n synhwyro bygythiad yn yr hyn a welai. Eisteddodd Esyllt yn hollol lonydd wrth geisio dyfalu pwy oedd perchen yr wyneb lled-gyfarwydd. Teimlodd wendid yn dod drosti'n sydyn a dechreuodd ei chalon rasio wrth i atgof ei tharo.

"Beth sy'n bod? Rwyt ti'n edrych fel 'set ti 'di gweld ysbryd!"

Deffrôdd Esyllt o'i pharlys a chau'r compact a'i roi heibio gyda'r brwsh yn ei bag ysgwydd gwyn.

"Rwy i 'di ca'l diwrnod caled rhwng yr angladd a phopeth ..."

Roedd hi'n falch na wyddai Pritch ei fod wedi taro'r hoelen ar ei phen. Clywodd symudiad y tu ôl iddi a throdd ei phen i weld yr wyneb lled-gyfarwydd yn ymadael. Dilynodd ef â'i llygaid wrth iddo gerdded allan heb edrych i'w chyfeiriad hi na Pritch. Yna cododd ar ei thraed er mwyn cychwyn i'r un cyfeiriad gan deimlo rheidrwydd i gael golwg bellach ar yr hanner-dieithryn. Edrychodd yn ôl ar Pritch cyn mynd.

"Fe fydda i'n cysgu erbyn i ti ddod adre – cystal iti gysgu yn y stafell sbâr."

Roedd hi hanner ffordd tuag at y drws cyn i Pritch feddwl am godi o ran cwrteisi.

PENNOD 12

TEIMLAI ESYLLT yn anniddig dros ben wrth adael y Captain's Table. Safodd ar ben y grisiau pren ac ymbalfalu yn ei bag am allweddi'r car ac ar yr un pryd edrychodd o'i chwmpas gan chwilio am yr wyneb lled-gyfarwydd, ond roedd hwnnw wedi diflannu i rywle. Gan nad oedd golwg ohono dechreuodd gerdded yn frysiog i gyfeiriad y maes parcio, fel petai'n ofni iddo'i goddiweddyd.

Roedd hi wedi cofio erbyn hyn pwy oedd e ac roedd y cofio wedi'i llenwi ag arswyd – yn wir, prin y gallai anghofio un a fu'n gariad iddi dros gyfnod go lew cyn iddi gwrdd â Peter. Oni bai fod y cyfarfyddiad mor annisgwyl fe fyddai wedi'i nabod yn syth. Rywbryd arall fe fyddai'r atgofion am danbeidrwydd eu caru a'u cofleidio wedi bod yn rhai pleserus, cofio am ddwylo'n anwesu'n gelfydd a thafod yn deffro iasau'r blaenchwarae cyn i'r ddau ddringo i'r entrychion gorfoleddus. Ac eto, ar waetha'r cytgord hapus, roedden nhw wedi pellhau oddi wrth ei gilydd yn raddol, yn bennaf am ei bod hi'n rhy ifanc ac anaeddfed i ystyried perthynas barhaol ar y pryd. Roedd hi wedi edifarhau'n dawel fach droeon dros y blynyddoedd ac wedi ceisio dyfalu sut y byddai pethau wedi bod petaen nhw wedi priodi ac wedi cael teulu. Ond roedd plant yn isel ar restr ei blaenoriaethau hi ar y pryd, ac ar ei restr yntau. Ac ymhen hir a hwyr fe benderfynodd y gallai wneud yn llawer gwaeth na phriodi Peter, yr ysgolfeistr ffyddlon a dibynadwy.

Fe ddysgodd yn gyflym, fodd bynnag, fod ei feddwl fwy ar fabolgampau nag ar gampau rhywiol. Roedd ei gofleidiadau ar eu mis mêl yn anghelfydd a byr eu parhad ac yn ei gadael yn siomedig a heb ei boddhau – heb ddim o'r wefr a gâi gynt gyda Harry. Fe feddyliodd ar y pryd mai arwydd o'i ddiffyg profiad fel carwr oedd hyn, ond ni ddaeth gwelliant gyda'r wythnosau dilynol ac fe ddaeth yn eglur iddi mai gweithred ysbeidiol, bron fel mater o ddyletswydd, oedd rhyw i Peter – bob hyn a hyn, pan deimlai angen rhyddhad. Yn sicr ddigon ni feddyliodd erioed fod angen iddo'i harwain ar hyd llwybrau serch nac ystyried ei hanghenion hithau. Fe fyddai wedi synnu petai hi wedi sôn am hynny wrtho ac yntau'n meddwl fod ei ymarweddiad rhywiol, fel eiddo unrhyw ddyn arall oedd yn briod, yn hapus. Erbyn dathliad eu blwyddyn gyntaf o fywyd priodasol roedd hi wedi derbyn mai bywyd cysurus ond di-wefr fyddai bywyd gyda Peter; ond gallai ymgysuro o leiaf eu bod yn gwneud pâr golygus ac ymddangosiadol hapus mewn dawns ac yn y clwb ar nos Sadwrn a'i bod yn gallu mwynhau nofio a thennis a golff a hwylio gyda'i gŵr athletaidd, hardd.

Ac yna fe ddaeth Pritch heibio a'i hatgoffa fod gwefr yn bosibl ym mherthynas dau wedi'r cwbl, gan sibrwd yn ei chlust fod amser yn hedfan a bod bywyd yn rhy fyr i'w wastraffu ar greadur mor ddiddychymyg â Peter Vaughan.

A dyma hi ymhen deng mlynedd ac mewn gwlad bell, a'r freuddwyd wedi suro eilwaith a'r wefr wedi pylu wrth iddi ddechrau nesáu at orwel y deugain oed a diwedd ar bob gobaith am fod yn fam, gan fod Pritch wedi bod mor ddiffrwyth â'i ragflaenydd.

Ac mor gwbl hunanol. Fel yr oedd wedi profi'r diwrnod hwnnw. Dyna un peth na allai fod wedi dweud erioed am Peter, y llo catsh ag e. A nawr dyma Harry Ross yn taro heibio gan ddeffro atgofion o bob math ...

Ai cyd-ddigwyddiad oedd hynny? Fod Harry wedi digwydd taro i mewn i'r Captain's Table ac yntau ar wyliau yn y cyffiniau? Roedd hynny'n bosibl ond yn annhebygol. Roedd yn fwy tebygol ei fod wedi ei dilyn yno o Gymru, o bosibl ar yr un awyren. Doedd dim angen dyfalu sut roedd e wedi dod o hyd iddi – roedd yn amlwg y byddai hi'n mynd i angladd ei mam. Ac os oedd e wedi bod yn ddigon penderfynol i'w dilyn o Landeilo i Fflorida roedd yn amlwg hefyd fod rhywbeth gweddol bwysig ar ei feddwl, yn bwysicach na chyfarch gwell a gofyn 'shwd mae ers meitin?' Rhywbeth mwy bygythiol, o bosibl – fel dod i weld a oedd Pritch yn dal yn fyw ac nid wedi boddi ym Môr Hafren … Wel, roedd e wedi cael yr ateb i'r cwestiwn hwnnw nawr ac roedd e mewn sefyllfa i fynd adref ac ailagor yr holl achos. Faint o fygythiad fyddai hynny iddi hi a Pritch? A fyddai'r awdurdodau gartref yn ceisio'u hestraddodi i wynebu achos o dwyll neu o wastraffu amser y llys a'r heddlu? Go brin, a phetai hi'n cael gafael arno, fe ddwedai wrtho am fynd i'r diawl. Ac eto nid gweithred sbïwr distadl na helgi cyfiawnder a dial oedd ei dilyn i'r bwyty'r prynhawn hwnnw *a'i ddangos ei hunan iddi* fel y gwnaeth gynnau. Trawodd y syniad hi fel bollt gan beri i'w chalon gyflymu. Tybed a oedd ganddo reswm mwy personol dros ei dilyn ar draws yr Iwerydd? Rhyw hiraeth amdani, hyd yn oed? A faint o waith fyddai ailgynnau tân ar yr hen aelwyd arbennig honno, tybed?

* * *

Roedd hi'n dal i deimlo'n anniddig wrth danio injan ei char a llywio'r trwyn i'r heol ac i ffwrdd o'r Captain's Table. Roedd hi wedi nosi erbyn hyn a'r wybren goch wedi pylu a throi'n las dwfn ac yna'n ddu. Roedd yr heolydd yn dawel yr adeg yma o'r dydd ac fe ddylai fod yn ôl gartref yn Harbor Cove ymhen hanner awr.

Cymerodd gipolwg yn y drych, ond roedd yr heol yn wag y tu ôl iddi. Pan edrychodd eto roedd 'na gar yn troi i'r heol tua chanllath y tu ôl iddi ac yn mynd yr un ffordd â hi.

Roedd y car yn dal yno pan gyrhaeddodd Harbor Cove a throi i'r chwith i'r stad a sylwodd wrth groesi'r heol ddeuol fod y car hwnnw hefyd yn paratoi i groesi. Teimlodd ei chalon yn cyflymu eto. Ai Harry oedd yno? Roedd yn rhy bell yn ôl i fedru dweud.

Symudodd ei char yn araf a llyfn dros yr heol gul gan gadw i'r chwith i'r gwter oedd yn rhedeg i lawr y canol. Trodd i mewn i'w heol a gyrru i'r pen at y cylchfan a throi'n araf i'r dreif wrth ochr ei thŷ.

Estynnodd Esyllt ei llaw i agor y drws ac wrth iddi gamu o'r car fe gyneuodd y golau diogelwch uwchben y drws cefn. Nid bod lladron yn broblem fawr ar y stad arbennig honno, ond fe allai aligetor fod wedi dringo o'r afon i chwilio am ei swper ac fe allai cyfarfyddiad sydyn ac annisgwyl fod yn annifyr a dweud y lleiaf. Ond roedd y lle'n wag a gwaith ychydig eiliadau fu cloi drws y car ac agor drws y tŷ a mynd i mewn.

Roedd hi wedi mynd i mewn drwy'r drws ochr oedd yn agor yn syth i'r gegin. Ar ôl cau'r drws cerddodd trwy'r gegin i'r stafell ginio ac ymlaen ar hyd coridor cul i'r stafell wely heb gynnau'r golau. Safodd yn y tywyllwch a syllu drwy'r llenni les i'r heol a daliodd ei hanadl yn sydyn wrth weld y car fu'n ei dilyn yn suo'n araf o amgylch y cylchfan. Er ei fod yn aneglur, roedd wyneb y gyrrwr yn amlwg yn craffu ar y tŷ wrth iddo yrru heibio'n araf.

Tynnodd yn ôl rhag ofn iddo'i gweld yn edrych arno ac yna symudodd yn nes at y gwydr wrth iddo symud ymlaen.

Llwybreiddiodd y car ymlaen am tua chanllath ac yna stopiodd. Gwelodd oleuadau'r brêc yn dod ymlaen a diffodd wedyn. Yna agorodd y drws wrth i'r gyrrwr ddod o'r car. Safodd yno o dan olau lamp stryd am ychydig eiliadau gan ystwytho'i ysgwyddau. Yna rhedodd fysedd ei law chwith drwy ei wallt tywyll. Hyd yn oed o'r pellter hwnnw roedd yn ddigon hawdd nabod Harry, er na allai weld ei lygaid glas a'r ên benderfynol, ond roedd yr ysgwyddau'n llydan a nerthol a'r corff yn ddifloneg a main o hyd. Yna fe'i gwelodd yn troi a dechrau cerdded yn ôl i gyfeiriad y cylchfan – yn ôl tuag at 554 Parkwood Avenue.

Mae e'n gw'bod fod Pritch yn dal yn y Captain's Table. Beth yw 'i fwriad – mynnu siarad â fi, fy mygwth i, ymosod arna i hyd yn oed ...? Pam na fyddwn i wedi aros gyda Pritch?

Cymerodd gam yn ôl eto o'r ffenest wrth i gamre Harry arafu a sefyll yn union o flaen y tŷ a throi i'w wynebu.

Yn sydyn, fe gofiodd Esyllt am y rifolfer yn nrôr y bwrdd bach wrth ochr y gwely. Byddai'n well iddi gael gafael ynddo – rhag ofn ...

* * *

Mae gwesty'r Red Roof yn sefyll ar groesffordd rhwng Ffordd Daleithiol 41 a'r ffordd gysylltu sy'n rhedeg i'r dwyrain i gwrdd â Ffordd Genedlaethol 75. Fel y mae'r enw'n awgrymu, mae ganddo do o deils coch ac mae digon o le i barcio ar bob ochr i'r adeilad hir deulawr. Mae'r fynedfa i'r cyntedd a'r dderbynfa ar y gongl yn union y tu ôl i fwyty sy'n perthyn i un o'r cadwyni bwyd cyflym. Mae hynny'n esbonio pam nad oes cyfleusterau bwyta yn y gwesty ei hun, ar wahân i beiriant coffi a hambyrddaid o gylchoedd toes yn y cyntedd bob bore a pheiriant yn gwerthu creision a bisgedi ar bob llawr. Roedd yn fath o westy a arferai wasanaethu dynion wrth eu busnes yn hytrach na theuluoedd ar wyliau. Fe fyddai ambell ferch yno hefyd, yn llymeitian wrth y bar, gan gadw cwmni i ddynion busnes lluddedig.

Dyna oedd prif waith y ferch walltfelen a welodd Harry pan aeth i lawr at y bar am ddiod ar ôl dadbacio'r pecyn o ddillad nos, dillad isaf, crys ysgafn ac offer ymolch yr oedd wedi'u prynu mewn archfarchnad gyfagos. Roedd yn amlwg ei bod yn awyddus am sgwrs wrth y wên groesawgar ar ei hwyneb wrth iddo gerdded at y bar. Ni fyddai'n syndod iddo glywed fod dealltwriaeth rhyngddi a'r dyn tu ôl i'r bar na fyddai'n debyg o gwyno am fod dyn busnes yn prynu diodydd i'w gymar noson.

Roedd ei gwallt yn rhydd at ei hysgwyddau a'i chorff yn osgeiddig y tu mewn i wisg hir o liw aur gyda hollt sylweddol o'i godre hyd at ei chlun. Roedd ei holl olwg yn awgrymu mai plesio dynion oedd ei gwaith ond bod y cyflwyniad yn fwy cywrain, yn fwy celfydd nag eiddo merched y stryd. Roedd ei gofal wrth ymbincio'n amlwg; gwisgai glustdlysau a gemwaith euraid am ei gwddw, ac roedd y menig am ei breichiau'n awgrymu rhyw barchusrwydd a soffistigeidd-rwydd uwch na'r cyffredin. Am ei thraed roedd sandalau o'r un lliw â'i ffrog a'i bag llaw. Roedd ei hwyneb yn ddiddorol gyda llygaid gwyrdd diniwed yr olwg bob ochr i drwyn pwt, a gwefusau llawn a deniadol. Roedd yn falch nad oedd hi wedi tynnu sigarét o'i bag llaw ac edrych yn ddisgwylgar am fatsien fel modd i ddechrau sgwrs; gweithred merch gomon fyddai hynny, a doedd dim byd yn gomon yn ei phryd a'i gwedd hi; roedd hon yn rhywbeth gwell na'i gilydd, ac yn fwy costus na'i gilydd, siŵr o fod.

Doedd dim byd yn gomon chwaith yn ei hegni a'i chusanau brwd awr yn ddiweddarach yn ei stafell yntau ...

Roedd ei gwallt golau'n addurno'r glustog a hithau'n gorwedd ar ei hochr a'i hanadl yn ysgafn a digynnwrf wrth iddi gysgu'n drwm. Roedd Harry, fodd bynnag, wedi mynd y tu hwnt i gwsg bellach, er iddo fod ar ddihun ers ugain awr, gan fod ei feddwl yn methu – neu'n pallu – treulio popeth oedd wedi digwydd yn ystod yr amser byr hwnnw. Yr angladd, gweld Esyllt, ei dilyn i Gatwick ac yna i Orlando a'i gweld wedyn gyda Pritch – y cyfan mewn un dydd ... Pa obaith am gysgu oedd o dan yr amgylchiadau? Daeth yn ymwybodol eto o gnawd llyfn y flonden – beth oedd ei henw? Sharon? – yn gynnes yn erbyn ei ysgwydd yntau. Roedd hi wedi rhoi boddhad annisgwyl ac yntau mor flinedig, ond boddhad am bris oedd hwnnw. Roedd angen amser arno nawr i ystyried y sefyllfa a meddwl beth i'w wneud; un peth oedd yn sicr – fe fyddai Peter yn falch i'w weld pan âi adref a chlywed ei newyddion syfrdanol.

* * *

Roedd y warder yn ddyn nerthol a chyhyrog yr olwg yn ei ddeugeiniau cynnar, gyda gwallt du wedi'i dorri'n filitaraidd o grop, a bochau cochion; syllai'n ddisgwylgar ar linell ddiflas o ddynion yn camu heibio iddo o fuarth y carchar ar eu ffordd yn ôl i'w celloedd. Yn y man gwelodd y dyn y bu'n aros amdano. Camodd ymlaen ac wynebu Peter a chyfarth arno.

"Vaughan! – fisitor i dy weld ti."

Roedd hi'n ddiwedd yr awr allanol, pan gâi carcharorion gerdded o gwmpas buarth y carchar a hamddena yn yr awyr agored a theimlo pelydrau'r haul ar eu hwynebu am orig. Nid bod llawer o hwnnw ganol mis Chwefror pan fyddai'r haul yn machlud yn gynnar ac adeiladau tal y carchar yn taflu cysgodion oerllyd dros y buarth am ran helaeth o'r dydd ar y dyddiau prin hynny pan na fyddai'r wybren yn llwyd gan gymylau. Roedd cerdded o gwmpas, hyd yn oed yng ngwynt oer mis Bach a achosai i'r dannedd glecian gan gryndod, yn well na sefyllian mewn corneli a diodde'r oriau hir ar wastad ei gefn yn ei gell. Cysur pennaf Peter bellach oedd mai hwn o bosibl fyddai'r Chwefror olaf iddo ei dreulio yn y twll carchar gan fod amser adolygu'i gosb yn prysur agosáu. Gyda lwc fe allai gael ei ryddhau ar drwydded ymhen blwyddyn oherwydd ymarweddiad da a didrafferth a phe gallai argyhoeddi'r awdurdodau ei fod wedi talu'i ddyled i gymdeithas.

Thalai hi ddim iddo feddwl am ddyled cymdeithas iddo fe am ddwyn ei fywyd oddi arno a difa'i yrfa a'i obeithion.

Roedd hyd yn oed ei gyswllt olaf â'r byd mawr allanol – Harry Ross, ei gyfreithiwr – wedi rhoi'r gorau i ymweld ag ef ac eithrio fel dyletswydd ddwywaith y flwyddyn. Roedd deufis i fynd eto cyn yr ymweliad nesaf – ond pwy arall fyddai'n cofio amdano ac yn ei gweld yn werth y ffwdan i ddod i roi tro amdano?

"Siapa hi, Vaughan – paid â chadw dy gyfrithwr i ddishgw'l!"

Daeth teimlad o chwilfrydedd drosto – byddai'n ormod i'w alw'n ias neu'n syndod hyd yn oed, gan fod deng mlynedd o garchar wedi lladd y posibilrwydd o gael blas ar fyw. Roedd bellach wedi dod yn gyfarwydd â dihuno yn y bore heb edrych ymlaen at ddim ar wahân i rigol o ddiflastod di-wefr. Felly Harry oedd yr ymwelydd a hynny ddeufis yn gynt na'r arfer. Byddai'n ddiddorol cael gwybod pam. Pwl o gydwybod, o bosibl? Neu awydd i weld diwedd y gaeaf yn Hawaii?

Hebryngodd y warder ef drwy ddrws a'i gau a'i gloi ar ei ôl a sefyll yno a'i gefn at y drws a'i ddwyfraich drwchus wedi'u plethu.

"Peter, shwd wyt ti?"

Cerddodd Peter at y ford a nodio ar Harry wrth eistedd. Teimlodd lygaid ei gyfreithiwr yn craffu arno o du arall y ford yn y stafell foel a digysur, fel petai'n chwilio am dystiolaeth o anhwylder. Eisteddodd yn ddiegni wrth y ford.

"Cystal ag sy i ddishgw'l, sbo."

"Ffagen?"

"Diolch."

Cymerodd y sigarét a phocedu'r pecyn, arfer oedd wedi mynd yn draddodiad gan y ddau dros y blynyddoedd. Taniodd Harry fatsien ar ei gyfer. Llanwodd ei ysgyfaint â'r mwg melys ac anadlu allan yn araf, gan sawru'r foment. Tybed a oedd Harry'n sylweddoli fod y sugnad a'r anadliad cyntaf hwnnw'n un o brif bleserau'i fywyd bellach – yn fwy hyd yn oed na mwynhau gweddill y sigarennau yn ei gell dros y dyddiau dilynol?

Ond roedd edrychiad gwahanol ar ei gyfreithiwr y prynhawn 'ma, rhyw ddisgleirdeb anarferol yn ei lygaid ac nid yr edrychiad o embaras yn gymysg ag euogrwydd a welai fel arfer.

"Ma' golwg foddhaus arnat ti, Harry. Wedi ennill y lotri, ife?"

"Peter! Wn i ddim shwd i weud 'thot ti!"

"Gweud beth?"

"Wy 'di bod yn trio meddwl am ffordd i dorri'r newyddion i ti heb iddo fod yn ormod o sioc ..."

"Gweud beth, er mwyn diawl?"

"Wy i wedi gweld Esyllt, Peter."

"BETH?"

"Fe dda'th hi tua thre i angladd 'i mam y dydd o'r bla'n a fe ddilynes i hi i Gatwick a draw i Fflorida ..."

"A beth am y cythrel? Welest ti Pritch he'd?"

"Do ... do, Peter! Fe weles i Pritch!"

Am foment fe feddyliodd fod y llall wedi cael trawiad wrth yr olwg ddirdynnol o boen ar ei wyneb oedd mor wyn â'r galchen, a'i law yn gafael ar ei fron fel petai'r sioc yn ormod i'w ddal. Yna daeth trawsnewidiad amlwg dros wyneb Peter gyda bywyd yn ei lygaid am y tro cyntaf ers blynyddoedd, a'r sigarét yn angof rhwng ei fysedd a'i anadl yn wyllt ac yn anwadal. Yna ysgafnhaodd ei olwg a daeth gwên sarrug i'w wyneb ynghyd â mymryn o liw. Rhythodd ar Harry'n fuddugoliaethus.

"Ma'r diawl Pritch yn fyw! Rwyt ti'n gwbod beth ma' 'na'n 'i olygu, on'd wyt ti?"

"Odw, wrth gwrs ..."

"Mae'r ast a'r diawl wedi 'nhwyllo i'n bert! O'dd 'yn hamheuon i'n iawn, wedi'r cwbwl, Harry! Rown i'n iawn!"

Trawodd y bonyn sigarét i soser o'i flaen a'i lygaid yn disgleirio yn ei gynnwrf.

"Peter – tria bido meddwl am 'na nawr ..."

"Am beth arall feddylia i 'te? Am y blynyddo'dd wy 'di'u gwastraffu yn y twll 'ma? Harry! Gwed wrthyn nhw! Gwed wrthyn nhw fod y cythrel yn fyw er mwyn i fi ga'l dod o 'ma!"

"Peter – y cwestiwn sy raid i ti feddwl amdano yw wyt ti am wneud apêl neu bido?"

"Pam? O's amheuaeth? Wrth gwrs 'mod i'n moyn gwneud apêl!" Tawodd Peter am foment wrth i oblygiadau cwestiwn Harry wawrio yn ei feddwl. Craffodd arno'n syn.

"Wyt ti'n trio gweud na ddylwn i ddim gwneud apêl? Wyt ti'n gall, gwed?"

"Gwranda, Peter – fe fydd rhaid i ti fod yn amyneddgar ..."

"Amyneddgar? Rwy i 'di blino ar fod yn amyneddgar! Shwd licet ti dreulo deng mlynedd gore dy fywyd tu ôl barre, y?"

"Wy i'n gwbod Peter – ond ..."

"Alli di fynd at y polîs – maen nhw'n bownd o dy gredu di a tithe'n gyfrithwr ..."

"Peter! Gwranda arna i am funed!"

Parodd y cryfder yn ei lais i Peter dewi'n ddigon hir iddo allu mynd ymlaen i egluro'r sefyllfa: y byddai gwneud apêl yn golygu llenwi ffurflenni a llunio adroddiad manwl a chasglu tystiolaeth – ffotos o Pritch, er enghraifft, ac affidafit tyst neu ddau i gadarnhau ei fod yn fyw.

"Faint o amser?"

Roedd y siomedigaeth yn amlwg yn ei oslef a'i lygaid. Tynnodd sigarét arall o'r pecyn a'i dal wrth ei wefusau, yn disgwyl am dân.

"Anodd gweud – whech mish falle, falle flwyddyn ..."

"Ac erbyn 'ny ma' 'da fi siawns o ddod mas beth bynnag – heb gliro'n enw."

"Fe fydde hynny'n well na thynnu sylw at dy hunan."

Edrychodd Peter am foment heb weld y pwynt.

"Dyna fydde effaith cael apêl – dy lun yn y papure, camerâu teledu, ac yn y bla'n. Dyna'r peth gwaetha alle ddigw'dd bellach."

"Be ti'n feddwl?"

"Beth bynnag arall wnawn ni, Peter, rhaid inni fod yn ofalus i osgoi pob cyhoeddusrwydd neu fe alle Pritch ac Esyllt ddod i wybod a diflannu eto cyn inni gasglu'r dystiolaeth. A rwy i'n siŵr nad wyt ti ddim am i hynny ddigw'dd."

"Dim peryg! Os o's rhywbeth rwy i'n moyn wneud wedi gadael y lle 'ma, wynebu'r ddau ddiawl 'na yw hynny!"

"Rwy i'n dyall 'ny ac mi wna i unrhyw beth galla i i dy helpu."

"Fel beth?"

"Fe allet ddodi'r gyfraith arnyn nhw am bob dime sy 'da nhw – meddyla! Pob dime! Fe fydde hynny'n ffordd felys o ddial, on' bydde fe? ... Gwneud rhagor o ymholiade, casglu tystiolaeth i wneud yn siŵr y cei di dy ryddhau pan fydd y bwrdd parôl yn cwrdd – fe a' i i Fflorida eto i gadw llygad arnyn nhw. Fe allwn i drefnu i dditectif preifat wneud 'ny hyd yn oed."

"A fe ddangosi di i fi ble maen nhw pan ddo i mas o'r twll 'ma?"

"Gwnaf – ac erbyn 'ny fe fydd yr apêl yn barod."

"Ta' faint o werth fydd honno erbyn 'ny!"

"Fe fydd yn werth ca'l dy enw da'n ôl, on' bydde fe?"

"Bydde, sbo."

Roedd ei oslef yn dystiolaeth weddol gamsyniol fod dial dipyn yn bwysicach yng ngolwg Peter nag adennill ei enw da. Rywsut neu'i gilydd roedd yn rhag-weld y byddai'n hedfan i Fflorida amryw weithiau yn ystod y flwyddyn cyn rhyddhau Peter. Ac fe allai'r teithiau hynny fod yn rhai pleserus dros ben o dan yr amgylchiadau iawn.

Un peth oedd yn gwbl amlwg iddo – mai ychydig o gwsg a gâi Peter y noson honno wrth iddo feddwl a dechrau cynllunio'r dial ar Esyllt a Pritch.

PENNOD 13

HANNER AWR WEDI WYTH o'r gloch ar fore cynnes a heulog ym mis Mai a'r haul yn gwneud ei orau i gynhesu wyneb gwelw'r dyn a gamodd drwy ddrws carchar Abertawe mewn dillad deuddeng mlwydd oed. Er nad oedd wedi cyrraedd ei ben blwydd yn dair a deugain, roedd golwg dyn canol-oed ar Peter Vaughan, a'i wallt fu gynt yn ddu a thoreithiog bellach yn frith ac wedi teneuo ar yr iad, a'i wyneb yn denau a phantiog. Roedd ei gorff yn dal yn gyhyrog, diolch i'r ymarferion corfforol y bu'n eu gwneud bob cyfle a gâi yn ystod oriau maith ei segurdod. Diolch hefyd i'r oriau a dreuliodd yn garddio neu'n glanhau lloriau a muriau neu'n golchi dillad yng ngolchfa'r carchar. Roedd hynny'n golygu fod ei gorff mewn cyflwr syndod o dda pan gafodd ei ryddhau ar ôl deuddeng mlynedd. Trawodd ei law chwith dros ei geg wrth ddylyfu'i ên yn gysglyd a chlapiodd gloriau'i lygaid yn yr heulwen anghyfarwydd. Safodd yn ansicr; yna cyffrôdd wrth glywed ergyd y drws yn cau'r tu ôl iddo. Trodd i'r dde a dechrau cerdded gan wasgu pecyn bach o fanion – dillad isaf, crys, taclau eillio, crib – o dan ei gesail dde.

Daeth dau blentyn ysgol tuag wyth neu naw oed heibio ar wib wyllt, a'u bryd ar gael hanner awr o chwarae ym muarth yr ysgol cyn dechrau gwersi'r bore. Wnaethon nhw fraidd sylwi ar y creadur tlodaidd yr olwg. Petaen nhw ychydig flynyddoedd yn hŷn fe fydden nhw wedi sylwi, a chwerthin o bosibl, ar ei drowsus anffasiynol â godreau llydan, siaced oedd â dau batshyn ar ei phenelinoedd a thei flodeuog oedd yn fwy addas i ddyn ifanc ac esgidiau duon wedi cracio gan oed a diffyg gofal – hynny a'i wallt crop yn gweiddi mai newydd adael y carchar oedd ef.

Roedd heol hir a syth o'i flaen am ryw filltir go lew gyda gwestyau a lletyau a thafarndai a siopau ac ambell dŷ preswyl yn eu plith, i gyd yn wynebu'r rhodfa uwchlaw'r bae. Wrth weld twnnel o dan y rhodfa'n arwain i'r traeth teimlodd Peter awydd sydyn i gerdded ar lan y môr ac 'anadlu'r ozôn' fel y byddai'i fam yn arfer ei gynghori i wneud heb sylweddoli mai arogl gwymon yn pydru oedd hwnnw. Roedd y traffig yn brin mor gynnar yn y bore ond, serch hynny, bu'n rhaid iddo neidio'n sydyn o'r ffordd pan gamodd yn ddifeddwl i'r heol a chlywed corn lorri'n canu'n fygythiol. Dyna un o'r pethau y byddai angen iddo ymgyfarwyddo â nhw – trafnidiaeth yn gyrru, gyrru ac yn amddifadu dyn o'r cyfle i feddwl a myfyrio; byddai hefyd yn gweld plant a theuluoedd, yn siopa, yn mynd i dafarn – ac yn siarad â menywod unwaith eto.

Roedd wedi cael digon o gyfle i fyfyrio yn ystod y deuddeng mlynedd diwethaf, degawd a rhagor o freuddwydio ac edrych ymlaen at y bore hwn, bore'i ryddid. Ac ers blwyddyn a hanner roedd wedi cael modd i fyw yn y newyddion a gafodd gan Harry. Roedd wedi cael misoedd hir i fagu llid a meithrin ei gynllun dial. Oblegid dyna'r prif – yr unig – nod oedd ganddo ar ôl mewn bywyd bellach.

Edrychodd bob ffordd yn ofalus a cherdded dros yr heol lydan yn ddianaf gan deimlo diogelwch y twnnel o dan y rhodfa'n ei wahodd. Teimlodd dywod yn cretsian o dan ei esgidiau, tywod oedd wedi'i sgubo i'r twnnel gan wyntoedd a'i gario gan gerddwyr. Yna roedd e mas ar y lan ac yn teimlo awel oer ar ei fochau ac yn clywed y tonnau'n torri ar draeth bawlyd.

Roedd hwnnw'n fwy bawlyd na'r disgwyl ond, erbyn meddwl, prin y gallai fod yn wahanol o ystyried yr holl longau fyddai'n hwylio heibio ar eu taith i'r dociau neu oddi yno gan ollwng olew a budreddi o bob math. Roedd broc môr yno hefyd, yn frigau a photeli a thuniau diodydd a darnau o bapur yn anharddu'r lan.

Sylweddolodd gyda hyn fod y tywod yn feddal a'i fod yn suddo iddo gyda phob cam a throdd ei gamre'n ôl i'r rhodfa.

Roedd cerdded yn haws ar y llwybr solet gyda'i seddau pren ysbeidiol a choedydd main, yn hardd yn eu dail cynnar. Pasiodd o dan y bont fawr oedd yn croesi'r heol am y ffordd â Phafiliwn Patti ac ymlaen heibio i faes Sain Helen, gan sefyll ennyd i fwrw cipolwg ar Swansea Jack, y cerflun o'r ci labrador du fu'n enwog am achub bywydau yn y bae 'slawer dydd. Ymlaen wedyn heibio i Golofn y Senotaff gwyn gyda'i arwyddair *PRO DEO REGE ET PATRIA* a chyrraedd y bwlch am y ffordd â'r porth i mewn i Barc Singleton. Roedd bwth ffonio ar y gornel a phrysurodd ato pan ddaeth ysbaid yn y llifeiriant ceir oedd bellach yn rhuthro i swyddfeydd a gweithleoedd y ddinas. Roedd ganddo alwad bwysig i'w gwneud.

Doedd dim llyfr ffôn yn y bwth ond roedd y rhif ar ei gof. Bu'n rhaid iddo ddarllen y cyfarwyddiadau rhag ofn fod y dull o ffonio wedi newid yn ystod y deuddeng mlynedd. Roedd yr arian gleision yn anghyfarwydd iddo hefyd ar ôl ei segurdod maith, wrth iddo fwydo crombil y peiriant. Am y tro cyntaf yn ei fywyd byseddodd fotymau yn hytrach na deialu.

Roedd Harry'n dal i gysgu pan ganodd y ffôn, ar ôl noson hwyr a difyr yng nghwmni Delyth, ei gariad ar y foment. Cyffrôdd ac ochneidio wrth estyn ei law at y teclyn gan graffu ar ei watsh yr un pryd. Teimlodd y corff cynnes yn ymystwyrian wrth ei ochr ac yna anadliad sydyn.

"Harry Ross."

"Harry – fi sy 'ma – Peter."

Agorodd Harry ei lygaid mewn syndod.

"Peter? O ble wyt ti'n ffono?"

"Abertawe. Ar bwys y glwyd ar waelod Parc Singleton."

"Rwyt ti mas o'r carchar!"

"Ydw."

Cododd Harry ar ei eistedd gan dynnu'i feddyliau at ei gilydd.

"Own i'n meddwl taw fory oet ti'n dod mas – ac o garchar Caerdydd – ond sdim ots nawr. Fe alla i fod yno mewn awr – alli di ga'l paned o goffi neu rwbeth wrth aros? Ma' 'na gaffe hanner ffordd lan Brynmill Lane wrth y parc – wyt ti'n gwbod amdano fe?"

"Fe ffeindia i e. Wela i di yno 'te."

"Reit – wela i di ymhen awr."

"Harry ..."

"Ie?"

"Flin 'da fi ffono mor gynnar."

"Popeth yn iawn – ro'dd yn bryd i fi godi. Hwyl."

"Hwyl."

Cawellodd y teclyn a throi'i ben ac edrych ar y ferch walltmelyn yn cysgu a'i hwyneb yn y glustog wrth ei ochr. Yna gwenodd a thynnu'r dillad gwely yn ôl mewn symudiad sydyn a syllu ar ei chorff noeth. Gwingodd hithau yn yr oerfel sydyn ac ymbalfalu am y dillad.

"Dere – mae'n bryd iti symud."

"Wy i'n sythu!"

"Coda 'te a gwisga rywbeth."

"Faint o'r gloch yw hi?"

"Chwarter i naw."

Torrodd ochenaid dros ei gwefus.

"Mor gynnar â 'ny? Iechyd!"

"Wedi iti wishgo gwna baned o goffi i fi tra bydda i'n siafo, wnei di?"

"Hy – pwy o'dd dy was di llynedd?"

Roedd y coffi a thamaid o dost yn barod erbyn iddo ddod i'r gegin. Roedd y ferch wedi gwisgo'r ffrog oedd amdani'r noson cynt ac wedi cael cyfle i dacluso'i gwallt ac roedd hi'n edrych yn llai cysglyd erbyn hyn.

"Du neu wyn?"

"Du, plîs."

Gwenodd yn siriol arno wrth arllwys paned iddo, yna

sipianodd ei choffi hithau.

"Beth yw'r rhaglen am heddi 'te?"

"Mi dy hebrynga i di tua thre, yna wy'n gorfod mynd i Abertawe.

"Licet ti ga'l cwmni?"

"Ar fusnes."

Ni theimlodd fod angen iddo helaethu ar y mater.

"O."

Roedd nodyn o siomedigaeth yn yr 'o'.

Sychodd Harry'i wefus.

"Reit – gwell inni fynd."

Cododd Harry o'r ford. Tynnodd amlen o'i boced a'i hestyn iddi.

"Gyda llaw, diolch am neithiwr. Wnaiff hwn'na'r tro?"

Agorodd y ferch yr amlen a syllu ar y cynnwys. Gwenodd ac estyn am ei phwrs.

"Yn iawn, dadi siwgir!"

* * *

Roedd awr ganddo cyn i Harry gyrraedd o Gaerdydd, amser i gerdded yn hamddenol drwy'r parc cyn troi i'r dde a mynd i gyfeiriad y caffe. Roedd y bore'n dechrau cynhesu fel y gall wneud ym mis Mai, un o'r boreau hynny heb awel yn chwythu na chwmwl yn yr wybren las. Roedd yn syndod cymaint o bobl oedd yn y parc mor fore â hyn, rhai'n camu'n bwrpasol i gyfeiriad y coleg ar y chwith, amryw'n cerdded eu cŵn ar draws porfa ir y llain gwastad ac roedd dau gariad yn eistedd ar fainc ar ymyl y llwybr, yn bwyta'i gilydd. Arafodd ei gamre wrth iddo'u gweld a theimlo hiraeth sydyn am y serch a fu farw ynddo mor bell yn ôl. Yna trodd i ffwrdd yn sydyn wrth i'r llanc godi'i ben ac edrych yn heriol arno. Anghofiodd am y ddau wrth i bêl feddal a lliwgar sboncio ato a'i daro'n ysgafn ar ei grimog. Adweithiodd drwy ddal y bêl ac edrych o'i gwmpas i weld o ble roedd hi wedi dod. Roedd bachgen bach bochgoch tua phump oed yn sefyll o'r neilltu iddo, yn rhy swil i hawlio'r bêl a mam tua'r deg ar hugain oed yn brysio ato'n llawn ymddiheuriadau. Gwenodd a sboncio'r bêl yn ôl at y crwtyn a mwynhau'r wên sydyn o ddiolch ar wyneb hwnnw. Pylodd y wên wrth weld y plentyn yn rhedeg yn hapus tuag at ei fam gan daflu'r bêl ati a hithau yn ei thro'n ceisio ymlid y bêl ac anelu cic ddigon lletchwith ati'n ôl at ei mab. Roedd boddhad ei phlentyn yn ddigon i lenwi'r fam â llawenydd, llawenydd na fyddai Peter fyth yn debyg o'i brofi bellach oni bai fod gwyrth yn digwydd. Oni bai fod rhyw groten yn cymryd trueni arno ac yn ei briodi, pan fyddai'n rhydd i ailbriodi. Doedd ganddo ddim cof fod Esyllt wedi gofyn am ysgariad erioed. Ymsioncodd ei gerddediad wrth iddo feddwl y gwnâi iddi aros i'r eithaf petai'n cael gafael arni a hithau wedyn yn crefu am gael ei rhyddhau. Ei rhyddhau! Fe gâi fwy na hynny pan gâi ef afael ynddi!

Roedd y caffe'n hirgul gyda rhes o fyrddau bach yn edrych allan ar furiau tal a llwyd y parc am y ffordd â'r caffe a choed tal, castanwydd yn bennaf, gyda'u dail mawr gwyrdd a'u blodau hufen, i'w gweld uwchben y muriau. Roedd y wraig ganol-oed yn siriol wrth iddo ddod i mewn a derbyniodd ei gais am baned o goffi fel petai'n archebu pryd costus, gan addo dod â'r baned draw ato. Yna clywodd sŵn peiriant coffi Eidalaidd yn chwyrnu ac anweddu'n stwrllyd.

Roedd yn dal yn methu deall pam y cafodd ei symud o Gaerdydd i Abertawe ddeuddydd yn ôl. Nid oedd wedi cael eglurhad ond roedd yn golygu anghyfleustra iddo ac yn awgrym efallai ei fod yn un o blant esgymun cymdeithas o hyd.

Sawrodd y coffi tywyll – roedd yn braf cael bod yn rhydd o'r diwedd. Gwenodd y wraig arno. Tybed a oedd hi'n synhwyro ei fod newydd adael y carchar?

* * *

Roedd Harry wedi bod o help mawr iddo ynglŷn â'r trefniadau teithio, ac wedi nôl y cyfan drosto, heb anghofio sieciau mewn doleri a llond waled o arian parod a phasport. Roedd y cyfan yn eistedd yn gysurus ym mhoced fewnol ei siaced, yn cadw cwmni i'r tocyn awyrennau o Heathrow i Orlando, Fflorida. Fe fu'n ei helpu hefyd i brynu dillad a Harry'n talu er iddo brotestio, gan ddweud y câi dalu'n ôl iddo eto wedi iddo adennill ei stad oddi wrth Esyllt. Roedd e hefyd wedi trefnu sedd iddo ar y bws o Gaerdydd.

Trodd Harry drwyn y car – BMW tywyll a moethus – i mewn i'r lle parcio o flaen gorsaf reilffordd Caerdydd a diffodd yr injan. Edrychodd ar Peter wrth ei ochr a gwenodd.

"Wel 'te – dyma ni."

"Ie – dyma ni."

"Fe fydd y bws 'ma ymhen tua deng muned. Digon o amser iti newid dy feddwl ac aros gartre."

Rhythodd y llygaid glas yn galed arno.

"Paid â siarad dwli."

Nodiodd Harry; doedd e ddim wedi meddwl am funud y newidiai Peter ei feddwl.

"Tocyn yn saff?"

Nodiodd Peter gan daro'i law ar ei fron.

"Odi."

"Pasport? Arian?"

"Wrth gwrs."

"Ac rwyt ti'n gwbod ble i fynd?"

"Ydw – Sharon rhywbeth neu gilydd."

"Sharon Fielding. Mae'n dy ddisgw'l di."

"Gyda'r pecyn."

"Y pecyn – ie."

Nodiodd Peter eto ac edrych ar ei watsh. Estynnodd ei law chwith at ddolen y drws.

"Gwell i fi fynd, sbo."

"Ie – cymer ofal, nawr."

Agorodd Peter y drws a chamu o'r car; agorodd y drws

cefn a chodi ces bach a chau'r drws. Plygodd Harry dros y sedd ac agor y ffenest fymryn.

"Hal gerdyn neu rywbeth!"

"Os ca i gyfle … Diolch, Harry – diolch am bopeth. Hwyl 'te."

"Peter …"

"Ie?"

Daeth crechwen dros wyneb main Harry.

"Wna i ddim gofyn iti 'y nghofio i at Esyllt …"

Gwibiodd hanner gwên drist dros wyneb gwelw Peter, yna cododd ei law mewn ystum o gyfarchiad a dechreuodd groesi'r sgwâr agored at yr ochr bellaf i ddisgwyl am y bws unllawr gwyn i Heathrow. Gwyliodd Harry e'n mynd a golwg fyfyrgar ar ei wyneb. Anadlodd yn ddwfn gan ysgwyd ei ben; yna taniodd yr injan.

* * *

Fe fu'n daith gyffrous i Orlando a'r tebygolrwydd o weld Esyllt a Pritch yn dod yn fwy byw yn ei feddwl bob munud. Roedd wedi treulio oriau'n dychmygu'r sefyllfa: adwaith y ddau, eu hofn a'u heuogrwydd – a'i gasineb yntau tuag at y naill a'r llall. Anodd dweud pa un roedd yn ei gasáu fwyaf – ai'r cyfaill o dwyllwr neu'r wraig anffyddlon a'i gadawodd i bydru yn y carchar drwy flodau'i ddyddiau. Os oedd Pritch wedi chwennych gwraig ei gyfaill roedd hithau'r ast wedi bradychu serch ei galon a chwerthin ar ei ffyddlondeb a'i ddiniweidrwydd. O safbwynt cyfiawnder roedd hi mor haeddiannol o gosb â Pritch.

Roedd ei galon yn ei wddw wrth i olwynion mawr y Boeing 747 gyffwrdd â tharmac y lanfa a rhoi ysgytwad iddo, yna rhuodd yr injanau i arafu'r awyren ac roedd hynny'n brofiad newydd a brawychus iddo wrth iddo deimlo'r awyren yn crynu o'i gwmpas.

Rhwng aros i gasglu'i ges o'r carwsél a sefyll mewn rhes hir wedyn am dri-chwarter awr i ddangos ei basport i swyddog ifanc hunan-bwysig mewn lifrai brown roedd yn teimlo'n eitha llesg pan gerddodd drwy'r porth i'r awyr lethol. Roedd Harry wedi ei rybuddio am y gwres a'r lleithder ond doedd hynny ddim yn ddigon i esmwytháu arno pan gamodd i ganol llifeiriant o law tymhestlog oedd yn tasgu dros bobman o gymylau bygythiol a thywyll yn yr entrychion. Gwelodd fflach llucheden a chlywodd daran yn atsain yn frawychus ar y gorwel. Erbyn iddo gerdded yr ychydig gamau angenrheidiol at ddrws bws oedd yn disgwyl amdano roedd yn chwysu fel mochyn ac yn falch i allu taflu'r ces a diosg ei got law a suddo'n ddiolchgar i oerfel y system awyru.

Roedd y bws hufen ei liw yn rhan o'r gwasanaeth i hebrwng teithwyr y ddwy filltir draw i'r gwesty agosaf.

Edrychodd gyda syndod drwy'r ffenestri ar y gwyrddlesni o'i gwmpas, fel petai wedi disgwyl gweld crastir melynfrown ac nid llethrau ir a ffrwythlon talaith drofannol gyda choed deiliog a llwyni amryliw am yn ail â lawntiau taclus, disgybledig. Ond roedd rhywbeth arall ar ei feddwl a achosodd iddo anghofio harddwch yr olygfa – sut y llwyddai i yrru car ar ôl ysbaid o ddeuddeng mlynedd a hynny ar ochr dde'r ffordd yng nghanol cannoedd o geir mawr Americanaidd?

Suodd y bws yn esmwyth at y palmant a gwahoddodd y gyrrwr croenddu bawb i ddisgyn gan fynd â'u cesys. Gwenodd yn llachar pan wasgodd Peter bapur doler i'w law ddiolchgar. Trodd wedi i'r bws ymadael a gweld ei fod o flaen un o hanner dwsin o westyau Holiday Inn. Roedd yn adeilad hir ond heb fod yn dal gyda lawntiau a gwelyau o balmwydd a blodau amryliw o'i flaen. Roedd yn amlwg fod y tir yn doreithiog yma ac nad oedd angen cywasgu pobl ar bennau'i gilydd fel yn Efrog Newydd a chynifer o ddinasoedd eraill y Weriniaeth. Roedd y porth yn agored a llifeiriant cyson o bobl yn mynd i mewn ac allan dros lawr o farmor a desg y dderbynfa ar y dde wedi'i gwneud o bren tywyll. Roedd dwy ferch ifanc frwdfrydig mewn ffrogiau haf y tu cefn i'r ddesg, y naill â gwallt hir melyn a'i gwên barod braidd yn rhy ddanheddog i fod wrth ei fodd, a'r llall yn bwten groenddu â gwallt cyrliog du a llygaid tywyll direidus. Roedd ei gwên yn hudol ac yn ei atgoffa o wastraff y blynyddoedd di-serch a diramant. Derbyniodd ei allwedd gyda diolch ac roedd ei dymuniad ar iddo gael diwrnod pleserus yn fyw yn ei glust wrth iddo symud ar draws y cyntedd, heibio i sgwaryn gyda muriau isel o farmor amryliw a thyfiant blodeuog o flodau na allai ddyfalu eu henwau. Ar y chwith iddo fe welai le bwyd gyda byrddau bach ag wynebau plastig a llieiniau cotwm coch a gwyn yn eu haddurno, gan ddal potel saws coch a dysglaid o gnapau siwgr a phecynnau plastig o felysydd a mwstard, a saws brown, a siwgr coch. Cerddodd heibio i ddrws lle gwelai dwr o fechgyn cymysgliw yn chwarae *pool* ac allan i'r buarth a heibio i'r pwll nofio gyda'i lwyth o blant nwyfus, stwrllyd, ac i dawelwch yr adeilad isel hir y tu pellaf.

Roedd yn gysglyd a swrth a'r blinder yn pwyso arno ar ôl diwrnod mor hir. Suddodd yn ddiolchgar i gadair esmwyth a chau'i lygaid gan glywed grŵn y peiriant awyru. Cafodd fraw wrth eu hagor ymhen ychydig eiliadau a gweld ei enw'n fflachio ar sgrin deledu a geiriau o groeso iddo i'w stafell, gan obeithio y mwynhâi ei arhosiad.

Roedd yn rhy flinedig i feddwl am fwyta na chael cawod ac fe aeth i'r gwely a syrthio i gysgu o fewn eiliadau – ond nid yn rhy flinedig i weld Esyllt a Pritch yn crynu mewn cywilydd ac ofn yn llygad ei feddwl cyn iddo ymgolli mewn cwsg …

PENNOD 14

CLOCH Y FFÔN YN CANU a'i deffrôdd fore trannoeth, gan beri i'w galon rasio. Ymbalfalodd yng ngwyll ei stafell ac yna gafaelodd yn y teclyn a'i godi at ei glust. Roedd llais cwrtais dyn ifanc am ei hysbysu fod car yn disgwyl amdano wrth y porth.

Car?

Yna cofiodd am y car yr oedd Harry wedi'i logi ar ei gyfer o Gaerdydd, gan drefnu y byddai'n cael ei hebrwng i'r gwesty y bore wedyn, ar ôl iddo gael noson o gwsg. Roedd hwn eto'n un arall o gymwynasau Harry – roedd yn ddigon posibl y byddai ef, oni bai am Harry, wedi mentro gyrru'r noson honno yn syth ar ôl ei ddiwrnod hir, mewn perygl o syrthio i gysgu wrth yr olwyn a chael damwain.

Diolchodd i'r dyn ifanc a dodi'r ffôn i lawr.

Bwriodd y dillad gwely yn ôl a chlapian ei lygaid mewn poen wrth lusgo'r llenni trwm ar agor a theimlo pelydrau'r haul ar ei wyneb. Gwelodd gyda syndod ei bod yn hanner awr wedi naw yn y bore.

Roedd wedi ymolch a siafio o fewn deng munud; ymhen ychydig funudau wedyn roedd wedi cyrraedd cyntedd y gwesty a chael ei gyfarch gan ddyn siriol, canol-oed, a char browngoch yn disgwyl amdano. Roedd 'na waith papur i'w wneud a ffurflenni i'w llenwi a'r cerdyn credyd newydd sbon yn ei waled yn anhepgorol unwaith eto i selio'r fargen. Yna roedd yn berchennog ar Oldsmobile pwerus am wythnos a phopeth ar wahân i'r petrol wedi'i flaendalu.

Cafodd gyfarwyddiadau ynglŷn â'r car ac yna ar ôl

ffarwelio fe yrrodd yn betrus o gwmpas tir y gwesty gan deimlo rhyfeddod yr esmwythdra amdano. Parciodd y car yn y maes parcio a mynd yn ôl i'r gwesty i gael tamaid o fwyd.

Roedd merch o bryd tywyll a gwallt du yn ei thridegau cynnar yno'n gweini, ac yn falch i gymryd archeb o gig moch ac wy wedi'i ffrio a'i wyneb heulog tua lan, a phancos melys i ddilyn a'r rheiny'n drwch o siwgwr gwyn mân a dau gnepyn o fenyn ar ben y cyfan ynghyd â chwpaneidiau o goffi cryf. Roedd yn bryd rhad a blasus, ond hefyd yn llawn braster a wnâi ddyn yn flonegog o'i fwyta'n gyson. Ond i ddyn oedd wedi arfer â bwyd carchar roedd yn wledd ac yn foeth di-ail.

A bellach roedd y ces wedi'i bacio a'r bil wedi'i dalu a Peter yn gwenu ei ddiolch cyn camu at y car, yn awchus i gychwyn. Eisteddodd wedyn am funud yn ceisio cofio pa fotwm a pha ddolen oedd yn gwneud beth a syllu wedyn ar y map oedd wedi dod gyda'r car.

Taniodd yr injan a gollwng y brêc; llithrodd y car yn esmwyth ymlaen at agoriad y ffordd a llwyddodd i suo allan iddi'n ddidrafferth pan ddaeth bwlch yn y llifeiriant o'r chwith. Cyflymodd ychydig yna trawodd ei droed ar y brêc yn sydyn wrth i'r goleuadau newid i goch o'i flaen. Llyncodd ei boer gan ddiolch nad oedd wedi taro cefn y car llwyd, drud yr olwg, o'i flaen. Yna cafodd foment o ofid pan sylweddolodd fod y lôn yn 'gorfod' troi i'r dde, ond llwyddodd i fflachio mewn pryd a symud i'r lôn nesaf ati.

Ar ôl deng munud roedd y tyndra'n dechrau cilio a'r gyrru'n haws. Gallai ddechrau sylwi ychydig ar ei amgylchedd oedd bellach yn fwy gwledig gyda choedwigoedd a chaeau yn gymysg â gorsafoedd petrol a bwytai ac archfarchnadoedd. Gwelodd arwyddion Disney World ar y dde iddo a daeth yn gyfarwydd â gweld enwau fel Wendy, a MacDonalds a BurgerKing, a Dunkin' Donuts, yn ymgiprys am gystadleuaeth.

Wrth i'r milltiroedd fflachio heibio roedd y cynllun ynglŷn â beth a ddigwyddai wedi iddo gyrraedd pen y daith yn tyfu'n fwy eglur yn ei feddwl bob munud. Fe fyddai'n ofalus ac yn ochelgar; nid rhuthro fel tarw gwyllt ond cymryd amser i bwyllo ac ystyried ble a sut i weithredu. Oblegid roedd ganddo weithred – gweithredoedd – pendant mewn golwg. Doedd dim brys; gallai fforddio treulio dyddiau, wythnosau hyd yn oed, cyn gweithredu'r cynllun – cyn cau'r fagl am y sglyfaeth cythreulig.

Roedd cosb i fod – doedd dim amheuaeth ynglŷn â hynny – ond roedd manylion y cosbi'n dibynnu ar yr amgylchiadau. Er enghraifft, pwy a gâi ei gosbi gyntaf – fe neu hi? A sut gosb fyddai'n taro orau? Faint o ddioddefaint oedd i fod; faint o ddagrau ac arswydo a chrefu am faddeuant cyn i'r farwol ddisgyn?

Roedd Tampa yn y golwg ar y gorwel pan drodd yr Oldsmobile nerthol i'r chwith ac ymuno â phriffordd y de. Fflachiodd y milltiroedd heibio wrth iddo basio enwau llefydd nad oedd yn golygu fawr ddim iddo – Gibsonton, Sarasota, Venice – ond yna hoeliwyd ei olygon ar arwydd yn pwyntio i'r dde – North Port! Pwysodd ar y waell fflachio a dechrau arafu er mwyn troi oddi ar y draffordd.

* * *

Roedd cyfarwyddiadau Harry wedi bod yn fanwl a chlir. Ar ôl gadael y 75 ac anelu i gyfeiriad North Port fe gymerodd y ffordd daleithiol 41 i'r de a dilyn yr arwydd i mewn i stad enfawr Harbor Cove. Pasiodd drwy ryw fath o borth gyda bwa uwch ei ben a swyddfa ar yr ochr dde ar gyfer gwarchodwr. Ond roedd honno'n wag a doedd neb o gwmpas i holi'i fusnes. Roedd y cyfarwyddiadau'n berffaith – i lawr stryd hir Blackburn Boulevard a hithau'n rhedeg rhwng rhesi hir o fythynnod taclus, gwyn; troi gyda'r stryd wedyn i'r dde a'i dilyn wrth iddi wyro heibio i gilfach o ddŵr a man i glymu cychod wrth y lanfa, clwb chwaraeon a llecyn chwarae ar gyfer rhyw fath o gêm anghyfarwydd. Troi i'r chwith wedyn – i mewn i Parkwood Avenue.

Roedd ei galon yn curo a'r gwaed i'w glywed yn pwnio yn ei arleisiau wrth iddo edrych ar rifau'r bythynnod, yr eilrifau ar y llaw dde a'r odrifau ar y chwith. Roedd tua hanner cant o fythynnod yno i gyd, gan gychwyn gyda rhif 522 ar y dde a 515 ar y chwith, ond roedd Peter yn rhy brysur yn craffu ar y rhifau i ddyfalu pam nad oedd y tai'n cychwyn â rhif 1.

Roedd rhif 554 ar y pen a chylchfan o'i flaen yn ei orfodi i droi mewn cylch heb arafu cyn cychwyn yn ôl i gyfeiriad pen arall y stryd. Roedd yn golygu hefyd ei fod yn cael cyfle i syllu ar rif 554 ddwywaith heb orfod arafu ac roedd ffenestri tywyll y car yn sicrhau na allai neb ei weld, heb sôn am ei nabod wrth iddo fynd heibio.

Roedd y bwthyn yn unllawr fel y lleill a'i furiau alwminiwm yn wyn a thair gris at y drws o bren tywyll, muriau a tho o alwminiwm gwyn a'r bargod yn disgyn cryn bedair troedfedd dros y drws gan ffurfio cysgodfa rhag brathiad yr haul trofannol a chrasboeth. Roedd car go bwerus yr olwg, un euraid, yn y dreif. O flaen y bwthyn roedd lawnt gymen a gwely o flodau a phren lemwn yn tyfu yno. Roedd y borfa'n frasach na phorfa fain Cymru, yn debycach i borfa gwledydd Môr y Canoldir gyda dail llydan, garw'r olwg. Doedd y bwthyn ddim tamaid yn wahanol i'r hanner cant arall yn hynny o beth, ond roedd fflach o las wrth iddo droi yn y cylchfan yn awgrymu fod llain o ddŵr y tu cefn. Gyrrodd y car yn hamddenol i ben draw Parkwood Avenue ac yna penderfynodd droi i'r chwith. Gwelodd yn syth fod y stryd honno'n gwyro i'r chwith ac yn cydredeg â'r llall a bod honno eto'n gorffen mewn cylchfan. Yna daeth y tai i ben a gwelodd lyn crwn rhyw dri chan llath o led ar ei law chwith. Stopiodd y car a disgyn ohono a cherdded at ymyl y dŵr.

Roedd llwyfan fach o goed tua dau fetr o led ar ymyl y dŵr a sedd bren arni – man delfrydol i bysgotwr eistedd a gweld yr haul yn machlud yn y gorllewin ar draws yr hesg a'r corstir o'i flaen. Ar ganol y lan roedd polyn tal a rhybudd arno'n gwarchod y manatî a'r bywyd gwyllt arall yn y dyfroedd. Ac wrth droed y llwyfan roedd arwydd arall yn rhybuddio pobl rhag bwydo'r aligator. Camodd Peter yn ôl yn reddfol ac yna ymlaciodd – go brin y dôi bwystfil o'r fath i'r golwg mor agos i gartrefi pobl. Eto i gyd, rhaid bod sylwedd i'r rhybudd. Petai aligator yn dod yn gyfarwydd â chael ei fwydo – twmpath o gig eidion neu hanner ffowlyn, o bosibl – hawdd y gallai fagu blas ar ddod i'r tir i chwilio am gig byw – fel ci neu gath, neu blentyn hyd yn oed.

Trodd i'r dde a cherdded gyda glan y llyn gan syllu ar y tai taclus ar y lan bellaf. Sylwodd fod llwybr cul yn mynd heibio i ben draw'r llyn a'i fod yn anelu i gyfeiriad yr afon. Roedd pont ar draws llifeiriant o ddŵr oedd yn rhedeg o'r llyn trwy'r coed a'r brwyn i mewn i'r afon ar y dde. Camodd ar hyd y llwybr a safodd ar y bont a syllu i'r dyfroedd tywyll. Sawl aligator oedd yn cuddio o dan yr wyneb llonydd, tybed? Roedd golwg fyfyrgar ar wyneb Peter wrth iddo fynd yn ôl i'w gar a thanio'r injan eto; efallai y dôi heibio i'r fan hon eto.

Trodd drwyn y car am y porth a throi i'r chwith. Y tro hwn roedd ganddo gyfeiriad arall i anelu ato.

* * *

Arafodd Peter a thynnu i'r ochr a chymharu'r cyfeiriad ar y darn papur yn ei law â'r rhif ar flwch post y bwthyn. Ie, hwn oedd y lle; fan hyn yr oedd ffrind Harry'n byw. Tybed a fyddai hi gartref? Pwysodd ei ben ymlaen ac edrych ar y tŷ – 13641B Tamiami Trail, North Port – bwthyn unllawr fel y rhelyw o dai'r ardal gyda dreif wen a llain gul o borfa o flaen y tŷ. Roedd palmwydden yn sefyll mewn un gornel o flaen y drws a blodau amryliw'n glwstwr wrth ei bôn. Sylwodd fod llenni les yn rhoi preifatrwydd llwyr i'r stafelloedd y tu ôl i'r ffenestri. Estynnodd ei law at y drws a churo dair gwaith. Ymhen eiliad neu ddwy clywodd sŵn cerdded yn agosáu. Cilagorwyd y drws hyd at led y gadwyn arno a gwelodd fenyw weddol dal o gwmpas y deg ar hugain oed gyda gwallt golau, tonnog yn gwenu arno. Cafodd argraff o fenyw oedd yn hoffi cwmni'r haul ar waetha'r rhybuddion ffasiynol rhag magu cancr mewn oes o brinder ozôn. Oni bai am orchudd ei sbectol haul fe fyddai wedi sylwi fod ei llygaid yn wyrdd.

"Yes?"

"Ym – Fielding – Sharon Fielding?"

Culhaodd y llygaid.

"Who wants to know?"

"My name is Peter Vaughan, from Wales. I think you've got something for me."

"Oh? What might that be, Mr Vaughan from Wales?"

"I'm a friend of Harry Ross."

Adweithiodd y fenyw'n syth, gan gau'r drws a'i agor eto, heb y gadwyn yn rhwystro mynediad y tro hwn.

"A friend of Harry! Please – come in!"

Safodd yn ôl i adael iddo fynd heibio a chaeodd y drws yn dynn ar ei hôl wedyn, ar ôl bwrw trem sydyn lan a lawr y stryd, fel petai'n ofni y gwelai neb fod ganddi gwmni yn y tŷ.

Camodd Peter ymlaen a throi o dan ei chyfarwyddyd drwy ddrws ar y dde gan sylwi ar y dodrefn modern, ffasiynol a drud, a'r lliwiau llachar gwyrdd golau a glas chwaethus. Syllodd hefyd ar ddau ddarlun modern ar furiau'r stafell, gyda'r lliw glas yn amlwg yn y ddau, a'r naill yn portreadu traeth mewn gwlad gynnes a phyramid o westy enfawr, gwyn yn llachar ar gefndir glas, a'r llall yn dangos mynydd llwydlas yn codi o dawch afon arian.

"Duffet," meddai Sharon a thinc o falchder yn ei llais.

Gwenodd Peter a nodio'n ddeallus, yn rhy swil i gyfaddef

nad oedd wedi clywed enw'r arlunydd erioed o'r blaen.

Daeth hi ymlaen ato gan ddiosg ei sbectol haul a gwelodd y gwyrddlesni yn ei llygaid. Roedd ei hwyneb yn ddiddorol, yn swynol, gydag esgyrn uchel yn ei dwyfoch a gwallt melyn, tonnog, yn gorffwys ar ei hysgwyddau. Roedd cyffyrddiad o ddeunydd ymbincio yma a thraw – haenen denau o bowdr ar y bochau, mymryn o lesni uwchben y llygaid a blew llygaid hir yn arwyddo ei bod hi wedi cymryd gofal arbennig wrth arfer â'r gelfyddyd. Ac roedd ei chorff lluniaidd yn awgrymu hynny hefyd, o'i sandalau euraid a'i choesau brown i'w throwsus glaswyn byr teilwredig a'r flows wen denau a'r clustdlysau o berlau bach.

Cerddodd at y lle tân a throi i graffu arno.

"So – a friend of Harry you say?"

Nodiodd Peter.

"Yes. He rang you the night before last, I believe, about a little parcel you're keeping for me."

"A package?"

"He told you to expect me to call for it."

Safodd y ferch yn fud am foment fel petai'n bwrw'i meddwl dros ei atebion, fel petai'n amheus ohono. Tynnodd ei basport o'i boced a'i estyn iddi. Ar ôl cipolwg arno fe estynnodd hi'r pasport yn ôl iddo.

"Thank you. Er – please sit down. Will you have a drink? – Bourbon, perhaps?"

"That'd be great."

Daeth gwên dros ei hwyneb wrth iddi droi at gwpwrdd diod isel yn erbyn wal.

"You have a lovely place here."

Edrychodd Sharon arno a lledodd ei gwên.

"Thank you, I like it … On the rocks?"

"Rocks? Oh, of course – ice! Fine."

Nodiodd hithau ac estyn y gwydr iddo, yna eisteddodd gyferbyn ag ef a chodi'i gwydr.

"Cheers!"

"Iechyd!"

Lledodd ei hwyneb mewn gwên o adnabyddiaeth.

"Of course – that's what Harry used to say!"

Roedd y whisgi'n gynnes wrth lifo i lawr. Pwysodd yn ôl ar y gadair esmwyth ac anwesu'r lledr meddal a sawrodd flas y ddiod; gadawodd i'w drem symud o gwmpas y stafell fel petai'n ei chofleidio. Roedd awel ysgafn i'w theimlo o'r gwyntyll yn chwyrlïo uwch eu pennau gan dymheru'r gwres. Trwy'r ffenest lydan isel ym mhen pella'r stafell gallai weld gardd ir yn llawn o flodau a llwyni a dodrefn gardd yn wynebu'r haul. Roedd yn amgylchedd cysurus a phleserus – y math o amgylchedd yr oedd Pritch ac Esyllt wedi'i fwynhau ers blynyddoedd.

"Well, then – tell me about Harry. When did you see him last?"

"Two days ago – just before I left."

"Really – and how was the old charmer?"

Tro Peter oedd gwenu wrth glywed y disgrifiad o Harry, ond roedd Sharon wedi dweud calon y gwir; roedd Harry'n dipyn o eilun i fenywod – neu felly oedd pethau ddeuddeng mlynedd yn ôl o leiaf. Doedd dim rheswm i feddwl nad oedd yn dal i gael cariadon er nad oedd wedi priodi erioed chwaith.

"He sends you his best."

"Yes – well, the next time you see him, tell him it's time he came to see me again."

Roedd y cerydd yn ysgafn yn ei llais, yn awgrymu fod perthynas dda wedi bod rhyngddi a Harry rywdro, yn awgrymu fod Harry'n dal i swyno menywod o hyd. Roedd hyder a harddwch y fenyw hefyd yn ei atgoffa cymaint fu ei golled ac yntau wedi treulio blynyddoedd gorau'i fywyd heb gysur gwraig na chariad. Ac roedd yn ei atgoffa o'r rheswm dros fod yno yn Fflorida'r funud honno.

Gallai feddwl fod Sharon Fielding wedi synhwyro'r

rheswm hwnnw hefyd, oherwydd fe gododd ar ei thraed a mynd at gwpwrdd isel a'i agor. Tynnodd ges bach ohono a throi ato.

"This is what Harry asked me to lend you, Mr Vaughan – or may I call you Peter – and you'll call me Sharon, OK?"

"Yes, OK, Sharon. Thanks."

Gafaelodd yn y ces a syllu arno gyda'i ledr brown a'r ddau gaead.

"It's not locked."

Wrth gwrs – ni fyddai wedi'i gloi gan mai Sharon oedd wedi nôl y ces a'i gynnwys yn y lle cyntaf a chanddi hi yr oedd yr allwedd. A hithau'n ddinesydd Americanaidd peth digon hawdd oedd iddi brynu un o'r rhain a chael trwydded ar ei gyfer. Agorodd y ces a syllu i mewn iddo. Gafaelodd yn y Smith & Wesson wrth y ddolen, a gwenu.

"Thank you."

"It's loaded of course. I hope it's alright."

Roedd y dryll yn ysgafn yn ei law.

"Yes, it's great – just what I wanted. I'll let you have it back before I leave, of course. But it'll be a comfort to know I have some protection on me while I'm in Florida."

Nodiodd Sharon.

"One needs protection these days – especially a girl on her own."

"Yes, of course. Men too."

"Men too."

Dywedodd y ddau air fel petai'n ddiwedd ar y testun, fel petai'r angen am arf yn beth cwbl naturiol yn y byd oedd ohoni, yn Fflorida o leiaf, heb angen holi ymhellach pam yr oedd ymwelydd ag America wedi trefnu i gael benthyg dryll. Ond efallai fod Sharon yn ddigon cyfarwydd â drygioni'r byd hwn i beidio â synnu a heb feddwl holi a oedd Peter yn bwriadu defnyddio'r dryll. Amddiffyn – roedd hynny'n ddigon o reswm mewn byd mor llawn o beryglon.

"Did you have a good journey?"

"Quite good; not much to it really – at least after I got used to driving on the right."

"Geez – yes of course. It must be strange for you. And you ate on the plane?"

"A little – yes."

"But not what you'd call real food."

"Quite."

"So maybe you'll let me cook you something?"

"I wouldn't want to put you to any trouble …"

"No trouble – it'd be pleasant to have company for dinner for once …"

Ac roedd gwahoddiad diamheuol yn ei threm.

PENNOD 15

FE FU'N BRYD digon dymunol, heb fod yn arbennig o gofiadwy – salad parod o archfarchnad Wyn Dixie, golwyth trwchus o eidion heb ei orgoginio a sglodion a phastai afalau wedyn a photelaid o win gwyn sych o Califfornia. Yna fe gafodd y ddau bob o frandi a choffi du wedyn wrth hamddena ar y soffa.

Cyn hynny roedd Sharon wedi newid i ffrog flodeuog fel petai hynny'n fwy gweddus ar gyfer cael pryd o fwyd yng nghwmni dyn na'r trowsus cwta oedd amdani pan alwodd Peter i'w gweld. Serch hynny, roedd y ffrog o doriad siapus oedd yn tanlinellu troad ei mynwes ac roedd hi'n ymwybodol fod llygaid Peter wedi crwydro fwy nag unwaith drosti yn ystod y pryd. Roedd e hefyd wedi cael cyfle i sylwi ar lyfnder ei chroen a'r olwg ddireidus o dan y blew llygaid hir, blew oedd yn dywyll yn erbyn ei chnawd gwyn. Wrth syllu arni daeth yr atgofion 'nôl iddo am gyfnod cynharach, hapusach, yn ei fywyd, pan fyddai pâr arall o lygaid direidus yn ei ddenu ac yn ei ddarostwng i ewyllys gadarnach na'i eiddo ef. Ac roedd yr atgof yn gymysgedd o ddicter a hiraeth am yr hyn oedd wedi bod, a'r blynyddoedd a wastraffwyd. Ac roedd y ferch walltmelyn hon a'r gwahoddiad oedd yn ei hosgo a'i llygaid yn drech na'i synhwyrau, yn ei lenwi â chwant a dyhead anorchfygol nes bod ei galon yn rasio a'i wyneb yn boeth a'i anadl yn dynn.

"Is there anything else you'd like?"

Llyncodd ei boer yn nerfus cyn ateb â gwên swil, "I've made a pig of myself already."

"I wasn't thinking about food, Peter ..."

Yna'n sydyn cododd Sharon ei llaw a rhedeg bys main ag

ewin sgarlad dros ei wyneb ac yna roedd ei llaw y tu ôl i'w ben, yn ei dynnu tuag ati, tuag at ei gwefusau hanner-agored, a'r llygaid direidus yn syllu ar ei wefusau yntau. Fe'i teimlodd ei hunan yn troi ati ac yn symud nes ei fod yn penlinio o'i blaen a'i ddwylo am ei chanol. Teimlodd ei llaw yn pwyso'i ben i lawr ar ei mynwes feddal. Gorweddodd yno'n hollol lonydd mewn gwewyr meddwl, gan deimlo'i gwefusau cynnes ar ei dalcen a'i foch ac yna ar ei wefusau mewn gwewyr o chwant. Roedd e wedi hanner drysu – nid fel hyn oedd pethau i fod; nid dod yma i garu wnaeth e. Roedd hyn mor annisgwyl, yn torri ar draws ei gynlluniau, yn ei lethu a'i ddarostwng â theimladau yr oedd wedi gwneud ei orau i anghofio amdanyn nhw ers cynifer o flynyddoedd. Ond doedd ganddo mo'r ewyllys i ddweud na, dim ond gwasgu'n dynn ac anwesu cnawd llyfn ei breichiau a'i gwddw a synhwyro'i phersawr a sugno rhin y gwefusau cynnes, meddal. Torrodd sŵn oedd rhwng ochenaid a chri o ryddhad o'i enau.

"There, there – it's been a long time, hasn't it, honey?"

* * *

Roedd hi wedi hen nosi a'r awyr yn drwm a chlòs ar waetha ymdrechion gwaellau llydan y droell i yrru tonnau o awyr drwy'r stafell i liniaru'r tymheredd. Roedd y noson yn gyfryw i beri i bawb call fwrw'r dillad gwely yn ôl a gorwedd yn noethlymun o dan len ysgafn o gotwm neu heb honno hyd yn oed. Nid oedd llenni'r ffenestri wedi'u cau ac roedd digon o olau o'r stryd i oleuo'r ddwy ffurf yn anwesu'i gilydd ac yna'n ymlonyddu ym mreichiau'i gilydd a gwenu'n fodlon. Yn y man trodd Sharon ar ei hochr ac estyn llaw i nôl pecyn o sigarennau o'r bwrdd bach coed pin wrth ymyl y gwely. Dododd ddwy sigarét rhwng ei gwefusau a'u tanio, yna estynnodd un i Peter.

"Thanks."

Gorweddodd y ddau'n llonydd am ychydig gan flasu a

sawru'r mwg melys. Yna'n raddol fe ddechreuson nhw sgwrsio gan ddweud peth o hanes y naill wrth y llall. Roedd hi'n ferch amddifad ac wedi'i magu gan fodryb ac ewyrth yn ardal St Petersburg, wedi cael yr addysg arferol ac wedi mynd yn deipyddes yn y man i gwmni yswiriant yn y ddinas. Fe briododd yn rhy ifanc â dyn tipyn hŷn na hi ac fe fu'n rhyfel cartref rhwng y ddau nes iddo gael digon a dianc i Califfornia gyda gwraig un o'i gydweithwyr – a gwynt teg ar ei ôl! Roedd hi wedi cael amryw gariadon wedi hynny ond heb fentro priodi eilwaith. Ryw ddydd efallai, fe briodai a dechrau teulu – un bach – cyn iddi fynd yn rhy hwyr iddi. Yn y cyfamser byw i'r funud a mwynhau oedd ei harwyddair.

Dyna sut y cwrddodd â Harry – ei weld wrth y bar un noson a'i ffansïo ac roedd yntau'n amlwg yn barod i gael noson o ddifyrrwch yn ei chwmni hi. Gwenodd wrth i'r atgofion ddod yn ôl iddi.

"He was quite a guy, was your Harry, Pete."

"Really? You got to know him well, then?"

"As well as one can in a week or so – with a minimum of sleep ..."

"And you kept in touch?"

"So-so – he'd give me a call once in a while – and he told me about you, natch. And then he called me a few days ago and asked me to get you a gun or lend you mine."

"He told you my reason for coming here?"

Roedd y direidi wedi mynd o'i llygaid erbyn hyn. Diffoddodd fonyn y sigarét a throi ato. Cyffyrddodd ei foch â'i bys.

"Are you looking for revenge? Is that why you want the gun?"

"Maybe – I'm not sure yet. Self-defence perhaps."

"I wouldn't want you to hurt anybody – not with my gun, you understand."

Edrychodd Peter i ddyfnder y llygaid glas a gweld y pryder yno, a'i chusanu.

"You needn't worry – I'll be careful with it ..."

Pwysodd Sharon ei phen ar ei ysgwydd a thynnu'i fraich amdani a chwtsio'n gariadus.

"Wanna talk about it?"

"I don't mind – not any more ..."

"What was she like?"

"She was full of sympathy – at the beginning ... She came to see me regularly at first – then I saw less and less of her ..."

Caledodd ei lais nes troi'n galed, yn llawn o gasineb deifiol, yn dân anniffoddadwy na allai anwes na chnawd meddal na chusan ei leddfu.

"She's had twelve years to bury her conscience. I wonder whether she still thinks of me sometimes – when she wants to have a good laugh?"

"You mean she didn't tell them what really happened?"

"Who – Esyllt? And put herself in prison?"

Ac roedd y chwerwder yn ei lais yn ddigon i fynegi'r chwerwder yn ei galon.

"Gee – that was one helluva bitch! ... And that was the last time you saw her?"

"Yes. But for Harry I'd've given up completely."

"Oh yeah. Harry."

"Yes. He went looking for her – kept my hopes alive – and then when he found her you can imagine how I felt! I tell you, he was the best friend a man could ever have!"

"That sounds like your friend Harry ...!"

"Yes! Can you imagine how I felt! He was alive and she was with him! I only had another year before parole. A year to think what I was going to do!"

"And what are you going to do?"

Gwenodd Peter a thapio'i drwyn â bys cyntaf ei law chwith.

"That'd be telling!"

* * *

Roedd ei hanadlu ysgafn, araf, yn arwydd ei bod yn cysgu; a dweud y gwir, roedd ei fraich yntau wedi dechrau mynd yn gwsg o dan bwysau ei phen arni a'r pinnau bach yn saethu drwyddi. Estynnodd ei law rydd a chymryd pwysau'i phen a'i ddodi i orwedd ar y glustog yn dyner. Cyffyrddodd Sharon fymryn ond ni ddihunodd. Trodd Peter ar ei ochr arall ac edrych ar ei watsh – chwech o'r gloch yn barod! Rhaid ei fod wedi hepian am hanner y nos. Gwenodd yn foddhaus wrth feddwl am yr hanner arall. Roedden nhw wedi codi a chael cawod cyn gorwedd ym mreichiau'i gilydd eto. Ac yna roedd hi wedi cysgu tra bu yntau'n gorwedd ar ddihun gan feddwl beth a wnâi drannoeth – pan ddôi wyneb yn wyneb ag Esyllt a Pritch eto ar ôl deuddeng mlynedd.

Roedd e eisoes wedi gweld nifer o bosibliadau. Roedd afon Myakka'n agos, yn pasio'r tir yn ymyl Parkwood Avenue ac yn cysylltu â'r llyn o dan y bont fach lle gwelodd y rhybudd yn erbyn bwydo aligators. Hawdd y gallai corff ddiflannu i ddyfroedd y llyn a throi'n fwyd i'r cyfryw fwystfilod! Gallai fynd â chorff Pritch yno wedi iddi nosi a phan fyddai hynafgwyr y pentref wedi hen glwydo, a'i fwrw dros ganllaw'r bont i safn ddisgwylgar a diolchgar gan wybod na fyddai perygl i'r corff hwnnw fyth gael ei olchi i'r lan. Neu gallai fynd â'r corff draw at y llecyn pysgota a'i fwrw i'r afon i gadw cwmni i'r manatî a'r pelicanod. O ran hynny gallai Pritch fwydo'r aligator a gallai Esyllt gadw cwmni i'r manatî …

Trodd ei ben a syllu ar Sharon yn cysgu; cilwenodd wrth weld cudyn melyn yn disgyn dros ei thalcen a syllodd eto ar ei mynwes a chofiodd. Fe fyddai wedi hoffi aros gyda hi nes iddi ddihuno a chael brecwast yn ei chwmni a threulio'r dydd gyda hi a llawer dydd arall, ond roedd pethau eraill ar ei feddwl. Fe gâi gyfle i'w gweld hi eto – wedyn – pan ddôi â'r dryll yn ôl ati. Llithrodd o'r gwely mewn symudiad llyfn a thawel a gafael yn ei ddillad a mynd i'r stafell eistedd i wisgo amdano. Cyn mynd daeth syniad i'w feddwl. Tynnodd ei waled o'i boced a thynnu pum papur ugain doler a'u gosod yn amlwg yn erbyn y cloc gwydr ac aur ar ben y silff-ben-tân. Caeodd y drws allanol yn dawel ar ei ôl. Cofiodd ddodi'r Smith a Wesson yn ei boced cyn mynd.

Cyffrôdd Sharon yn y gwely wrth glywed sŵn injan car yn tanio a throdd yn gysglyd gan ymbalfalu am y corff cynnes fu wrth ei hochr drwy'r nos. Yna agorodd ei llygaid mewn syndod ac ymhen eiliad neu ddwy trodd y syndod yn edrychiad o siomedigaeth. Roedd Peter wedi mynd oddi wrthi'n llechwraidd fel lleidr yn y nos a heb ddweud na ffarwél na diolch ar ôl cael ei bleser. Gan ei fod wedi mynd tra oedd hi'n cysgu doedd e ddim wedi rhoi addewid i'w gweld eto chwaith, yr hen ddiawl hunanol ... Cododd a gwisgo siaced laes amdani a cherdded i'r stafell fyw ar ei ffordd i'r gegin i wneud paned o goffi a thrawodd ei llygad ar yr arian ar y silff-ben-tân. Camodd at y lle-tân a'i hwyneb yn hyll a bwrw'r arian i'r llawr mewn dicter. Can doler am noson lamsachus – fel petai'n butain a honno'n un rad! ... Dynion – hy!

* * *

Roedd y bore cynnar eisoes wedi dechrau poethi o dan haul crasboeth Fflorida pan gerddodd Pritch o'r tŷ mor daclus â phìn mewn papur yn ei siaced a throwsus o liw hufen a chap pig o'r un lliw ar ei ben. Gyrrodd i lawr Parkwood Avenue heb sylwi ar y car glas oedd yn sefyll ar ochr y ffordd. Wnaeth e ddim sylwi chwaith fod gyrrwr y car wedi cuddio'i wyneb wrth iddo fynd heibio a doedd dim modd iddo sylwi, hyd yn oed petai wedi taro cipolwg ar y gyrrwr, fod hwnnw'n gwasgu'i ddwylo'n ddyrnau mewn pwl o gynddaredd. Yn sicr, doedd ganddo ddim syniad fod y gyrrwr hwnnw wedi tanio'r injan a dechrau'i ddilyn ...

Suodd y ddau gar ar hyd priffordd y Tamiami Trail, hen lwybr yr Indiaid cochion gynt ar draws gwlyptiroedd a chorsydd Fflorida i'r de. Ymhen hanner awr roedd y ceir yn sefyll yn llonydd o flaen gwesty'r Captain's Table gyda chanllath rhwng y ddau a Peter yn syllu ar olygfa o gychod pleser drudfawr yn llonydd ger y lanfa. Hawdd gweld y byddai lle o'r fath yn atyniad i 'Capten Evans' a'i gymar. Roedd llwybr cerdded yn rhedeg gydag ymyl y dŵr – lle hawdd i lithro a boddi i'r esgeulus neu'r hanner-meddw, ond lle gwael i lofruddio neb gan ei fod mor boblogaidd gan gychwyr a nofwyr a chariadon a chiniawyr o fore gwyn tan ganol nos. Tybed a fu Esyllt a Pritch yn cerdded yno law yn llaw yng ngolau'r lloer yng nghwmni gwylanod a phelicanod a'r creyrod glas niferus oedd yn britho'r glannau?

Prin oedd y cyfle i edmygu'r cychod pleser, fodd bynnag; roedd yn bwysicach ganddo gadw llygad ar Pritch oedd erbyn hyn yn cerdded ar hyd troedffordd bren rhwng y cychod. Ymhen ugain metr neu ychydig dros hynny fe drodd Pritch i'r dde a dringo i lawr dros ochr cwch. Yn sydyn sylwodd Peter ar yr enw – *Yr Wylan*. Ai bod yn esgeulus, ynteu herio ffawd oedd y dyn a'i gwch yn cyhoeddi fod ei berchennog yn Gymro? Yr enw hwn o bob enw! Hynny o bosibl oedd yr ysgogiad a barodd iddo wylltio a dechrau symud yn llechwraidd i gyfeiriad y cwch â'r un enw â'r cwch yn y Barri gynt.

Teimlodd y dryll yn ei boced; petai ond yn gallu camu i mewn ar ei ôl cyn iddo sylweddoli beth oedd yn digwydd, gallai ei wthio i mewn i'r caban a'i saethu yno'n ddigon didrafferth. Yr anhawster fyddai gwneud hynny heb dynnu sylw neb arall gan fod cynifer o bobl o gwmpas, ar y cychod a'r troedffyrdd ac ar y cei ei hun. Roedd yn fan llawer rhy gyhoeddus i'w bwrpas. Trodd i ffwrdd yn siomedig. Fe fyddai gwell cyfle wedi iddi nosi.

* * *

Roedd hi wedi tywyllu ers cryn hanner awr pan aeth Peter at fwth ffonio o flaen y ganolfan hamdden yn Harbor Cove. Doedd dim angen iddo chwilio am y rhif wrth iddo ddeialu ar ôl taro'r darn chwarter doler i safn y peiriant; roedd e wedi dysgu hwnnw ar ei gof yng nghartref Sharon. Oedodd ychydig eiliadau wrth i'r ffôn ganu, gan geisio dyfalu pwy a atebai. Gorau oll pe na bai hi'n gwneud hynny.

* * *

Roedd Pritch yn tacluso ei dei dici bo wrth ddrych hirgrwn y cyntedd yn foddhaus â'i olwg pan ganodd y ffôn. Estynnodd ei law at y teclyn lliw hufen.

"Hullo. Captain Evans speaking ..."

"Nosweth dda, Capten Evans ... Mr Jones yw'r enw – o Gymru."

Aeth dwy neu dair eiliad heibio cyn i'r galwr gael ateb ac roedd sioc yn gymysg ag ofn yn amlwg yn llais Pritch wrth iddo ateb o'r diwedd mewn llais bloesg.

"Hullo? Who is this?"

"Fel gwedes i, Capten – Jones yw'r enw. Mae 'da fi neges i chi – obeutu hen ffrind i chi – Peter Vaughan."

"Peter Vaughan? I don't know any Peter Vaughan! Who is this?"

Ac roedd nodyn o ddicter i'w glywed erbyn hyn.

"Paid â malu cachu, Pritch. Fe fydda i'n disgwyl amdanat ti ar lan y llyn yn Lakeside Drive ymhen pum muned – wrth y bont fach. A, gyda llaw – dim gair wrth Esyllt!"

Roedd y ffôn wedi diffodd cyn i Pritch gael cyfle i ddweud gair pellach gan ei adael yn rhythu'n syn ar y teclyn yn ei law.

Gwenodd Peter wrth ddychmygu'r gofid ar wyneb Pritch. Yna trodd ar ei sawdl a dechrau cerdded yn gyflym ar hyd y palmant. Byddai tair munud yn ddigon iddo fynd ar hyd Lakeside Drive at y bont fach, bron cyn i Pritch ddihuno o'i syfrdandod a dechrau meddwl am esgus i adael y tŷ heb i Esyllt amau dim. Ond roedd panig gwyllt wedi gafael yn hwnnw gan beri i'w galon rasio a phwnio'n boenus ac roedd chwys oer yn drwch ar ei dalcen.

'Jones o Gymru' – pwy ddiawl? Rhywun oedd wedi galw 'Pritch' arno – rhywun oedd yn gwybod am ei gysylltiad â Peter Vaughan! Roedd y gyfrinach wedi'i chwalu a'i ddiogelwch wedi diflannu mewn eiliad neu ddwy ar ôl deuddeng mlynedd!

Roedd yr olwg syfrdan ar ei wyneb o hyd pan ddaeth Esyllt i ddrws y stafell ymolch, a hithau yn ei phais ac ar ganol ymbincio.

"Pwy oedd ar y ffôn?"

"Hm?"

Cyffrôdd wrth glywed ei llais a dihuno o'i syfrdandod. Dododd y teclyn i lawr yn ei grud.

"Rong nymbar."

"Ife wir? Neu un arall o dy fenywod di?"

Anwybyddodd y gwawd yn llais Esyllt.

"Gwranda – wy jyst yn slipo mas i nôl sigaréts, reit?"

"Paid â bod yn hir – dwy i ddim yn moyn bod yn hwyr i'r 'reception'."

Roedd ei llais yn oeraidd ac yn geryddgar a gwylltiodd Pritch.

"Fydda i ddim yn hir!" Clapianodd y drws cefn yn galed ar ei ôl yn ei dymer.

"Hy!"

Gwnaeth Esyllt ystum hyll at ei gefn ac yna trodd yn ôl i'r stafell ymolch er mwyn gorffen ymbincio cyn gwisgo amdani. Roedd heno'n achlysur pwysig yn y Rotary lleol – cinio blynyddol y gwragedd – ac roedd ganddi wisg newydd laes ar ei gyfer, gwisg las golau gydag ymyl les a llewys hir, hefyd o les, a gwddw isel a ddangosai ei hysgwyddau noeth. Gan fod Pritch ar y pwyllgor yn rhinwedd ei swydd fel trysorydd y gangen fe fydden nhw'n cael eistedd mewn man amlwg ac fe fyddai digon o glemo a beirniadu arni gan y gwragedd eraill petai'n gwisgo rhywbeth am yr eildro, fel petai'n ffaelu fforddio neu'n rhy fên i nôl rhywbeth newydd, yn y ffasiwn, at yr achlysur.

Ac am noson arall eto fe fyddai'n rhaid iddi hi a Pritch esgus fod popeth yn iawn rhyngddyn nhw a bod bywyd yn fêl yng nghwmni'i gilydd, y pâr cymharus a hardd, y bobl brydferth a phoblogaidd, a dau enaid hoff cytûn. Wnâi hi byth mo'r tro i roi syniad i neb, i ddim un o'i chyfeillesau agosaf fel Mary Lou Clifton neu Jeannette Travers, ei bod bellach yn casáu Pritch â'i holl galon, ac yn dyheu am ei adael. Fe fyddai hynny'n fêl ar fysedd y ddwy, a chyn hir ar fysedd pawb o fewn cyrraedd ffôn a chlust i wrando.

I feddwl ei bod wedi torri'i phriodas a throi cefn ar ei bywyd yng Nghymru er ei fwyn! Ond ar y pryd roedd Pritch yn bopeth iddi nad oedd Peter ddim – yn llawn hwyl a dychymyg ac yn meddwl am bethau pleserus i'w gwneud a mannau rhamantus i ymweld â nhw – ac yn cynnig dihangfa o gaethiwed priodas i lo catsh o ddyn diflas a dieneiniad. Roedd hefyd yn ddigon mentrus i gyflawni dyheadau dyfnaf ei chalon, heb boeni am y peryglon.

Roedd hi wedi gorffen glanhau ei hwyneb â hylif glanhau a bellach wedi dechrau ymbincio, y colur sail, y lliw o amgylch ei llygaid, ei gwefusau, yn creu celfyddydwaith fyddai'n gweddu i'w ffrog ac yn rhoi'r argraff iawn. Yna aeth drwodd i'r stafell wely i wisgo'i ffrog. Syllodd ar y fenyw aeddfed o'i blaen yn y drych.

Proses raddol fu'r dadrithio – amheuon yn gyntaf, yna'r arwyddion clasurol o anffyddlondeb: ar goll am oriau heb esboniad boddhaol, galwadau ffôn fyddai'n gorffen yn sydyn wrth iddi ddod o fewn clyw, ei ddiddordeb ynddi hi'n cilio'n raddol a'r hen serch yn troi'n ddifaterwch ac yna'n gasineb cwerylgar. Ac nid mater o un cystadleuydd oedd hi, ond dwsinau, fel petai Pritch yn meddwl fod caru yma a thraw yn fwy derbyniol nag un garwriaeth weddol danbaid a allai arwain at dor-priodas – yn enwedig pan nad oedd honno'n briodas iawn yn y lle cyntaf. Ond ar ôl dwy neu dair blynedd roedd ei hamynedd wedi treulio a'i hawydd am ymwared oddi wrtho wedi tyfu i uchafbwynt nes ei bod yn crefu am ryw ddigwyddiad, am ryw ffrwydrad neu gatalydd i chwalu'r sefyllfa ac adfer ei rhyddid.

Llithrodd y wisg sidanaidd i lawr dros yr ysgwyddau noeth a thwtiodd ei gwallt â brws gan syllu i'r drych. Oedodd ei llaw ar hanner ac ochneidiodd yn dawel. Beth allai menyw ar ei phen ei hun wneud?

PENNOD 16

NEIDIODD PRITCH i'w gar a chlapian y drws; taniodd yr injan a pharodd i'r car mawr sboncio'n wyllt o'r dreif i'r heol. Yna rhuodd i lawr y ffordd i gyfeiriad y ganolfan hamdden, yn gwneud ei orau i feddwl yn glir. Roedd y peth yn gymaint o sioc iddo. Am foment meddyliodd fod rhywun yn chwarae tric arno er mwyn ei frawychu – ond doedd neb o blith ei gyfeillion a'i gydnabod yn gwybod dim amdano ar wahân i'r stori a gawsai'i lledu ganddo pan ddaeth i Fflorida. Bryd hynny dyn busnes oedd 'Capten Evans', wedi dod i Fflorida i wneud ei ffortiwn wrth werthu cychod pleser i gyfoethogion. A phan ymunodd Esyllt ag ef fe wnaeth y ddau argraff o fod yn bâr priod hapus a da eu byd, pâr a ddaeth yn boblogaidd yn y gymdogaeth yn gyflym iawn. A nawr dyma lais o'r gorffennol, rhywun a wyddai ei fod yn Gymro ac yn siarad Cymraeg, yn dod heibio'n ddirybudd i fygwth yr holl fyd yr oedd wedi'i adeiladu ar gyfer Esyllt ac yntau ers degawd a rhagor!

Fe fyddai wedi bod yn haws iddo frysio heibio i gefn y tŷ ar hyd y llwybr trwy'r coed ond roedd yn rhaid iddo gymryd arno fynd i'r ganolfan i nôl sigaréts. Gorfu iddo arafu wrth y ganolfan hamdden a throi i'r chwith ac yna'n syth i'r chwith eto i mewn i Lakeside Drive. Stopiodd y car yn y pen pellaf a diffodd yr injan. Dechreuodd gerdded ar draws y llain werdd i gyfeiriad y llyn.

Roedd digon o olau stryd iddo allu gweld y bont fach ar draws y nant oedd yn rhedeg o'r llyn i'r afon a'r twmpathau bach tywyll o adar yn cysgu'n dawel ar y lan – a'r ffigur tywyll oedd yn sefyll yno a'i gefn tuag ato yng nghysgod coed deiliog rhyngddo a'r afon. Dechreuodd gerdded yn araf tuag at y ffigur. Roedd hwnnw'n fygythiad, rhywun oedd yn gwybod ei enw a'i fod yn fyw, ac felly'n rhywun a allai ei andwyo'n llwyr. Pwy oedd ef, a beth oedd ar ei feddwl – blacmel? Neu a oedd rhywbeth mwy sinistr ganddo mewn golwg? Dial, efallai? Yn sydyn roedd yn edifar ganddo ei fod wedi rhuthro o'r tŷ fel y gwnaeth. Pam na fydde fe wedi meddwl am ddod â dryll gydag e – rhag ofn? Ond doedd neb yn breuddwydio am gario dryll yn y rhan yma o Fflorida ac, yn sicr, nid yn Harbor Cove.

Arafodd camre Pritch wrth iddo nesu at y bont fach. Trodd y ffigur tywyll a'i wynebu; gwelodd wyneb gwelw ac edrychiad oedd rywsut yn gyfarwydd iddo.

"Heia, Pritch? Cofio fi?"

Cyffrôdd Pritch wrth glywed ei enw am yr eilwaith y noson honno, cyfarchiad nad oedd wedi'i glywed ers cynifer o flynyddoedd. Craffodd ar yr wyneb gwelw â'r wên hyderus.

"Pwy ddiawl wyt ti?"

"Rwy i'n falch i glywed nad wyt ti wedi colli dy Gymr'ag, Pritch. Ond, wrth gwrs, rwyt ti ac Esyllt yn dal i siarad â'ch gilydd yn Gymra'g, on'd ych chi?"

"Pwy wyt ti – a shwd wyt ti'n gwbod 'yn enw i?"

"Meddylia'n ôl ddeuddeng mlynedd, Pritch. Wyt ti'n cofio'r dyn laddodd di? Wel – 'na beth wedson nhw ar y pryd, 'ta p'un."

Camodd Peter yn nes, gan adael i olau'r stryd daro'n fwy uniongyrchol ar ei wyneb. Adweithiodd Pritch.

"Ti!"

Lledodd gwên Peter.

"Ie – fi! A ti'n gwbod beth? Wy i wedi edrych mla'n at y foment hon ers deuddeng mlynedd!"

"Beth wyt ti'n moyn â fi?"

"Dyna un o'r pethe – yr ychydig bethe – rwy i'n lico obeutu ti, Pritch, nad wyt ti ddim yn gwastraffu geirie ar foesgarwch – dim 'hylô, shwd mae ers ache, wy'n falch i dy weld ti' a rhyw bethe dwl fel'ny. Nage, dod at y pwynt yn syth – beth ydw i'n moyn 'da ti. Wel, heb ragymadroddi dim pellach, mi weda i ..."

Oedodd am eiliad neu ddwy.

"Fel wyt ti'n gwybod – mae pawb yn meddwl dy fod ti 'di boddi dros ddeuddeng mlynedd 'nôl."

"Beth am 'ny?"

Yn sydyn roedd dryll yn llaw Peter a hwnnw ar anel.

" 'Na pam wy i 'ma – i wneud yn siŵr dy fod ti 'di marw'n iawn y tro hyn – ar ôl ca'l tipyn o sgwrs fach gyfeillgar, wrth gwrs – er mwyn yr hen amser gynt – pan oen ni'n ffrindie ..." Caledodd ei lais, "... cyn i ti feddwl am ffordd i ga'l gwared ohono' i a dwgyd 'y ngwraig i!"

"Nid 'yn syniad i o'dd e. Esyllt ..."

"Esyllt? Twt twt, Pritch bach – rown i'n dishgwl gwell oddi wrthyt ti na 'na. Y wraig anffyddlon – stori hyna'r byd, a ma' dynon wedi bwrw'r bai ar y menywod byth odd' ar 'ny. Ond do'dd dim ots 'da ti fod dyn dieuog yn gwastraffu'i fywyd yn y carchar jyst er mwyn i ti ga'l mwynhau'i wraig e, nag o'dd?"

"Nid fel'na buodd hi – syniad Esyllt o'dd y cyfan. Rown i mewn trafferth ariannol – a fe ges 'y nhemtio."

"A fe dda'th yr arian am 'y nhŷ i'n handi i chi'ch dou ga'l seto lan 'da'ch gilydd."

Roedd y dyn yn chwysu, yn crynu mewn ofn wrth weld y dryll yn anelu tuag ato. Deg llath oedd rhwng y ddau – yn rhy bell iddo allu obeithio am roi naid sydyn a tharo ergyd â'i ddwrn cyn i'r llall saethu, ond yn rhy agos i'r saethiad fethu taro'r nod. Roedd yn ddyn iach a chyhyrog ond nawr roedd yr hyder wedi cilio; roedd fel petai wedi crebachu'n gorfforol oherwydd y sioc, wrth iddo ofni am ei fywyd. Sylweddolodd fod ei geg yn sych a llyfodd ei wefusau'n nerfus.

"Gwranda – galli di ga'l yr arian 'nôl pob ceinog ..."

"A beth am y blynyddo'dd? Alli di ddod â'r rheiny'n ôl i fi?"

Doedd dim ateb i'r cwestiwn ar wahân i'r gwir didostur.

Safodd Pritch yn fud a'i lygaid yn crwydro o gwmpas yn y gobaith ofer o allu dod o hyd i rywbeth y gallai'i ddefnyddio fel arf i'w amddiffyn ei hunan – darn o bren, carreg hyd yn oed – ond roedd Peter wedi dewis llecyn agored a moel.

"Wel 'te, Pritch bach – tro dy gefen arna i!"

"Beth?"

"Fe glywest ti – tro dy gefen!" Daeth nodyn o ddirmyg i lais Peter. "Paid â becso – wna i ddim dy saethu di yn dy gefen – dwy i ddim cyment o gachgi â hynny! Nawr 'te – tro!"

Ufuddhaodd Pritch yn araf, heb weld arwyddocâd y weithred; yna cyffrôdd wrth deimlo genau'r dryll yn erbyn ei wegil a llaw yn rhedeg dros ei gorff.

"Wel – dwyt ti ddim yn cario dryll, o leiaf. Rhagor o esgeulustod eto, ife? ... Reit, fe gei di droi nawr – ara' deg, cofia."

Roedd deg llath eto rhwng y ddau pan drodd Pritch ac edrych arno.

Gwenodd Peter.

"Ma' rhaid i fi'ch llongyfarch chi'ch dou am eich clyfrwch ... Wy'n cofio'r cyfan fel 'se fe 'di digw'dd ddo': Esyllt yn dod tua thre a dagre yn ei llyged ... a'i llaish yn torri ... a finne fel ffŵl yn 'i chredu hi pan o'dd hi'n gweud na alle hi ddiodde mynd i'r carchar ... a finne'n cymryd 'i lle hi ... a hyd yn o'd yn mynd lawr i'r cwch er mwyn rhwto ôl 'i bysedd oddi ar y botel a chydio ynddi'n hunan! ... Fuoch chi'n wherthin yn amal obeutu 'ny? Wherthin sbo'r dagre'n rhedeg lawr eich wynebe! ... 'Sgwn i shwd gwnethoch chi'r tric 'da'r botel? Na – paid â gweud. Alla i'ch gweld chi wrthi nawr yn y cwch ...

* * *

Roedd y cwch wedi angori tua chanllath o'r lanfa yng nghei Porlock ac yn suo'n esmwyth ar wyneb y tonnau yng nghysgod y clogwyn mawr, llwyd. Nid oedd y caban yn fawr, ond roedd yn rhoi digon o gysgod i sicrhau na allai neb o'r lan eu gweld yn glir.

Roedd Esyllt yn gwisgo trowsus a siaced frown yn erbyn y glaw oedd wedi dechrau disgyn yn ysgafn o'r cymylau trwchus uwch eu pennau gan fygwth cwympo'n drymach yn y man. Roedd hi hefyd yn dal potelaid o whisgi Bell. Roedd ei llygaid yn disgleirio gan adlewyrchu rhyw densiwn mewnol, rhyw feiddgarwch neu ymdeimlad o gyflawni gorchest neu o fentro i antur gyffrous. Gwenodd ar Pritch yn ei ddillad morwr tywyll a chap pig ar ei ben.

"Wyt ti'n barod?"

Craffodd Esyllt ar y dyn glandeg, smart yr olwg o'i blaen. Sylwodd eto ar ei wyneb garw ond deniadol a'r llygaid treiddgar a'r wên hyderus. Dechreuodd agor caead y botel yn ei dwylo ac arllwys y ddiod frowngoch dros ochr y cwch.

"Gad i fi arllwys peth o hwn – i awgrymu dy fod ti 'di bod yn yfed."

Daeth golwg o boen i lygaid Pritch.

"Ddim gormod! Gad i fi gael diferyn!"

Tincialodd chwerthiniad bach dros wefus Esyllt ac estynnodd y botel iddo.

"Rown i'n meddwl na fydde capten llong byth yn yfed!"

Cydiodd yn y botel a chymryd llond pen go helaeth.

"Mae'n dr'eni gweld whisgi da'n mynd yn wastraff."

"Fe fydde'n fwy o dr'eni taset ti'n rhy feddw i ddal y bws i Minehead."

Sychodd Pritch ei geg â chefn ei law ac estyn y botel yn ôl iddi â gwên.

"Iawn 'te. Wy i'n barod … 'Ma ti."

Dododd ei law yn ei boced a thynnu cyllell boced ohoni. Agorodd y llafn leiaf o'r ddwy a chynnig y gyllell iddi.

"Cwt bach, cofia. Dwy i ddim yn moyn gwaedu fel mochyn."

"Wnei di ddim, wy'n addo … Plyga lawr 'te."

Pwysodd Pritch ymlaen gan afael yn dyner am ei chanol a gwyro'i ben ati. Estynnodd Esyllt y gyllell a thorri cwt bach ar ei dalcen.

"Aw!"

"Aw, wir! – yr hen fapa mawr! Sa'n llonydd, w'!"

Dododd lafn y gyllell yn erbyn y clwy a gwasgu diferyn o waed ohono. Yna rhwbiodd y gwaed ar waelod y botel whisgi. Yna gafaelodd mewn sypyn o wallt a rhoi plwc sydyn.

"Aw!"

"Jest â chwpla."

"Beth arall wyt ti'n moyn? Peint o 'ngwa'd i?"

" 'Na'r cyfan."

Edrychodd Pritch arni'n gwasgu'r blew ar y gwaed ar y botel. Dangosodd hi iddo'n foddhaus.

"Fe ddyle hynny witho, gwlei."

"Dyle – gobitho. 'Na ddigon o wa'd am un dydd."

Nodiodd Esyllt ac edrych o'i chwmpas.

"Ble gadawa i ddi?"

Edrychodd yntau, yna pwyntiodd â'i fys.

"Hm – ar y llawr o dan y sedd gefen, falle? Fel petai hi 'di rowlo yno."

Nodiodd Esyllt a phlygodd i lawr a dodi'r botel o dan y sedd. Oni bai fod rhywun yn chwilio amdani fe allai fod o'r golwg am hydoedd. Yr eiliad nesaf teimlodd ddwylo Pritch yn gafael yn ei hysgwyddau ac yn ei thynnu ato a'i throi i'w wynebu a'i chusanu'n angerddol nes iddi orfod ei wthio oddi wrthi.

"Gad i fi anadlu, ddyn!"

Yn sydyn arteithiodd ei hwyneb.

"Wy i'n mynd i weld dy eisie di'n ofnadw'."

" 'Run peth â fi, 'nghariad i. Fe fydd rhaid inni fod yn amyneddgar."

"Nes bod popeth ar ben?"

"Cyn hynny, gobeitho."

Cusanodd hi ar ei thalcen.

"Beth wna i hebddot ti, gwed?"

Safodd y ddau'n llonydd gan edrych i lygaid ei gilydd yn foddhaus am eiliad neu ddwy; yna troes y boddhad yn chwant na ellid ei ohirio mwy. Suddodd y ddau i lawr y cwch gan ymbalfalu'n wyllt yn nillad ei gilydd heb ymboeni a oedden nhw yng ngolwg rhywun ai peidio.

* * *

Syllodd Esyllt arno'n dringo'r cei yn Porlock gan ddal ei siaced ynghau yn erbyn y glaw mân. Ar ben draw'r cei trodd a chodi'i law eto cyn diflannu o'r golwg o gwmpas y dafarn. Byddai'n dal bws i Minehead cyn bo hir. Erbyn canol nos fe fyddai wedi cyrraedd Gatwick ar ei ffordd ar draws Môr Iwerydd gyda phasport ffug yn ei boced. Fe fyddai hithau yn ei thro'n siŵr o gymryd gwyliau tramor cyn bo hir, fel tamaid i aros pryd.

Chwifiodd Esyllt ei llaw ar ei ôl yna taniodd injan y cwch a hwylio mas i Fôr Hafren i roi cam nesa'r cynllwyn ar waith ...

* * *

"Gobitho na chest ti ddim gormod o ddolur, Pritch ... Gwed 'tho i – ife dod yma'n syth wnest ti ar ôl iti adael Cymru? Neu a fuost ti'n crwydro America 'sbo ti'n dewis y fan hyn, gan feddwl na ddown i byth o hyd i ti mewn lle mor ddiarffordd? Ac ar ôl deng mlynedd mae'n siŵr dy fod ti'n meddwl eich bod chi'n saff nawr a dechre mynd yn esgeulus ... Fel dodi *Yr Wylan* ar y cwch! 'Na beth o'dd camsyniad mawr, yntefe ...?"

Syllodd eto ar y dyn ofnus o'i flaen. Yna amneidiodd â'i ddryll.

"Dere – fe awn ni am dro bach draw at y bont. Symud! A phaid â meddwl y cei di gyfle i ymosod arna i!"

Cododd y dryll yn uchel wrth i Pritch gamu'n ofnus heibio

iddo nes dod at y bont.

"Reit – ma' hyn yn ddigon pell am y tro. Edrych lawr i'r dŵr, Pritch – weli di mor ddu yw e? Gredet ti fod bwystfilod rheibus yn cwato o dan yr wyneb?"

Syllodd Pritch i'r dyfnder gan deimlo chwys oer ar ei dalcen a'r ofn yn gafael ynddo fod y llall yn bwriadu'i saethu yn y fan a'r lle. Sut gallai ddianc? Neidio dros y canllaw i'r dŵr a cheisio nofio ar draws y llyn a hwnnw'n gartref i aligators? Fe fyddai hynny wrth fodd Peter Vaughan!

"Wyt ti'n fy synnu i, Pritch, wyt wir. Dwyt ti ddim wedi mynegi unrhyw syndod – ddim wedi meddwl holi shwd des i o hyd i chi, hyd yn o'd ... Beia Esyllt am 'ny – neu os lici di, beia'i mam hi am fod mor anystyriol â marw. O'dd rhaid iddi fynd i'r angladd, wrth gwrs – angladd 'i mam 'i hunan. Ond wydde hi ddim fod Harry Ross wedi'i gweld hi ac wedi'i dilyn hi'r holl ffordd i Fflorida ... Wyt ti'n cofio Harry? Cyfrithiwr – cyfaill ffyddlon – a chyn-gariad i Esyllt cyn iddi ddechre potsiach â fi. Oet ti'n gwbod 'ny ...? Na! Sa'n llonydd, damo di!"

Hyrddiodd y geiriau at Pritch wrth i hwnnw droi ato ag osgo heriol.

" 'Na beth o'dd gwaith ditectif, yntefe? 'I dilyn hi'r holl ffordd i North Port. A – ti'n gwbod beth? Pan dda'th Harry tua thre a gweud wrtho' i dy fod ti ar dir y byw a'i fod wedi gweld Esyllt fe synnet shwd wa'nieth wna'th hynny i 'mywyd i. O'dd 'da fi reswm dros fyw unwaith 'to. A mi weda i un peth rwy i 'di ddysgu yn sgil 'ny ... Wy i wedi sylweddoli taw un o'r profiade mwya gwefreiddiol mewn bywyd yw dial!"

Roedd ei lais yn gadarn ond o dan reolaeth lwyr, yn wahanol i ymateb Pritch.

"Os na fydda i'n ôl ar unwaith mae hi fod i alw'r polîs!"

Roedd nodyn herfeiddiol yn y llais, llais dyn ar fin anobeithio.

Gwenodd Peter.

"Ydi hi wir? Pam 'ny? Wedest ti rywbeth obeutu fi wrthi? Gweud dy fod ti 'di ca'l neges obeutu'i gŵr hi – 'i gŵr iawn wy'n feddwl, nawr – a'i bod i ffono'r polîs ar unwaith? Meddyla'r sioc iddi! ... Wel, gweded faint fyd fynno hi achos erbyn iddyn nhw gyrra'dd fe fydd yn rhy hwyr – i ti o leia. Wel 'te, Pritch – gwna ffafr fach â fi, wnei di?"

Gwelodd y syndod yn llygaid y llall.

"Ydw – wy'n gwbod fod hynny'n swno'n beth od o dan yr amgylchiade – ond rwyt ti'n edrych mor daclus, mor gymen, yn dy ddici-bo – fe fydde'n dr'eni 'i sbwylo hi ... Tyn hi bant, 'na grwtyn da ... a siapa hi!"

Cododd Pritch ei law'n brennaidd at ei wddw a datod y dei a'i dal o'i flaen a'i chynnig iddo.

Daeth gwên sarrug dros wyneb Peter.

"Cynnig da, Pritch, ond wyt ti'n meddwl o ddifri y down i o fewn hyd braich iti? Jyst towla hi lawr i'r llawr – 'na gyd. Fe goda i ddi – wedyn."

"Wedyn?"

Roedd yn fwy o grawc dirdynedig na llais dynol.

"Jyst gwna 'ny, gw-boi ... 'na ti. A nawr 'te – os 'da ti unrhyw neges wyt ti am i fi roi i 'ngwraig? Hynny yw, i Esyllt! Unrhyw air olaf, gair o serch tragwyddol – fe weli di ddi yn y byd nesa – y math 'na o beth?"

Ond roedd ceg Pritch yn rhy sych iddo allu yngan gair.

"Wel – licet ti weud dy bader cyn mynd i dŷ dy hir gartre?"

Ond roedd Pritch yn fud, wedi'i syfrdanu gan ofn ac yn rhythu arno fel petai'n methu credu'r hyn oedd yn digwydd.

"Na? O wel, plesa dy hunan. Gw-bei, Pritch."

Llanwodd llygaid Peter â dicter oer.

"Na!"

Agorodd Pritch ei geg i weiddi a rhoddodd naid sydyn ymlaen ond roedd y fwled eisoes wedi'i daro yn ei wddw braidd cyn iddo symud. Trawodd ail fwled ei frest a'i fwrw i'r ochr yn erbyn y canllaw a'i ddwylo'n gafael yn ei lwnc mewn un ymdrech amddiffynnol ofer olaf a'r sgrech yn tagu yn y gwaed oedd yn pistyllio i'w gorn anadl a'i geg wrth i'r golau ddiffodd yn ei lygaid dirdynedig. Camodd Peter ato a gwyro drosto yna gwthiodd flaen y dryll i geg y dyn diymadferth a thanio eto i wneud yn hollol siŵr.

Cododd ei ben ac edrych o'i gwmpas. Roedd Lakeside Drive yn dawel a llonydd, heb ddim i dorri ar draws y tawelwch ar wahân i sŵn tonnau mân y llyn yn taro ar y lan yn ysgafn a chrawc ambell aderyn nos wrth iddo hedfan uwchben. Ond doedd dim sôn am fodau dynol yn unman heblaw am y goleuadau i'w gweld trwy lenni ffenestri ... ac yna'n sydyn y car bach tair olwyn oedd yn trwyno'i ffordd yn araf i'w gyfeiriad.

Daliodd ei anadl wrth feddwl y gallai'r gyrrwr fod wedi clywed yr ergydion a'i weld yn cyrcydu yn ymyl corff Pritch mewn pentwr ar y llawr. Ond heibio yr aeth y car bach yn araf a throi i'r dde i mewn i ddreif un o'r bythynnod gwyn. Diffoddodd goleuadau'r car ac yna fe ddisgynnodd gwraig oedrannus ohono a mynd i'r bwthyn yn ddiymdroi a'i sandalau'n ffitffatian ar y llawr concrit.

Crychodd Peter ei drwyn mewn diflastod; peth annymunol braidd oedd gweld pen dyn a'i hanner wedi'i droi'n waed a'i ymennydd yn staenio'r llawr. Cododd ar ei draed gan ddodi'r dryll heibio yn ei boced. Edrychodd o'i gwmpas unwaith yn rhagor rhag ofn fod rhywun yn ei wylied. Yna, yn dawel ei feddwl nad oedd neb yn agos plygodd a gafael yn y corff diymadferth wrth ei ysgwyddau a'i bwyso yn erbyn y canllaw. Oedodd am foment, gan anadlu'n drwm a thuchan ychydig yn y noson dwym a llaith. Tynnodd anadl a gafael yn y dyn marw am ei ganol a'i godi nes bod ei ben a'i ysgwyddau dros yr ymyl. Ai dychymyg oedd ar waith neu a allai synhwyro pâr o lygaid tywyll yn aros yn ddisgwylgar yn y dŵr llonydd islaw, cynffon yn symud yn araf o'r naill ochr i'r llall a'r geg fawr yn aros, aros ...?

Un ymdrech arall eto i godi'r pwysau marw ac yna rhoddodd hwb i'r corff dros ganllaw'r bont i'r dŵr. Plymiodd hwnnw i lawr yn swnllyd a llonyddu. Pwysodd ar y canllaw am eiliad neu ddwy yn adfer ei anadl. Tybed am ba hyd y câi Pritch lonydd gan y preswylwyr?

Trodd a phlygu i lawr eto. Gafaelodd yn y dici-bo a'i wthio i'w boced. Yna cerddodd i gyfeiriad y ffordd gan ymddiheuro dan ei anadl wrth basio'r arwydd oedd yn gwahardd bwydo'r aligators. Daeth yn ymwybodol o sŵn dŵr yn cael ei gyffroi ac yn berwi'n sydyn draw yn ymyl y bont fach. Gwenodd yn sarrug.

PENNOD 17

OEDODD PETER yn ymyl car Pritch oedd yn sefyll a'i oleuadau bach ymlaen. Teimlodd awydd i agor y drws a diffodd y goleuadau rhag i'r batri wagio ond yna gwrthododd y teimlad. Trodd ar ei sawdl gan benderfynu mynd i dŷ Esyllt dros y llwybr cefn, gan obeithio na chwrddai ag unrhyw aligator trachwantus ar y ffordd.

Edrychodd Esyllt ar ei watsh yn ddiamynedd; roedd Pritch yn cymryd amser hir i nôl pecyn o sigaréts. Damo'r dyn – alle fe ddim mynd heb ffagen am unwaith, gan wybod fod heno'n noson mor bwysig? Syllodd i'r drych unwaith eto ac edmygu'r ferch olygus a siapus oedd yn edrych yn ôl ati yn ei gwisg laes a'i brig a'i llewys yn les gywrain. Fe fyddai ambell wyneb yn wyrdd o genfigen wrth weld ei chorff lluniaidd yn y ffrog gostus. Dyna un peth a ddwedai am Pritch – ar waetha'i holl ffaeleddau doedd e ddim yn grintachlyd â'i arian.

Y funud nesaf fe glywodd gloch y drws ffrynt yn canu. Gwasgodd ei gwefusau at ei gilydd ac ysgwyd ei phen mewn ystum anfodlon. Camodd at y drws a'i agor yn fyr ei thymer.

"Wedi anghofio d'allweddi, sbo ..."

Tawodd yn sydyn wrth sylweddoli nad Pritch oedd yno.

"O ... I beg your pardon ... I thought you were ..."

"Hylô, Esyllt ... Shw' mae ers llawer dydd?"

Roedd yn fwy o sibrydiad nag o gyfarchiad ond trawodd y geiriau hi fel ergyd rhwng ei hysgyfaint. Daliodd ei hanadl wrth glywed y cyfarchiad Cymraeg a hwnnw o enau dieithryn. Teimlodd ias o ofn a dechreuodd ei chalon rasio'n wyllt. Roedd ei llais yn floesg wrth ymateb.

"Ma'n flin 'da fi. Ddyliwn fod yn eich 'nabod chi? Chwilio am 'y ngŵr i ych chi, ife?"

Ceisiodd graffu ar y dyn ond roedd ei wyneb yn y cysgodion a'i osgo'n anghyfarwydd. Symudodd y drws ychydig fel petai'n dymuno'i gau.

"Eich gŵr? Capten Evans ych chi'n feddwl? Neu Pritch, falle?"

Roedd nodyn bygythiol yn y llais tawel a theimlodd chwys oer sydyn ar ei thalcen wrth glywed yr enw.

"Pwy ych chi a be chi'n moyn?"

"Wy'n gwbod fod deuddeng mlynedd yn amser hir, ond fe ddylet ti nabod dy ŵr serch 'ny, Esyllt."

A chamodd Peter yn nes i'r cyntedd a gwenu arni yn y golau. Daeth cryndod a braw drosti ac fe fyddai wedi cau'r drws yn dynn oni bai iddo godi'i law yn erbyn y drws a gafael ynddo. Yna gwthiodd y drws ar agor yn sydyn gan beri iddi'i ollwng. Safodd hithau o'i flaen wedi'i pharlysu gan ofn a'i dwrn wrth ei cheg wrth iddo gamu ymlaen tuag ati a chau'r drws ar ei ôl. Yna trodd tuag ati a gwên foddhaus ar ei wyneb a'i gweld yn symud wysg ei chefn yn araf a braw amlwg ar ei hwyneb. Trodd y wên yn olwg o siomedigaeth.

"Nawr 'te, Esyllt – sdim eisie iti fod fel'na. Wyt ti ddim yn falch i 'ngweld i ar ôl cyment o amser?"

"Peter? Dduw mowr – Peter! Do's bosib ..."

"Nac o's?" torrodd ei lais ar ei thraws, yn gryfach y tro hwn. "Oet ti'n meddwl na welet ti byth mono' i 'to? Falle dy fod ti 'di meddwl y cadwen nhw fi yn y carchar 'sbo fi'n marw? Neu falle dy fod ti'n ffyddiog na ddown i byth o hyd i ti mewn cornel mor ddiarffordd – mor bell o Gymru fach?"

Roedd y llaw'n dal i guddio'i cheg mewn arswyd wrth iddi amgyffred y sefyllfa a symud yn ôl oddi wrth y ffigur bygythiol o'i blaen. Baglodd Esyllt yn erbyn braich cadair esmwyth a gafaelodd yn y fraich i'w sadio'i hunan. Roedd ei meddwl yn chwyrlïo a'i hanadl yn dynn ac roedd 'na wendid sydyn yn ei choesau. Teimlodd don o hysteria'n llifo drwyddi ac yn ei llenwi â chryndod ac arswyd wrth iddi rythu'n anghrediniol ar y dyn hunanfeddiannol o'i blaen. Peter! Roedd e wedi heneiddio, wrth gwrs, a'i wallt wedi britho wrth iddo foeli, ac roedd yn llawnach ei gorff na deuddeng mlynedd yn ôl, ond roedd yn ddigon hawdd i'w nabod – nid rhywun yn chwarae tric arni ac yn esgus taw Peter oedd e. Dyma'r ofn dyfnaf a fu yn ei chalon erioed yn cael ei wireddu – y byddai Peter yn dod o hyd i'r gwirionedd ac yn ei hymlid hi, yn eu hymlid ill dau ryw ddydd a'i galon yn orlawn o gasineb ac o ddial! A phan oedd mwya o angen Pritch arni roedd hwnnw wedi'i gwanu hi mas i brynu sigaréts! Pritch!

Llyncodd a cheiso swnio'n hyderus.

"Gwell iti fynd! Fe fydd e'n ôl unrhyw funed ..."

"Fydd e wir?"

Roedd ei lais yn llawn o amheuaeth.

"Dim ond slipo mas i nôl sigaréts mae e ..."

" 'Na beth wedodd e, ife? Wedodd e ddim fod hen ffrind wedi ffono gan ddishgwl cwrdd ag e ar lan y llyn? Ti'n gwbod – ar bwys yr arwydd sy'n gweud 'Don't feed the alligators'."

Ac roedd ei ffordd fuddugoliaethus o lefaru'n codi mwy o arswyd nag erioed yn ei chalon. Ble'r oedd Pritch? Pam o'dd e mor hir yn dod yn ôl? Dim ond slipo mas i nôl ... Gafaelodd yr arswyd yn gryfach eto ynddi. A oedd rhywbeth wedi digwydd i Pritch – rhywbeth marwol?

Dechreuodd Peter symud ymlaen tuag ati eto a'i lais oer, hunanfeddiannol yn cyfleu teimlad o dan reolaeth.

"Wel – ma'n dda 'da fi weud 'thot ti ein bod ni wedi cwrdd, yr hen gyfeillion, Pritch a fi, ac wedi bod yn siarad dros yr hen amsere ac wedi dod i ddyall ein gilydd yn weddol."

Oedodd a daeth golwg benderfynol dros ei wyneb.

"A nawr rwy i 'di dod i dy weld di."

"Be' ti'n moyn â fi?"

"Cha i ddim cusan fach o groeso?"

Estynnodd ei law fel petai'n erfyn arni i ddod ato, yna fe gyffyrddodd â'i boch a'i hanwesu'n dyner a'i synhwyro'n tynhau fel petai'r cyffyrddiad yn atgas iddi. Gollyngodd ei law i lawr at ei ochr.

"Na? A finne wedi dod yr holl ffordd o'r carchar i dy weld? Mae hynny braidd yn angharedig ..."

Crwydrodd ei lygaid drosti ac yna'n ôl at ei hwyneb.

"Rwyt ti'n welw iawn, Esyllt – fel 'set ti 'di gweld ysbryd! ... O, wel – falle fod y sioc braidd yn ormod – gwell iti ishte lawr ar y gader 'na."

Amneidiodd at y gadair esmwyth y tu ôl iddi.

"Ond ..."

Fflachiodd ei lygaid yn sydyn.

"Ishte lawr, fenyw – inni ga'l siarad!"

Edrychodd arno, wedi'i syfrdanu, yna pwysodd yn ôl ac i lawr yn araf nes ei bod yn eistedd yn anniddig ar ymyl y gadair a'i llygaid wedi'u hoelio arno. Cerddodd Peter gam neu ddau at gadair esmwyth arall ac eistedd gyferbyn â hi. Byseddodd y defnydd glas golau, sidanaidd a nodio mewn gwerthfawrogiad ac edrychodd o gwmpas y stafell yn werthfawrogol.

"Cartre bach cysurus ... costus 'ed – ond 'na fe – o'dd 'da ti ddigon o arian i brynu tŷ go dda, on'd o'dd e? – Rhwng yr arian gest ti ar ôl Pritch ac o werthu'n tŷ ni a'r car a thŷ Pritch a'i gwch ..."

Caledodd ei lygaid.

"Fe est ti â'r cyfan oddi wrtho' i, Esyllt – fwy neu lai – fy nghartre, fy rhyddid, yr arian oedd 'da fi yn y banc. Ond chest ti ddim gafael ar bopeth chwaith; doedd hyd yn oed dy glefrwch di ddim yn gallu cael gafael ar 'y mholisïe insiwrans – fe fyddet ti wedi gorfod fy lladd i i ga'l gafael ar yr arian hwnnw. A beth bynnag y gall dyn weud am garchar, mae'n lle gweddol saff, on'd yw e? 'Sdim llawer o ddynon yn marw tra bo' nhw yn y carchar – dim peryg i ddyn ga'l 'i fwrw lawr o dan lorri neu gar neu ga'l 'i saethu gan leidr. Ac fe fydde'n ddigon anodd i ti ddodi gwenw'n yn 'y mwyd i hefyd. Ond 'na fe – mae'n siŵr dy fod ti'n teimlo ar y pryd fod digon o arian 'da chi'ch dou i allu fforddio gwneud heb 'y nhipyn insiwrans i."

Roedd ei gofid yn cynyddu bob eiliad. Beth oedd wedi digwydd i Pritch?

"Mae'n siŵr fod 'da ti gant a mil o gwestiyne – shwd daith ges i, ble ydw i'n aros, am faint fydda i yn yr ardal ... Shwd amser ydw i 'di ga'l yn ystod y deuddeng mlynedd dwetha?"

Cododd ei lais wrth iddo wneud rhyw esgus o ddynwarediad.

"Wyt ti 'di ennill pwyse, Peter, a ma' dy wallt wedi britho – a wyt ti'n welw braidd."

Daeth nodyn o ddicter i'w lais a phwniodd fraich ei gadair.

"O's rhyfedd 'mod i'n welw ar ôl deuddeg mlynedd o garchar – diolch i wraig gelwyddog a thwyllodrus?"

Yn sydyn neidiodd ar ei draed ac ymatebodd Esyllt â chri o ofn. Safodd o'i blaen gan rythu lawr at ei hwyneb oedd yn llawn arswyd.

"Beth sy'n bod? Wyt ti'n ofni y gwna i rwbeth iti cyn i Pritch ddod 'nôl? Dy dagu di falle neu dy saethu di?"

"Na!"

"Nag wyt? Falle licet ti ofyn i fi shwd des i o hyd i chi'ch dou? Licet ti?"

Ond ei hymateb oedd rhoi ebychiad sydyn o ofn.

"Wel – wyt ti'n cofio Harry Ross, wrth gwrs? Harry, fy nghyfreithwr i ... Fe fuost ti'n esgeulus, Esyllt – hyd yn o'd yn angladd dy fam – o'dd hi'n ddigon hawdd i Harry dy nabod yn dy sbectol dywyll. A wyddost ti beth wnaeth e? Dy ddilyn i Gatwick a'r holl ffordd i Fflorida. A rhentu car a dy ddilyn di i'r fan yma. Ro'dd hynny'n dipyn o gamp, wyt ti ddim yn meddwl? Ac yna fe ddilynodd di i – aros di – beth o'dd enw'r lle – o ie, y Captain's Table yn Punta Gorda. A phan dda'th e i'r carchar a gweud 'i fod e 'di gweld Pritch yn fyw mi ges inne 'fodd i fyw' – a dechre byw mewn gobeth unweth 'to. Y gobeth o ga'l talu'n ôl i chi'ch dou am beth nethoch chi i fi ...! Ond cyn inni siarad yn bellach wyt ti ddim yn mynd i gynnig rhwbeth i yfed i fi? Whisgi bach falle? ... Dere ml'an – siapa hi! Cer i nôl diod i dy ŵr! Dere, fenyw – siapa hi!"

Estynnodd ei law dde a gafael yn ei braich a'i chodi'n arw a rhoi gwthiad iddi. Aeth Esyllt yn ofnus draw at gwpwrdd diodydd ac arllwys whisgi iddo.

"Cyn iti ofyn, fe gymera i e fel mae e, heb ddŵr na iâ na dim ... Gwell i ti ga'l un 'ed – fe fydd eisie un arnat ti cyn diwedd y nos."

Roedd ei llaw'n crynu wrth iddi arllwys whisgi i ail wydr a'i hanner llenwi â dŵr sinsir. Trodd a chynnig ei wydr iddo'n anfoddog.

"Diolch ..."

Yfodd ychydig o'r ddiod a'i sawru'n foddhaus, yna nodiodd.

"Ma' Pritch yn dyall 'i whisgi, mi weda i hynny amdano. Ond 'na fe – ma' potel whisgi wedi chwarae rhan bwysig yn ein bywyde ni'n tri erbyn meddwl, on'd yw hi?"

Roedd Esyllt yn dal i sefyll yn ofnus wrth y cwpwrdd diodydd – cwpwrdd isel ar ffurf planed y Ddaear a'r hanner ucha'n agor tuag yn ôl.

"Dere i ishte inni ga'l mynd mla'n â'n sgwrs ..."

Yn fecanyddol caeodd Esyllt glawr y cwpwrdd diodydd cyn eistedd eto ac eisteddodd Peter gyferbyn â hi. Pwysodd 'nôl a chroesi un goes dros y llall ac yfed yn hamddenol fel petai digon o amser ganddo. Gwenodd arni wrth ei gweld yn dal ei diod yn nerfus rhwng ei dwylo. Cododd ei wydr mewn cyfarchiad.

"Wel 'te – iechyd da inni'n dou – wel, i fi 'ta p'un!"

Cilwenodd arni gan fwynhau'r jôc ac yna difrifolodd ei wyneb.

"Beth sy'n bod? Wyt ti ddim yn yfed? Dere ml'an, ferch –

un llond pen i ddathlu ein bod ni 'nôl gyda'n gilydd 'to ar ôl deuddeng mlynedd! Dere! Iechyd da!"

Cododd Esyllt ei gwydr a sipian ychydig o ddiod a rhoi gwên ofnus. Gwenodd yntau arni fel petai wedi'i blesio ond roedd sydynrwydd y wên yn awgrymu iddi y gallai honno ddiflannu mor gyflym wrth gael ei disodli gan bwl o ddicter.

"Dyna welliant. Gwed wrtho' i – oech chi wedi anghofio amdana i? Oech chi wedi gorffen ca'l hwyl am ben y twpsyn diniwed a gynigodd gymryd y bai yn dy le di am drosedd nad o'dd wedi digw'dd?"

Ond rhythu'n ofnus wnâi Esyllt, yn rhy ofnus i fentro dweud gair.

"Hm? Beth? 'Sda ti ddim byd i weud?"

Llyncodd Peter ei ddiod gan ddrachtio'r gwydr a'i daro i lawr ar fwrdd coffi gwydr wrth ochr y gadair a'i wên wedi diflannu.

"Wel 'te, beth nesa 'nghariad i?"

Gweithredodd clec y gwydr ar y bwrdd coffi fel ysgogiad i'w hofnau a'i phenderfyniad i wneud rhywbeth i ddianc o'i afael. Yn sydyn fe daflodd gynnwys ei gwydr i'w wyneb gan neidio ar ei thraed a rhedeg am y drws ond gafaelodd Peter yn ei braich a'i threchu er iddi sgrechian ac ymladd.

"Gad fi'n rhydd, y diawl!"

"Yr hen hwch!"

Atseiniodd yr ergyd a roddodd iddi â chledr ei law ar ei boch.

"Gad fi fynd! Damo di!"

"Gadel iti fynd? Fe fydde hynny'n sbwylo popeth!"

Hyrddiodd hi'n ôl i'r gadair a sefyll drosti a'i ddwrn de'n barod i'w tharo, a sychu'r diferion whisgi a dŵr o'i wyneb â'i law arall.

"O'dd hwn'na'n beth twp i wneud! Well i fi wneud yn siŵr na ddigwyddiff e ddim 'to ..."

Edrychodd o'i gwmpas yn benderfynol a gweld cordyn y

llenni ar y ffenest. Roedd dau gam yn ddigon iddo fynd at y ffenest, gan wybod na allai Esyllt gyrraedd y drws petai'n rhoi cynnig arall i ddianc cyn iddo'i dal. Gafaelodd yn llinyn y llenni a thynnu arno'n galed nes i hwnnw dorri'n rhydd â chlec, gan hyrddio'r llenni a'r roden oedd yn eu cynnal i'r llawr. Mater hawdd fu tynnu'r gorden yn rhydd gan sengi ar y roden o dan droed a'i theimlo'n torri ac yn hollti.

* * *

Roedd hi wedi'i chlymu'n dwt a thaclus ar gadair giniawa a chefn uchel iddi. Camodd Peter yn ôl ac edrych arni'n foddhaus.

" 'Na ti. Fe ddyle hynny wneud y tro, am y tro – fel ffowlyn wedi'i drwsio, myn uffach i."

Daeth syniad i'w feddwl a rhoddodd gip at y ffenest ddilenni. Doedd dim goleuadau i'w gweld drwyddi yn arwyddo fod tai eraill yno ac fe sylweddolodd ei bod yn edrych i gyfeiriad yr afon a'r corstir y tu draw iddi. Serch hynny, fe fyddai'n bosibl i rywun weld yn glir i mewn i'r stafell, petai'n digwydd pasio ar gwch, er enghraifft.

Gafaelodd yng nghefn y gadair a'i llusgo gydag Esyllt arni draw at y wal wrth ymyl y ffenest a'i gwthio'n dynn yn ei herbyn.

"Gwelliant, rwy'n meddwl – weliff neb di yn fan'na, na wnaiff?"

Edrychodd Peter arni a gwên wawdlyd ar ei wyneb.

"Gobitho dy fod ti'n gysurus."

Cerddodd yn ôl i ganol y stafell a throi cadair esmwyth i'w hwynebu, yna eisteddodd. Syllodd yn hir arni.

"Gwed wrtho' i ... jyst i fi ga'l gwbod – galw fe'n chwilfrydedd, os lici di – chwilfrydedd mewn dyn o'dd mewn cariad â ti unwaith, flynyddo'dd pell 'nôl. O'dd dim ots 'da ti fod dyn dieuog yn hala blynyddo'dd gore'i fywyd yn y carchar o achos dy dwyll di?"

Roedd Esyllt yn teimlo'n hollol ddiymadferth a'r gorden yn dynn amdani. Roedd ei eiriau'n codi arswyd arni a'i sefyllfa'n frawychus, yn hunllefus o frawychus, ond roedd 'na obaith o hyd. Yn un peth, doedd Peter ddim wedi ymosod arni a'i phwnio yn ei dymer fel y gallai fod wedi gwneud yn hawdd wedi iddi daflu'r ddiod i'w wyneb; roedd hynny'n arwydd o bosibl nad oedd yn bwriadu ei lladd. Ymwrolodd fymryn.

"Nid fel'na buodd hi. Syniad Pritch o'dd y cyfan ... o'dd 'dag e ffordd â geire a fe ges 'y nhemtio ..."

"A fe dda'th yr arian am 'y nhŷ i'n handi i chi'ch dou ga'l seto lan 'da'ch gilydd. Fel'na o'dd hi, ife?"

"Fel gwedes i – syniad Pritch o'dd e. Fe dwyllodd e fi. Addo bywyd cyffrous i fi – teithio rownd y byd, byw'n fras, ca'l amser da – a fel ffŵl mi gredes i e."

Daeth gwewyr dros ei hwyneb, fel petai'n ymdrechu i gadw deigryn yn ôl. Llyncodd yn galed.

"Fel ffŵl?"

Nodiodd Esyllt a'i llygaid yn ddolurus.

"Ie. Creda di fi, Peter, rwy i 'di 'difaru ganwaith am wneud peth mor hurt ..."

"Do'dd bywyd ddim yn fêl i gyd 'da Pritch, rwy i'n casglu."

"Nac o'dd. Yn ddiweddar mae 'di troi'n uffern."

"Gad i fi ddyfalu – whare obeutu 'da menywod eraill, sbo."

"Ie – shwd oet ti'n gwbod?"

"Cofio o'wn i, Esyllt. Cofio fel buodd e'n chwarae obeutu gyda gwraig dyn arall – 'y ngwraig i."

Trawodd yr ergyd adref; lledodd gwawr gochlyd dros ei bochau gwelw.

"Peter, ro'dd bai arna i, rwy i'n gwybod ... ond do'wn i ddim wedi dy werthfawrogi di ddigon. Fe rown i unrhyw beth am newid pethe a cha'l dy faddeuant di."

"Maddeuant."

"Ie! Ca'l dy faddeuant a cha'l dod tua thre 'da ti i Gymru."

"Feddylies i erio'd y clywn i di'n gweud dy fod ti'n moyn dod tua thre 'da fi. "

"Ydi hynny'n beth mor amhosibl i weud? Rwy i wedi gweld 'y nghamsyniad. Fe fuon ni'n hapus unwaith – fe allen ni fod yn hapus 'to."

"Yn hapus 'to – ti a fi?"

"Ie – 'nôl gyda'n gilydd i Gymru – a wy'n addo y bydda i'n well gwraig iti'r tro hyn!"

"A beth am Pritch?"

"Hy! Fe fydd e'n ddigon hapus fan hyn ond iddo fe ga'l digon o ferched i glapian 'u llyged ato fe. A gweud y gwir ..."

Oedodd a daeth golwg gyfrwys i'w llygaid.

"Beth?"

"Mae'r cyfan yn 'yn enw i – y tŷ a phethe. A ma' 'da fi 'nghownt 'yn hunan. Fe allwn i ddod â'r cyfan 'daf. Fe fydden ni'n gyfoethog!"

"A gadel i Pritch lwgu."

"Paid â gweud dy fod ti'n teimlo tr'eni drosto fe!"

"Na, weda i mo hynny. Ond y cwestiwn pwysig nawr, Esyllt, yw hyn ..."

Oedodd ac edrych arni fel petai ganddo broblem ar ei feddwl.

"Beth?"

"Rwy i'n gallu gweld dy fod ti'n llawn edifeirwch ..."

"Ydw, Peter."

"Ond ai edifeirwch am sut mae bywyd wedi dy drin di yw e neu edifeirwch am beth wnest ti i fi?"

"Y ddou, Peter, y ddou! Mae'n flin 'da fi beth wnes i i ti ac rwy i'n 'difaru am 'y mywyd i gyda Pritch fan hyn ... Falle, tasen i 'di aros yn ffyddlon i ti ... falle bydden ni 'di ca'l bywyd digon hapus ... ca'l teulu 'falle."

"Fyddet ti 'di lico 'ny?"

"Byddwn, Peter – datod y gorden 'ma ac fe awn ni o 'ma

cyn i Pritch ddod 'nôl. Fe gei di weld fe fydd pethe'n wahanol y tro 'ma fel 'sen ni wedi troi'r cloc 'nôl ..."

Plygodd Peter drosti a chyffwrdd â'r gorden, yna oedodd.

"Pwy wedodd 'ni ddaw i neb ddoe yn ôl', gwed?"

"Dwy i ddim yn deall – datod y gorden 'ma cyn i Pritch gyrra'dd, er mwyn popeth!"

Ymsythodd Peter a chymryd cam yn ôl.

"Mae'n rhy hwyr, Esyllt ..."

Roedd ymbil yn ei llais wrth iddi dorri ar ei draws.

"Rhy hwyr? Nac yw! Gwranda – galli di ga'l yr arian 'nôl pob ceinog ..."

"A beth am y blynyddo'dd? Alli di ddod â'r rheiny 'nôl i fi?" Roedd y chwerwder yn ei lais yn arswydus. "Ma' rhaid i fi'ch llongyfarch chi'ch dou am eich clyfrwch. Wy'n cofio'r cyfan fel 'se fe 'di digw'dd ddo' – tithe'n dod 'sha thre a dagre yn dy lyged a dy laish yn torri ... a finne fel ffŵl yn dy gredu di pan oet ti'n gweud na allet ti ddim diodde mynd i'r carchar ... a finne'n cymryd dy le di – a hyd yn o'd yn mynd lawr i'r cwch er mwyn rhwto ôl dy fysedd oddi ar y botel a chydio ynddi'n hunan! ... Fuoch chi'n wherthin yn amal obeutu 'ny? Wherthin 'sbo'r dagre'n rhedeg lawr eich wynebe!"

"Wyt ti'n gwastraffu amser! Fe alle fe ddod 'nôl unrhyw funed!"

Gorffennodd ei brawddeg mewn sgrech o ofn wrth i Peter ddodi'i law yn ei boced a thynnu'r dryll allan.

"Na!"

"Paid â gofidio – dwy i ddim yn mynd i dy saethu di. Ar gyfer y diawl Pritch y ces i hwn."

"Alli di ddim!"

"Na alla i?"

"Ddim mewn gwa'd o'r! Dwyt ti ddim fel'na. Oreit, fe nethon ni beth drwg – peth anfaddeuol – ond 'sdim angen lladd neb. Gwranda – yr arian – fe gei di'r cwbl ond iti adel ni'n llonydd. Plis! Paid â lladd Pritch."

Edrychodd Peter arni â chymysgedd o drueni a chasineb yn ei galon.

"Shwd cas e'r fath afel arnat ti, gwed ...?"

Dododd y dryll heibio ac yna tynnodd rolyn o blastr o'i boced a thorri darn oddi arno. Yna trodd ati.

"Nawr'te, 'nghariad i – on'd yw hynny'n swno'n od ar ôl yr holl flynyddodd? Dal dy ben yn llonydd ... Wnaiff hyn ddim brifo. Dŷn ni ddim yn moyn iti sgrechen dy ben bant wedi i fi fynd, nag ŷn ni?"

"Na! Wy'n begian arnat ti ..."

"Ma'n rhy hwyr i fegian, Esyllt!"

Er iddi wneud ei gorau gan strancio a sgrechian gafaelodd yn ei gwallt ag un llaw a'i ddal yn dynn wrth lynu'r plastr dros ei cheg. Yna dododd y rholyn heibio yn ei boced eto.

"Fe fydda i'n dy adel di mewn muned, wrth gwrs, a phan lwyddi di i dorri'n rhydd fe gei di ffono'r polîs i weud fod Pritch wedi marw – fel y gwnes i, unwaith – wyt ti'n cofio? ... Chei di ddim llawer o drafferth i ddatod y cordyn 'na. Neu fe fydd dy fenyw lanhau yn siŵr o dy ryddhau pan ddaw hi heibio'n y bore – achos wy'n barnu fod gen ti fenyw lanhau'n dod miwn. Neu – os nad yw hi'n dod fory mae rhywun arall yn siŵr o ddod. Fe fydd rhywun yn siŵr o weld car Pritch ger y llyn ac olion eraill o bosibl yn y dŵr – darne o ddillad, falle, 'i ben e, falle, neu esgid a darn o dro'd ynddi ...

Daeth synau dirdynnol o geg Esyllt.

"O, mae'n flin 'da fi – wedes i ddim wrthyt ti? Rhag ofn dy fod ti'n dishgwl iddo fe redeg miwn a dy ryddhau unrhyw funed fe ddylet ti wybod fod Pritch wrthi'n bwydo'r aligators yn y llyn ers hanner awr neu ragor, siŵr o fod."

Camodd oddi wrth ac estyn ei freichiau a dylyfu gên.

"O – rwy i'n fwy blinedig nag o'wn i'n sylweddoli. Mae 'di bod yn ddiwrnod hir rhwng popeth."

Edrychodd ar ei watsh.

"Ydi hi gyment â hynny? Fel ma' amser yn hedfan pan ych chi'n mwynhau'ch hunan! Wel, fi, ta' beth … Ond mae'n mynd yn hwyr a ma' 'da fi awyren i'w dala."

Daeth yn nes at Esyllt a gwyro drosti. Cyffyrddodd â'i boch unwaith eto a'i gorfodi i edrych i fyw ei lygaid.

"Y fath lygaid pert, swynol – dieflig … Ta ta, 'nghariad i."

Cododd a throi i gyfeiriad y drws, yna stopiodd fel petai rhywbeth newydd ei daro.

"Gyda llaw, pan fyddi di'n galw'r polîs bydd rhaid iti egluro nad ti laddodd Pritch – ac egluro'r cefndir, wrth gwrs, gan gynnwys dy ran di yn y busnes. Rwyt ti'n bur debyg o fod o dan amheuaeth o ladd Pritch achos does neb yn gwbod amdana i ffor' hyn, nac oes? Nawr, gyda dy huotledd a'r llygaid swynol mae'n siŵr y llwyddi di i fwrw'r bai arna i a gwneud iddyn nhw dy gredu di yn y pen draw ond erbyn hynny fe fydda i wedi gadael America, wrth gwrs. Ond hyd yn oed os gwnân nhw – dyw hynny ddim yn 'y mhoeni i. Wedi'r cyfan – alla i ddim cael 'y nghosbi eilwaith – WY I WEDI CA'L 'Y NGHOSBI'N BAROD AM LADD PRITCH, ON'D YDW I …?

"Wyt ti, Peter?"

Achosodd llais dyn iddo sefyll mewn syndod gan ymbalfalu yn ei boced am y dryll a throi.

"Harry?"

PENNOD 18

"IE, PETER – fi sy 'ma – alli di ddodi'r dryll 'na heibo."

Ar waetha'i syndod, fe ufuddhaodd Peter. Daeth yn ôl i ganol y stafell gan rythu'n anghrediniol ar ei gyfaill. Roedd Harry'n gwisgo crys-T ysgafn o liw gwyrdd golau a throwsus hufen ac esgidiau brown disglair, ac roedd ganddo gap pig Americanaidd o wyrdd tywyll ar ei ben. Roedd ei drowsus yn gwbl ddi-grych fel petai newydd ddod yn ôl ar ôl cael ei lanhau. Roedd ei olwg yn awgrymu dyn ar ei wyliau wrth iddo gamu i mewn i'r stafell o gyfeiriad y gegin.

"Harry! O ble dest ti?"

"Trwy'r drws cefn."

Ateb ysgafn, chwareus i gwestiwn rhethregol, bron, oedd yn mynegi syndod wrth ei weld mor sydyn ac mor annisgwyl.

"Ond pam?"

"Pam?"

"I weld fod popeth yn mynd yn iawn, wrth gwrs."

Edrychodd Harry ar Esyllt a cherdded draw ati. Safodd uwch ei phen a gwenodd.

"Hei – beth yw hyn? Croten ddrwg, ife? A tithe wedi'i chlymu i'w chadw hi'n dawel!"

Daeth golwg foddhaus dros wyneb Peter.

"Yn gwmws. Fe driodd ddianc ac ro'dd hi'n sgrechen nerth 'i phen."

Nodiodd Harry.

"Ie – wel, dyw rhai menywod byth yn gwbod pryd i ddala'u tafod, nag wyt ti, Esyllt fach?"

Anwesodd Harry wyneb Esyllt a gwenu eto wrth weld y

dicter yn ei llygaid.

"A beth am Pritch?"

Daeth nodyn buddugoliaethus i lais Peter.

"Fydd dim angen inni boeni rhagor amdano fe."

Edrychodd Harry arno'n ymholgar.

"Paid â gweud 'i fod e 'di mynd ar 'i daith ola, ys gwetson nhw?"

"Wel – os galli di ddodi'r enw 'na ar fola aligator neu ddou – ydi."

"Y llyn ..."

"Yn gwmws – beutu hanner awr 'nôl."

Nodiodd Harry'n foddhaus.

"Wela i. Fel rown i'n disgwyl, wrth gwrs. Gest ti lawer o drafferth 'dag e?"

Ysgydwodd Peter ei ben.

"Ddim llawer."

"Wy'n tybied iti ga'l y dryll 'da Sharon."

"Wrth gwrs. O'dd hi'n cofio'n annw'l atat ti ac yn gofyn pryd wyt ti'n galw i'w gweld hi 'to."

"O'dd hi, wir? Rhaid i fi wneud hynny rywbryd, cyn mynd 'nôl i Gymru falle."

Daeth syniad i'w feddwl.

"Wy'n gwbod – licet ti i fi roi'r dryll 'nôl iddi ar dy ran di?"

Roedd yn awgrym annisgwyl a Peter yn ansicr beth i'w ddweud. Roedd e wedi cael y fath groeso gan Sharon, wedi agor ei galon iddi, ac wedi cael y teimlad y câi groeso eto. Ond allai hynny ddim bod, meddyliodd. Byddai'n well iddo ddal at ei gynllun a gadael Fflorida cyn i Esyllt fynd at y polîs a'i lanio yng nghanol helbul a allai barhau am fisoedd. Heblaw hynny, roedd Sharon wedi gofyn am y dryll yn ôl. Fe fyddai'n gyfleus petai Harry'n gwneud hynny drosto.

" 'Nôl i Sharon?"

"Meddwl arbed trafferth iti o'wn i, yn enwedig os o's brys arnat ti i fynd tua thre. Dim ond os wyt ti am i fi wneud, cofia. Fe fydd yn dipyn o syrpreis iddi. Heblaw 'ny, ma' eisie rhywle i gysgu arna i heno – a dwy i ddim yn ffansïo aros fan hyn rywsut."

Roedd direidi yn ei lygaid wrth iddo orffen.

Nodiodd Peter.

"Iawn 'te. Diolch."

Tynnodd y dryll o'i boced a'i estyn i Harry. Cymerodd Harry'r dryll ac edrych arno, gan deimlo'i bwysau ar gledr ei law.

"Ffefryn y menywod ond yn eitha effeithiol yn y lle iawn."

"Fel y dysgodd Pritch."

Edrychodd Harry ar Esyllt.

"Wel 'te, beth sy'n digw'dd nesa?"

Dilynodd Peter gyfeiriad ei edrychiad.

"Esyllt, ti'n meddwl?"

"Pwy arall? Licet ti ga'l y dryll 'ma 'nôl er mwyn iti ga'l 'i dibennu hithe 'ed?"

Daeth ebychiad o syndod ac ofn oddi wrth Esyllt.

"Wel, fel ma'n digw'dd – rhywbeth arall o'dd 'da fi ar 'y meddwl."

"Beth?"

"Gadel iddi hi yma i gymryd y bai am farwolaeth Pritch."

Edrychodd Harry arno fel petai heb ddeall yn iawn.

"Erbyn iddi hi dorri'n rhydd fe fydda i 'di gadel Fflorida a fydd dim byd i 'nghysylltu i â hi a Pritch. Shwd ma' hi'n mynd i esbonio'i ddiflaniad, gwed – hunanladdiad? Ond os gwediff hi'r gwir amdana i fe fydd rhaid iddi esbonio'i rhan hi yn y busnes, yn enwedig os dechreuan nhw holi a dyall 'i fod e 'di marw'n swyddogol ddeuddeng mlyne'n ôl."

Lledodd gwên dros wyneb Harry.

"Fe fydd 'da hi dipyn o gwestiyne i'w hateb – on' bydd, Esyllt fach, 'y nghariad i? Beth sy 'da ti i weud ar y mater, hm? Ond wrth gwrs, dwyt ti ddim yn gallu siarad."

Gafaelodd yn y plastr am ei cheg a'i dynnu oddi yno mewn

symudiad sydyn gan wneud iddi roi sgrech o boen.

"Mae'n flin 'da fi am 'na, Esyllt – ond 'na'r ffordd ore i dynnu'r plastr bant, maen nhw'n gweud 'tho i."

"Do'dd dim rhaid iti dynnu mor galed!"

"Nac o'dd?"

Ysgydwodd ei ben mewn esgus o gerydd.

"Dyw rhai pobl byth yn ddiolchgar am ddim, nag ŷn?"

Rhedodd y plastr rhwng ei fysedd nes gwneud pêl ohono a'i daflu i'r lle-tân gwag.

"Harry, paid â chware rhagor – gad fi'n rhydd er mwyn popeth!"

Edrychodd Harry ar Peter.

"Glywest ti 'na? Mae'n moyn i fi'i thynnu hi'n rhydd. Wedi iti fynd i'r fath drafferth 'ed."

Edrychodd yn ôl at Esyllt.

"Y drafferth yw – fe fydde hynny'n sbwylo cynllun Peter ..."

Roedd yr ofn wedi troi'n gynddaredd wyllt.

"Harry! Beth sy'n bod arnat ti? Gad fi'n rhydd ar unwaith! A ble ddiawl wyt ti 'di bod? O'wn i'n dechre ofni na ddoit ti byth!"

Roedd ennyd o ddistawrwydd yn llawn syndod ac anghrediniaeth wrth i'r goblygiadau daro'r tri. Daliodd Esyllt ei hanadl mewn ofn.

Ochneidiodd Harry'n ysgafn ac ysgwyd ei ben.

"Tr'eni dy fod ti 'di gweud 'na, Esyllt. Fe ddylwn i fod wedi gadel y plastr yn ..."

"Beth ma' hi'n feddwl – ofni na ddoit ti byth?"

Roedd y llais yn gymysgwch o anghrediniaeth ac amheuaeth. Camodd Peter ar draws y stafell a'i lygaid yn rhythu'n wyllt a'i ddwylo wedi'u gwasgu'n ddyrnau. Edrychodd Harry i fyw ei lygaid yn oeraidd.

"Yn gwmws beth wedodd hi, Peter. O'dd hi'n dishgw'l i fi gerdded miwn cyn iti wneud dim byd dwl."

"Dy ddishgw'l di? Shwd yn y byd o'dd hi'n dy ddishgw'l di ..." – stopiodd am eiliad – "... oni bai dy fod ti 'di rhoi gwbod iddi?"

"Da iawn, Peter, rwyt ti ar 'i gwar hi."

"Pan ddes i i'r tŷ 'ma o'dd Esyllt yn fy nishgw'l i?"

"Wrth gwrs – ac yn gwbod y byddwn i'n dynn ar dy sodle di. Ddigwyddest ti ddim gweld car wedi'i barco'r ochr draw i'r hewl pan ddest i 'ma, do fe? Wrth gwrs, pan weles i Pritch yn 'i gwanu hi lawr yr hewl fel cath i gythrel ro'wn i'n gwbod fod pethe'n dechre symud ac fe ddes i miwn i'r tŷ a chwato yn y gegin tra oet ti'n rhoi'r farwol iddo fe. Syml yntefe?"

Roedd Peter yn llonydd a'i feddwl yn rasio dros beth roedd e wedi'i glywed, fel petai'n methu sylweddoli. Yna pwysodd ar fraich cadair.

"Ond ma' hyn yn golygu ..."

" 'Mod i am iti ladd Pritch? Ydi, wrth gwrs. A fe wnest ti jobyn da 'ed. A rhyngot ti a fi ac Esyllt – a'r wal, wrth gwrs – ro'dd Pritch wedi goroesi'i ddefnyddioldeb ers amser."

"Ac ro'dd yr holl siarad rhwng Esyllt a fi gynne'n gelw'dd i gyd!"

"Galw fe'n olygfa mas o ddrama, Peter – ac Esyllt yn acto am 'i bywyd – yn llythrennol – chware teg iddi, achos fe allet ti fod wedi'i saethu hi 'ed – ond do'wn i ddim yn meddwl y lladdet ti dy annwyl wraig, rywsut ..."

"Harry, 'na ddigon o siarad – gad fi'n rhydd!"

"Pam lai? O'dd hi'n siew fach bert er dy fwyn di, Peter. On'd o'dd hi, cariad?"

Roedd ei ddwylo'n datod y gorden wrth iddi siarad.

Roedd meddwl Peter yn chwyrlïo. Sharon yn cario negesau i Esyllt ar hyd yr amser. Pa hawl oedd gan Harry i alw Esyllt yn 'gariad'? A pham o'dd e'n ei rhyddhau hi?

Yna roedd y cyfan yn amlwg iddo. Roedd hyn wedi digwydd o'r blaen – am yr ail dro roedd rhywun yn chwarae ag e ac yn gwneud iddo ddawnsio fel petai'n byped ar linyn –

fel y gwnaeth Esyllt a Pritch iddo ddeuddeng mlynedd yn ôl! Yn sydyn roedd ei arleisiau'n curo a'i galon yn rasio a'r stafell yn dychlamu ac wynebau Harry ac Esyllt fel wynebau hyll ellyllod, yn sgyrnygu arno'n wawdlyd. Deuddeng mlynedd o ddioddefaint ac anobaith ac o aberth a'r ddau o'i flaen yn cynllunio i'w ddefnyddio'n ysglyfaeth eilwaith – ac yn chwerthin am ei ben unwaith eto. Daeth ochenaid dwfn, hir o rywle gan godi'n sgrech erchyll heb iddo sylweddoli mai ei lais ei hunan oedd y sŵn.

"Na!"

"Pam lai? 'Sdim pwynt 'i chlymu hi nawr, nac oes, a'r cynllunie wedi newid?"

"Y diawled!"

"Harry!"

Daeth ebychiad o ofn ac o rybudd o enau Esyllt, wrth i Peter lamu ymlaen a'i ddwylo'n anelu am wddw Harry.

"Mi ladda i di'r cythrel uffern!"

Sgrechiodd Esyllt eto wrth i gorff daro yn erbyn corff a nerth Peter yn bwrw Harry yn erbyn y wal y tu ôl iddo. Bwriwyd Esyllt i'r llawr ac fe ymhyrddiodd yn ffrantig o'r ffordd ar ei gliniau a'i dwylo wrth i'r ddeuddyn ymaflyd â'i gilydd. Yna daeth dwy glec sydyn a pheidiodd yr ymladd. Ymsythodd Peter fel petai wedi'i barlysu yna llithrodd yn araf i'r llawr a'i ddwylo'n gollwng eu gafael yng ngwddw Harry. Daliodd Harry i anelu ato ond doedd dim angen iddo saethu eto. Estynnodd ei law arall a helpu Esyllt i godi.

"Harry!"

Roedd hi yn ei freichiau'n sydyn, yn gryndod i gyd.

"Wyt ti'n iawn?"

"Ydw – nawr."

Gwenodd a'i chusanu'n drachwantus gan ei gwasgu ato a theimlo'i hymateb angerddol hithau. Gwasgodd ei phen ar ei ysgwydd ag ochenaid o ryddhad.

Ymhen ychydig eiliadau cododd Esyllt ei phen a gwenu

arno. Yna tynnodd yn rhydd o'i afael a cherdded draw at gorff Peter; roedd yn gorwedd yn lletchwith a'i lygaid yn rhythu'n ddi-weld, yn llawn dig a chynddaredd. Roedd dau batshyn o waed ar ei grys lle'r aeth y ddau fwled i mewn. Pwysodd Esyllt i lawr a syllu arno am eiliad neu ddwy, yna ysgydwodd ei phen a chau cloriau'i lygaid â bawd a bys hir ei llaw dde; yna edrychodd ar Harri.

"Beth wnawn ni ag e – 'i adel fan hyn ar gyfer y polîs?"

"Fe alle fynd yr un ffordd â Pritch, wrth gwrs – i fola'r aligator yn y llyn."

" 'Sdim perygl i rywun ein gweld ni'n cario'r corff?"

Petrusodd Harry am eiliad neu ddwy.

"Mas trwy'r drws cefen ac yn syth i'r afon 'te – i gadw cwmni i'r manatî – a'r dryll a'r gwydre 'ma 'ed."

Nodiodd hithau a chodi.

"Mi gymera i'i draed e os cymeri di'i ysgwydde."

Petai rhywun wedi digwydd syllu drwy ffenest gefn y tŷ drws nesaf fe allai fod wedi gweld y ddau a'u llwyth trwm, tywyll yn symud drwy'r cysgodion i ben draw'r ardd ac yn dod 'nôl i'r bwthyn hebddo wedyn. Ond roedd pawb gwâr â'i drwyn yn y teledu'r adeg honno o'r nos ac yn anymwybodol o unrhyw beth y tu allan. Nid oedd yn debyg y byddai neb wedi clywed sŵn corff yn llithro'n dawel i afael y tonnau mân.

Roedd yn noson gynnes a lloergan gydag awel ysgafn yn chwythu arogl blodau i'w ffroenau a'r awyr yn llawn o synau'r nos, sgrech ambell aderyn ysglyfaethus a physgod yn neidio am bryfed yn nyfroedd yr afon. Oedodd Harry yn y drws a llenwi'i ysgyfaint gyda mwynhad. Gwenodd.

"Noson fendigedig."

Clodd Esyllt y drws cefn a'i folltio ar ei hôl. Yna cerddodd at ddrws y cwpwrdd o dan y grisiau a'i agor. Gafaelodd mewn dau ges teithio a dod â nhw i ganol y stafell.

"Fel wyt ti'n gweld, wy i 'di paco'n barod."

"A dy basport?"

Nodiodd hithau.

"Yn 'y mag ers dyddie."

"O's 'da ni amser am ddiod fach cyn inni fynd, ti'n meddwl? Whisgi a tonic, er enghraifft?"

"Pam lai?"

Agorodd Esyllt y cwpwrdd diod; arllwysodd y diodydd i ddau wydr ac estyn un iddo. Yna daeth golwg atgofus i'w llygaid wrth iddi blethu'i braich am ei fraich yntau.

"Wyt ti'n cofio?"

Nodiodd yntau.

"Fel y bydden ni'n arfer gwneud."

Estynnodd Esyllt ei gwefusau ato am gusan cyn yfed.

"Iechyd da!"

" 'Na gyd sy eisie."

"Ac arian Pritch, wrth gwrs."

"Ie – ac arian Pritch ..."

* * *

Ydych chi wedi sylwi fel mae rhai pobl fel petaen nhw wedi'u tynghedu i fod yn gollwyr neu'n enillwyr mewn bywyd? Dyna i chi Peter Vaughan, er enghraifft, a'i gyfaill mynwesol, Harry Ross ...

HEFYD YN Y GYFRES HON

Y Cylch yn Cau, addas. William Gwyn Jones (Gwasg Gwynedd)
Ar Gortyn Brau, addas. Mari Lisa (Cymdeithas Lyfrau Ceredigion)
Chwerw'n Troi'n Chwarae, addas. John Rowlands (Gwasg Gomer)
Mewn Drych, addas. Dylan Williams (Gwasg Gwynedd)
Llinyn Rhy Dynn, addas. Meinir Pierce Jones (Gwasg Gomer)
Bai ar Gam, addas. Wyn G.Roberts (Gwasg Carreg Gwalch)
Cymru ar Werth, Penri Jones (Gwasg Dwyfor)
Ingles, Urien Wiliam (Gwasg Gomer)
Rhwng y Cŵn a'r Brain, Elgan Philip Davies (Hughes a'i Fab)
Seidr Chwerw, addas. Ieuan Griffith (Gwasg Carreg Gwalch)
Amser i Farw, addas. Elin ap Hywel (Hughes a'i Fab)
Y Llwybr Cul, addas. Nansi Pritchard (Cyhoeddiadau Mei)
Ias o Ofn, addas. W.J.Jones (Cyhoeddiadau Mei)
Noson yr Heliwr, Lyn Ebenezer (Y Lolfa)
Y Goeden Lasarus, addas. Llifon Jones (Gwasg Carreg Gwalch)
Corff yn y Capel, Urien Wiliam (Y Lolfa)
Celwyddau Distawrwydd, addas. Nansi Pritchard (Gwasg Gwynedd)
Lara, Eirug Wyn (Y Lolfa)
Rhyw Chwarae Plant, Elgan Philip Davies (Cymdeithas Lyfrau Ceredigion)
Apwyntiad Terfynol, addas. Llifon Jones (Gwasg Carreg Gwalch)
Datod Gwe, addas. Emily Huws (Gwasg Gomer)
Cyffur Cariad, Urien Wiliam (Y Lolfa)
Magl yr Heliwr, addas. Megan Tomos (Gwasg Gomer)
Corff yn y Goedwig, addas. Emily Huws (Gwasg Gwynedd)
Semtecs, Geraint V.Jones (Gwasg Carreg Gwalch)
Fel y Dur, Elgan Philip Davies (Cymdeithas Lyfrau Ceredigion)